月色正好的时候，
穿过人海，
来见见你爱的人！

有爱的青春陪伴者

禁止单飞 2

七寸汤包
QICUNTANGBAO

著

北京燕山出版社
BEIJING YANSHAN PRESS

图书在版编目（ＣＩＰ）数据

禁止单飞. 2 / 七寸汤包著. -- 北京：北京燕山出
版社, 2022.7
ISBN 978-7-5402-6516-8

Ⅰ. ①禁… Ⅱ. ①七… Ⅲ. ①长篇小说－中国－当代
Ⅳ. ①I247.5

中国版本图书馆CIP数据核字(2022)第078043号

禁止单飞. 2

著　　者	七寸汤包	
责任编辑	王　迪	
封面设计	Insect	
出版发行	北京燕山出版社有限公司	
社　　址	北京市西城区椿树街道琉璃厂西街20号	
电　　话	010-65240430	
邮　　编	100052	
印　　刷	长沙鸿发印务实业有限公司	
开　　本	880mm×1230mm　　1/32	
字　　数	286千字	
印　　张	9	
版　　次	2023年1月第1版	
印　　次	2023年1月第1次印刷	
定　　价	45.80元	

目录

JINZHI
DANFEI
2

目录 JINZHI DANFEI 2 ▼

第一章 试镜

JINZHI DANFEI 2

何子殊去试镜的时候，只带了小周一个人，连林佳安都没有陪着去。

白英是引荐人，同时也是今天试镜官之一。为了避免不必要的麻烦，王野没知会她太多的试镜内容。

何子殊今日只穿了一件黑色羽绒服，戴了个遮了半张脸的大黑口罩。

没做造型，没化妆，看着格外干净，就像一脚刚踏出学校的学生似的。

小周倒是有些紧张，心慌了一路。

严格意义来说，这是何子殊首次触电大银幕，也是何子殊正儿八经的第一次大型试镜。

今年是 APEX 正式成团的第八年，也就意味着，何子殊已经出道八年了。但对于电影圈来说，却是彻底的新人一个。

小周第三次递上热水的时候，何子殊叹了一口气。

何子殊放下手上的笔，转头看他。

小周心里"咯噔"一声，忙道："哥，你渴了吗？还是觉得闷？要不要把温度降下来点？"

何子殊拿了个保温杯出来，开了盖，递给小周。

小周："？"

何子殊莞尔："小梵煮的蜂蜜柠檬水，喝一点，清清心。"

小周："啊？"

何子殊："杯子新的，没用过。"

小周连忙摆手："不是，哥，我不是这个意思。"

见何子殊坚持，小周接过保温杯，看着那丝缕冒着的热气，轻声道："哥，你喜欢喝蜂蜜柠檬水吗？"

作为生活助理，什么柠檬水啊蜂蜜水啊，其实都应该让他准备才对。

但平日里何子殊不太讲究这些吃的喝的，所以平常出门，他也就没注意，一般都只备着水。

何子殊笑了笑："小梵只会煮这个。"

小周反应过来，应该是纪梵特意给何子殊煮的。

他有些不好意思地挠了挠下巴："那都被我喝了……"

"没，也备了你的。"何子殊俯身，拿出第二个保温杯，打开抿了一口。

小周低头，指腹贴着杯壁，左擦一下，右摩一下，擦出刺啦刺啦的响声。

保温杯挺厚，并不透温，所以还有点凉，可小周愣是把它擦得发烫，最后一咬牙，一抬眸："哥，你……不紧张吗？"

在小周天人交战的时候，何子殊已经重新拿起笔，把书翻了个页，又圈点了一下，轻飘飘道："紧张啊。"

小周看不出来，而且是一点都看不出来。

何子殊自上车起，就从后椅上随便拿了本书看。

那时候小周还留心扫了一眼，是一本杂志，地理杂志，纯粹打发时间用的那种。

紧张的时候，不是应该深呼吸，或者闭着眼睛睡觉，或者专心看剧本吗？

小周越想越紧张，他看了何子殊一眼。

作为流量代表，APEX 这几个人，星途实在太坦荡了，尤其是何子殊。

被陆瑾沉一眼选中，没有层层试镜、没有你死我活的选拔，直接带进乐青，还出道便奠定了地位。

那时候营销号还喜欢玩"励志故事"那一套，APEX 这样的热点自然不会放过。

虽然他们刚出道，可陆瑾沉、纪梵、谢沐然这三位太子家底摆着，营销号不敢贸然下手，也实在"励志"不起来，只好从何子殊那边下手。

乐青早就知道会有这情况，早就把消息封锁了大半。

除了个别有点水准的，扒出个省重点的消息外，什么也没捞到。

当年点击率高、噱头足的一篇文章，名叫《出道即巅峰，现象级艺人何子殊看似一帆风顺的出道经历，实则有着不为人知的辛酸苦楚》。

网友兴冲冲点进来，想看看多么辛酸，多么苦楚，然后骂骂咧咧退了出去。

酸个屁，苦个屁。这掌笔人一定是个假粉丝。

明明是看似一帆风顺，实则更加一帆风顺。

所以小周有点怕，这"辛酸苦楚"，虽迟但到。

要是第一次触电不成功，那不就是哥的第一个滑铁卢了吗？真的不会留下什么心理阴影吗？

而且最让小周紧张的是，本来定好是安姐陪着来的，不知怎的，临了却变成了他，安姐还说是哥他自己要求的。

小周深感责任之深，更想做点什么，又怕做错什么。

可等何子殊那句"紧张啊"说出口，小周却又跟卡了壳似的，完全不知道该怎么缓解他的紧张。

小周脸皱成包子样："哥，我给你按个摩吧，怎么样？"

何子殊合上杂志，半卷着，在小周额角轻轻敲了下："不怎么样。"

小周自暴自弃："我一想到你第一次试镜，我就紧张。哥，你都不知道我面试助理的时候，紧张成什么样。"

何子殊看他："？"

小周："我虽然是文哥带进来的，但面试流程也要走。为了方便起见，就跟着一批面试其他艺人助理岗位的人一起。我们那时都统称为考生、考官的。"

小周顿了顿，有些艰涩地继续说道："当时考官一共有四个，我序号是九号。

"我本来想说，各位考官下午好，我是九号考生周家立，可因为太紧张了，进门第一句话变成了：各位考生下午好，我是九号考官周家立。

"直到现在，那几位负责人见面还会喊我'九号考官'。"

司机笑得差点握不住方向盘，何子殊也笑出声。

小周耷拉着肩膀："所以我想让哥你不要这么紧张，可又不知道做什么。可能安姐在的话，会好一点。"

何子殊语气温柔："九号考官，你也很好。"

其实今天他的本意，是一个人来。

试个镜而已，虽说不上百分之百有把握，但这么久的功课，也不是白做的。

可林佳安不放心，所以何子殊说让小周陪着就好，谁知道这人比他更紧张。

何子殊也不看书了，听着小周讲他自己的事，两人倒放松了下来。

王野今天的试镜地点，是临时搭建的一个影棚，一间半清水出租房。

王野不知道从哪里弄了一个铁架床过来，屋顶上是掉了大半漆的天花板，屋子墙壁上还有发黑起翘的墙纸。

布置得有点粗糙，但何子殊能看出来是用了心的，跟他想象中"林秋"的屋子相差无二。

这几天，林佳安一直跟他说王野的仪式感体现在方方面面，有一套专门的"沉浸式"风格，何子殊是彻底见识了。

就连一个试镜用的临时屋子都花了不少心思。

何子殊到的时候，场外等候区已经坐了不少人。

他穿得低调，低着头，身边又只带了个并不经常露脸的小周，往后排最角落的位置一坐，别人也没太理会他，只当是个小新人。

两人等了十几分钟，一个戴着鸭舌帽的男人走了出来，说试镜要推迟半个小时，王导路上有点事，得耽搁一会儿。

说完这句话，那人直接转身进了里间。

听说王野还没来，众人下意识地松了神，彼此间一对眼，前排很快闹腾起来。

来试镜的人里，有面生的，自然也有荧幕常客。

"林秋"的角色形象，限制了一些客观条件，因此试镜的人，年龄大多相仿。

于是在这群人当中，有过作品、曾拍了几部电影，或像何子殊这样，跨圈试镜的几个小生，很快就成了中心。

娱乐圈说白了就是个人情场、功利圈。

喜欢演戏，所以来试镜的人，有，但绝对不在多数，尤其是在这个最难安下心的年纪。

因此对在场很多人来说，人脉甚至比试镜更重要。

因为试镜百里挑一，实力加上运气成分，本身就跟玄学似的，落选概率远远大于试镜成功的概率。

可人脉不同，只要你会周旋，就能有点收获。

后排本身有十几个人，可前排动静一出，他们也坐不住了，纷纷起身，原本最角落的何子殊反倒成了特别的那个。

小周靠近何子殊，压着声音道："哥，要去打个招呼吗？"

小周嘴上这么说着，但他心里是不怎么愿意的。

前排试探的视线不少，各种都有。

疑惑、好奇、敌意，也有……笑话的。

他看了个遍，心头有些窝火。

尤其是那几个隐隐带着讽笑的，年纪小，藏不大住表情，看着何子殊"不合群"的行为，可能是觉得他在装清高。

倒是被围在中间的几个人，神情自若，待人也客气，端着些"前辈"的架子。

何子殊闻言，摇了摇头。

这几天他几乎都泡在剧本里。

读书时候的习性，就这么硬生生的，被逼了几分出来，过一行文字，记一行文字，再转为各种七零八落的画面。

他现在满脑子都是"林秋"，几天下来，话也很少说，现在让他过去，这个招呼怕是打不好。

小周舒了口气："我看这里还要吵一会儿，我陪你出去走走？"

何子殊刚应声，门口忽地传来一阵骚动。

刚刚那个宣布试镜推迟半小时的工作人员，从里屋走了出来，身后还带着五六个人，朝着门口，迎了上去。

门口离等候区隔得有点远，隐约能听见几句话。

"王导来了。"

"白影后也来了？"

"好像是一起的，据说还有其他人。"

看这架势，位置上的众人也懂了，全都跟着起身。

王野带着一群人走了进来。

等看清人，小周神情已经绷不住了。

简直了！

绝了！

今天这阵容简直绝了！

他都不敢想，这要是被透露出去，得闹成啥样。

他哥无论选不选得上，都得引起一阵腥风血雨。

因为除了王野外，几乎全是熟悉面孔。

跟王野贴身交谈的几位，俨然就是在《榕树下》帮他哥搬坛子，给小憨憨阿柴建乐园，被粉丝亲切称为"神级建筑团"的几位大佬。

以及白英。

以及白英身旁的……宋希清。

小周现在觉得，他那时脑子一抽说出口的黑历史，简直就是人间纪实。

何子殊现在要是开口，对着前排那些人说一句"各位考生大家好，我是九号考官何子殊"，绝对也是有人信的。

他现在这么低调地坐在考生席位上，才是怪事。

自古以来，裁判都是不允许参赛的。

小周拼命压着自己内心的激动，跟何子殊咬耳朵："哥，你是知道了今天试镜的人，所以这么淡定的吗？"

其实何子殊心里的诧异没比小周少。

白英肯定也是知道了，才没跟他透露一个字。

但他想不明白。

为什么……宋希清也会出现在这里。

哥不是说宋老师还在国外吗？

见到这么多长辈，何子殊摘了口罩。

但他只是安静站着，没说话，也没上前。周围人视线又都定在门口，也没人注意他。

小周有些紧张："哥，白老师他们要是过来了呢？那打招呼吗？会不会被别人说啊。"

何子殊笑了笑："有这个心思的人，你做什么都躲不过，没这个心思的人，也不用躲。"

何子殊没小周那么多顾虑。

这么多双眼睛看着，刻意去瞒，没必要，也瞒不住。

白英从一开始就和他说，人脉、资源、人情，不是什么上不了台面的东西。

别人愿意借，你还得起，你就可以接。

给几分，还几分，就可以了。

当初梁也力排众议选了白英，闹得半个圈子都沸沸扬扬，最终还是用作品堵住了悠悠众口。

所以他不用刻意去表现，却也不用遮掩。

何子殊说完话，抬起眸子的瞬间，对上了宋希清的视线。

然后等候区所有人就看到，宋天后和白影后对着身旁的王导，不知说了句什么。

那边一众大佬就齐齐转头，看了他们一眼。

除了王导依旧面无表情外，其他人还都笑了下！

所有人："？？？"

发生了什么？为什么要笑？

紧接着，在全体围观群众的注视下，白英和宋希清，竟然朝着他们径直走了过来！

等候区所有人都开始紧张。

他们当中也不乏转型的歌手，看见宋希清的瞬间，呼吸都一滞。

几乎半退圈的天后，为什么会出现在这里？

还有那一圈举足轻重的电影人。

这个试镜阵容，未免太牛了点。

白英和宋希清一步一步走过来，所有人都弯腰，"老师好"的声音此起彼伏。

白英和宋希清笑着打了招呼，然后走到等候区，绕过矮椅，最终停在一个人面前。

前排人的视线都跟着白英和宋希清走，没分神，又鞠着躬，也没抬头，因此没注意到那人取了口罩，直到宋希清的声音传来。

"阿姨带了些点心给你，就你上次说好吃的那几种，在我车上放着，等会儿去拿，还是直接让人放到你车上？"

所有人："嗯？"这明显的语气差别是怎么回事？

这么亲昵？

在近乎震惊的好奇中，他们抬起头来。

只见那人眼角弯出一个好看的弧度，轻声回了句："我自己去拿吧。"

所有人："……"

何子殊？！

一旁的小周忙低下头，管理表情，心里却在大喊：让我看看是谁在暗爽！

哦！是我自己！

周围视线一下子多了起来，无论是工作人员还是试镜的演员，都明目张胆地朝着他们这个方向看。

白英和宋希清也怕打扰何子殊的状态，只说了几句，便被工作人员带了进去。

可就算这样，外头的气氛已经降不下来了。

何子殊带给他们的冲击力，甚至不亚于白英和宋希清。

尤其是刚刚被围在中心的几个小艺人。

《天尽头》角色缺口大，来试镜的人不在少数。

但影片基调在那里摆着，王导要求又高，能被推荐来或者自荐来的，大多是科班出身。

再加上"林秋"这个支线短，从目前的剧本来看，镜头不多，配角之一，但戏份却又不简单。

对于他们这样拍过几部戏，高不成低不就的人来说，王野的电影和口碑，实属最好的东风，是他们进军电影圈最好的"入场券"，同时也是吸引片约的保证。

而且《天尽头》明显不是一般的商业电影，百分之百要拿来冲奖的。

到时候奖项一加成，他们的身价也会跟着水涨船高。

但这是对他们这种小艺人而言，不是何子殊。

以何子殊的"咖位"出发，纵向、横向一比，"性价比"不仅仅是低，而是很低。

演技被碾压还是小事，要是成了整部电影的败笔，那绝对是得不偿失。

那些影评人可不会管你人气多少，粉丝多少，演得好就是好，是新人也不吝赞美，演不好就是不好，就算是顶流，最后也要躺平任嘲。

几行字戳得你脊梁骨疼都是常态。

再惨一点，连续扑了两三部，"票房毒药"的标签就摘不了了。

所以他们想不明白，何子殊究竟为什么会出现在这里？

好好去拍个商业电影，不好吗？

穿些金贵衣服，接个男一号，不好吗？

立个霸总人设，赚点粉丝票房，不好吗？

是钱不香，还是嫌黑点太少？

为什么要坐在这个小角落跟他们抢一杯羹？

几人下意识地对视一眼，心里都有了数，面上却没显。

那几个刚出道的，不像这些在圈里泡过几年的，还能勉强装着"这没什么"的样子，已经三三两两聚在一起，眼睛冒着光，踌躇着要不要上前搭话。

这可是何子殊啊！

现在的娱乐圈跟以前完全不同，除了一些请都请不动的老艺术家是彻彻底底的电影咖，只专注于演戏的人真不多。

为了迎合市场，为了吃饭，他们不可能把自己局限于单一的圈子。

那么何子殊对他们来说，就是天花板，而且还是顶天了的那种。

演技碾不碾压他们不知道，人脉，绝对能把他们碾成渣。

就在刚才，他们竟然还觉得那群神仙是在看着他们笑？

这明明是何子殊后援团式的试镜阵容！

小周装作无意地扫了刚刚那几个新人一眼。

何子殊离得近，看到了他的小动作，重新坐回位置上，笑了下："别乱看。"

小周摇了摇头，像只扑棱着短翅膀甩水的小鸡似的，忙道："没乱看没乱看。"

他只是觉得爽。

他跟着 APEX 也有很长时间了，知道这几个人的脾性。哪怕是陆瑾沉，在工作的时候也从不摆架子，待人认真，就算合作个节目，都会将工作人员名字记得清清楚楚的那种。

各自的工作室和团队也一样，能低调就低调。

所以接触久了，他都快忘了这圈子还有"拜高踩低"那一套。

而且踩的还是何子殊！

虽然那时候他们还不知道被他们斜眼看的是何子殊，但其实也没差。

用高杰曾经告诉过他的话来说，无论是艺人还是他们这些艺人团队，在这圈子里，都别做什么"拜高踩低"的事，因为你不会知道那些人以后会是个什么景象。

把自己摆太高的人，迟早会摔跟头，哪怕不在他们这里摔，也得在别处摔。

众人你看看我，我看看你，愣是没人敢做那第一个上前的。

毕竟意图太明显。

何子殊现在神色有点淡，小周知道他想安静点，看着周围跃跃欲试的众人，小心翼翼道："哥，我们还出去吗？"

何子殊摇了摇头，重新戴上口罩。

这是个明显"请勿打扰"的信号，有点眼力见儿的人都懂。

果然，前排人都消停了一点。

小周松了一口气，转头问："哥，宋老师怎么会来啊？"

何子殊也正在想这件事，闻言顿了顿，慢声道："可能是主题曲。"

白英和陆瑾沉都跟他提起过主题曲的事，但也只说了可能，没说敲定。

"主题曲？"小周睁大眼睛，"宋老师要重出江湖吗？"

何子殊莞尔："本来也没封麦啊。"

小周愣了愣。也是，他都快忘记了，宋天后还没封麦呢。

只是这些年宋老师基本不唱歌了，除了没正式宣布封麦外，跟退圈的状态也没差，大家也都心照不宣。

这忽地闪现一下……

小周小心翼翼抬眸，悄悄睨着，看了何子殊一眼。

他怀疑宋天后今天到场，包括接下主题曲，都是为了给他们乐青小摇钱树镇场子！

而且他迟早会掌握证据！

两人又聊了两句，里屋有人走了出来，对着等候区的位置点了点头，示意试镜正式开始。

何子殊顺序靠后，也不急，坐在位置上，闭着眼睛缓神。

等候区的座位慢慢空了，何子殊揉了揉酸胀的脖子，旁边原本放着椅子的地方空了一块，本来坐在那边的小周也跟着一起消失。

何子殊刚睁开眼睛，还带了点不自知的茫然。

负责外场试镜顺序的工作人员是个男生，看了看何子殊，猜他在找助理，于是笑了笑，朝着后方一指。

何子殊摘下口罩，点头致谢，往后一看，就发现小周连人带椅坐在墙角。

小周身子俯得很低，躬着腰，几乎要跟膝盖贴上，膝盖上放了一张白纸，手上还拿着笔。

何子殊起身，走过去，轻声问："写什么？"

小周抬眸，语气有些惊喜："哥，你醒啦！"

小周说完，仰起头，把膝盖上的纸抖了抖，递给何子殊："这个给你！"

何子殊接过，从头到尾看了一遍，看了小半会儿，笑了。

满满当当一张纸，跟个观察日记似的。

从一号到十四号，几点开始试镜、几点结束、历时多久、出来是个什么神情，都写得清清楚楚，甚至还在序号后做了标记。

比如什么"看着胸有成竹，竞争力：三星""历时最久，潜在竞争力：四星""面红耳赤，竞争力：一星"……

何子殊浅浅吐了一口气，说不紧张，那是假的，但小周这张写满的纸，却把那种情绪散了大半。

何子殊嘴角不自觉弯起，轻声道："辛苦了。"

小周总算找到了自己能做的事，眼睛一亮："我闲着也是闲着，哥你觉得有用就好！"

两人正说话，催场人员在后面轻声喊了句："子殊，到你了。"

何子殊把纸递回去，见这人比他还紧张的模样，笑了下："记得给我评分，周考官。"

小周连连点头："非你莫属，竞争力十星！"

何子殊站在门口，调整了下呼吸，推门进了里屋。

里屋没开灯，只有最外侧的墙上，开了两扇窗。

窗上覆着一层灰色的贴纸，本就不亮的光线又被滤了一层，显得越发暗。

窗下就是一连排的长椅、长桌。

白英和宋希清坐在左侧，看见他，只笑了笑，没说话。

王野坐在最中间，眉头皱着，脸上写满烦躁，连最基本的掩饰都没做。

何子殊想起小周那张平均竞争力只有两星的观察日记，心里了然。

因为在他之前的那几个，接连都是一星。

有个还只有半星，小周给对方的描述是"下一秒就要哭出来了"。

演员和导演之间，影响素来是双向的，所以也可以解释王导这一脸爆炸的原因。

王野定定看着何子殊，半晌，一点表面功夫也没做，把剧本单页直接递给何子殊："演这段，给你十分钟准备，可以自己发挥。"

何子殊接过一看，是"林秋"照顾林阳阳的戏份。

他有点诧异，因为在他的设想里，试镜的片段，应该会偏向中后期，或者是比较难的眼神戏，可竟然只是这样一个日常戏份。

何子殊拿着单页，进了搭建好的小屋。

等进了屋子，他才发现，这影棚的一角是有镜头的。

他原先还在猜王野周围那个监视器是什么。

　　既然屋子里有镜头，也就意味着，试戏的片段会在导演的镜头上呈现出来，而且是没有打光和收音。

　　虽然是一个临时赶工的半成品，但就算再粗糙的半成品，也会比肉眼效果强得多。

　　顺序、细节、走位、眼神、感染力……他需要注意的东西太多了。

　　何子殊给自己做了一个简单的心里预设，然后低头看单页剧本。

　　王野给的这个单页剧本只有几行字，就像一个光秃秃的树桩，没有枝杈、没有花叶，他得用自己的方式让它长出新东西来。

　　何子殊只看了一眼，便放下剧本。

　　他坐在铁架床的边沿上，低着头，在脑海里把反复看了五六遍的剧本摘了出来，从头到尾过了一遍。

　　十分钟到，何子殊抬眸，起身。

　　在场记板打响的瞬间，场外的监视器也应声而开。

　　所有人盯着屏幕，都没有说话。

　　当何子殊的脸出现在监视器上的时候，坐在评委席上的一众人的第一反应就是，白英说得没错，这人的确长了一张荧幕脸，哪怕没什么打光，也眉眼分明。

　　可外貌的新鲜劲过后，让他们觉得更有意思的，是何子殊的状态。

　　他们只给了十分钟准备时间，不长，可何子殊显然准备得很充足。

　　明明只是个临时搭建的屋子，可何子殊所有动作都很自然，就好像真的是他生活的地方一样。

　　尤其是细节，比如在单页里不曾提到，但分发给试镜演员的剧本里写过："林秋的屋子很小，厨房水槽底下的管道已经很多年没换过了，管口处都裂了条细缝，水流只要稍微大一点，往下一冲，便容易脱落，顺着排口淌出来。"

　　这是个细节，剧本里没告诉演员需要怎么做，王野的本意就是让他们自己琢磨，何子殊却表现出来了，开龙头的时候，只开了一点，还会低头看一看排口。

　　王野眼神没离开监视器，说："你是不是带着'拆'了？"

　　这个"你"，指的自然是白英。

宋希清偏头，问白英："拆？"

白英："圈子里的行话，拆剧本，拆镜头，一个字一个字、一帧一帧去拆，在脑海里模拟走一遍，是个大工程。"

白英和宋希清打完耳语，回道："我有这个心，却没这个时间，刚从电影节回来。"

顿了顿，白英又道："你别不信，他'拆'得比我好，这点我教不了他。"

王野偏头，看了白英一眼。

白英："这是实话，老师也这么说。"

这下不只是王野看她了，连其他人都看了她一眼。

白英的老师是谁，大家都清楚。

"子殊不是单纯的记性好，是聪明，吃得透。"白英说完，看着王野，笑了笑，"这是不是你要的烟火气？"

白英知道王野不满意在哪里。

之前的十几个人，大多科班出身，说演技、经验，可能都比何子殊要成熟一点。

一些细节部分，后期通过讲戏其实也可以达到。

但就是少了那么一点"烟火气"。

这个年纪、这个时间，能被送到科班做系统训练的，不说家底殷实，起码也有些家底，他们和"天尽头"这样的小巷，其实是不相融的。

所以可能连他们自己都不知道，自己那份"不自然"究竟不自然在哪里。

王野要的这种"自然"是很难通过讲戏说明的，非要说的话，还是那句老话，只可意会，不可言传。

就像白英那时候也不知道什么是梁也要的"死气"，直到她进了那样的环境。

何子殊接触过，所以他懂。

王野没回答，只低头，从单页剧本里又挑了张出来，递给一旁的工作人员，随即抬眸，喊了声："CUT（停）！"

何子殊刚踏出门，手上又多了一张单页剧本。

王野的声音同时响起："也是十分钟,你自己发挥。"

何子殊一看,和之前的内容如出一辙。

除了……时间线。

刚刚那段是杨美珠走之前,这段是杨美珠走之后。

所以其实是完全不同的戏份,哪怕文字都是一样的。

而且这段戏份,剧本里并没有提及。

何子殊深吸了一口气,重新进了屋子。

场记板再次打响。

这时候,屋外一席人通过镜头,明显感受到何子殊神色重了。

眼神有点沉,明明是跟刚刚同样的动作,却没什么规律、没什么章法。

时间一分一秒过,王野慢慢放下笔。

他现在已经信了白英那句话。

这人真的不是单纯的记性好,而是吃得透。

王野:"CUT。"

何子殊被这声"CUT"惊得指尖都颤了颤,等回过神来,才知道结束了。

他放下手上的东西,走了出来。

从他开始试镜到现在,其实没过去多久,外头还是一样寡淡的光线,他却觉得,好像跟自己进来的时候比起来,亮了一点。

面前的一群人,跟他进来时看到的神情也差不多,又直觉有哪里不一样。

王野没说话,席位上的其他人也没说话,助理依照惯例开口:"回去等试镜通知就好。"

何子殊闻言,说了声"辛苦了",然后对着王野他们鞠了一躬,转身就往外走。

可就在他刚转身的瞬间,王野却突然喊了句"等一下"。

何子殊回过头来,王野直直看着他。

半晌,王野一字一字道:"林秋回来了吗?"

何子殊一怔。

王野又问了一遍:"'林秋'最后回来了吗?"

这次,他的眼神很深,几乎是死死盯着何子殊。

他眼中何子殊可能会有的疑惑、不知所谓、茫然,都没有出现。

那人就站在淡淡的天光里，笑了笑，说了句："回来了。"

王野："为什么？"

何子殊指了指窗台上那盆花："因为花开了。"

王野眉头一点一点舒展开来，露出了第一个笑容："回去等通知吧。"

同一个问题，他问了之前十几个人。

"林秋回来了吗？"

有回答"有"的，也有回答"没有"的。

理由无外乎是那几个。

"会回来，林秋视杨美珠为救命恩人。"

"会回来，林阳阳信任林秋。"

"不会回来，林秋发现自己变成了第二个林阳阳，变成了第二个杨美珠，心死了。"

"不会回来，因为这里是天尽头。"

其实说得都对，一个演员对角色的理解怎样都对，王野也觉得很好。

但这种"留白"是有局限性的，只有何子殊用剧本回答了他，用他心里的答案回答了他。

"林秋"这条支线结束，可影片还没有结束。

杨美珠其实并没有走远，在林秋走之后的第三天，她回来了。

杨美珠深夜带着林阳阳离开了"天尽头"。

她的行李箱里，还放了一盆从窗台拿下来的花。

在剧本中没有提及，只有脚本上的几个字，而且也不是属于"林秋"的戏份，但何子殊看懂了。

杨美珠知道，林秋回来了。

就像林秋也知道，是杨美珠带走了林阳阳。

林秋最后一场戏份，是站在巷口回望"天尽头"。

回来或者不回来，"林秋"不会说，但他的眼睛骗不了人。

白英看向王野，压着声音，开口："怎么样？"

王野顿了顿，咳了一声："还行。"

白英："怎么个还行法？"

王野只一笑，白英什么都懂了。

瑕疵自然有，但……瑕不掩瑜。

何子殊试镜结束，从内场走出门的瞬间，小周便迎了上去。

小周神色还有些紧张，下意识地握了握拳，想说些什么，可又怕说错什么，最后什么也没问，只晃了晃手机，道："哥，宋老师给你带的点心我已经放车上了，王导这边还有事，她和白老师不太方便出来，让我们回去路上小心。"

何子殊点了点头："好。"

等候区那边的人，从何子殊进场起，就有些焦虑。

本就偏后的位置，磨得人定不下心。

再加上前面是何子殊，这试镜时间估摸着又拖长了将近两倍，留下了足够可观的想象余地。

哪怕现在何子殊神色挺淡，可落在他们眼里，还是被解读出无数种意思。

何子殊注意到了，小周自然也注意到了。小周上前一步，有意遮挡了大半视线，带着何子殊从左侧的出口走了出去。

直到上了车，看到那装满点心的食盒，何子殊浮着的心思，才晃晃悠悠有了点实感。

何子殊拿起一个糖酥，咬了一口。

甜味不重，口感正好。

小周怕他腻，倒了杯热水，递给他。

小周想了想，又道："哥，要不给宋老师发个信息？"

"不了，"何子殊摇头，"试镜还没结束，别打扰她。"

车驶出地下车库，光线骤然变亮。

小周倾身拉下遮光帘，小声道："哥，今天试镜的事，我跟安姐打过招呼了。"

何子殊："什么事？"

小周："就给你试镜的老师们啊，除了王导，基本都认识。"

更别说宋希清和白英了。

小周："我怕等会儿消息一出，可能要上热搜，所以提前知会一下安姐，也好有个准备。"

何子殊闭着眼睛："现在不会。"

小周："？"

何子殊："试镜结果还没出来。"

只要试镜结果没出来，只要没签合同，剧组随时可以换人。

今天来试镜的人里，新人占了大半，一只脚都还没踏进娱乐圈里，和乐青硬碰硬，没必要。

对于其他人来说，也是如此。

王野在电影圈中的好口碑不是假的，"林秋"角色一天未定，哪怕是拉着何子殊出来遛一圈，也只是翻个闷响的水花。

何子殊如果没选上，那这角色无论落到谁头上，都不讨好。

因为越级碰瓷炒作的嫌疑太明显了，何子殊粉丝、人气都是碾压式的，要真被盖上"贴着顶流吸血"的戳印，在很长一段时间内，他们的路人缘都不会好。

所以现在要做的，就是等。

小周一知半解，可接连好几天，网上都风平浪静。

就在他心快落地的时候，"林秋"角色尘埃落定。

合同签订的第二天，各大营销号就跟收了统一指令似的，齐齐冒了头。

吃瓜的狸V：【# 何子殊参演《天尽头》# 靠着《走马》捧得两项顶尖导演大奖的王野，耗时三年之久筹备的最新力作《天尽头》，参演阵容可谓强大，从筹备前期便公布的女主角影后白英，到各大票房、口碑保障的实力派，上映时间虽未定，势头之猛不容小觑，有望冲击近年各项大奖。但狸狸收到最新爆料，何子殊确定参演《天尽头》，与影后白英有直接对手戏，试镜当天，白影后作为引荐人兼试镜官出席，同时出席的还有天后宋希清、章汉、田永鹏、周军……】

此营销号打头一出，瞬间引起轩然大波。

置顶的几条评论都经过刻意筛选，导向性非常明确。

【第二段话信息量很大啊，又是引荐人又是试镜官的，还有章汉、田永鹏、周军……当初白影后带着这些老师上《榕树下》，我还以为演的是《老友记》，结果里头门道弯弯绕绕这么多，表面朋友"实锤"了。】

【据说何子殊是从一大帮科班生中"脱颖而出"，一个从来没接受过系统培训的偶像，在一群科班生中"脱颖而出"，不说了，自己体会。】

【现实主义类型片本身就很难与票房并驾，王导也要"恰饭"的嘛，大家理解理解啦。】

【吃相难看，王野既然要票房就别拍这种影片，非要搞这一手骚操作。】

#何子殊参演《天尽头》#这个消息很快登上热搜。

何子殊家大粉在营销号之前，已经通过渠道知晓了何子殊参演的消息。但毕竟能力有限，后台又明显有资本运持，评论有些控不住。

为了避免一些无谓的争论，大多以"感谢王导的肯定，期待演员何子殊"以及"拒绝贷款嘲"这样的中性言论为主。

这种"贷款黑料"一时很难扭转方向，粉丝们也懂。

这种从拍摄再到上映，周期长，全貌未知、结果未知，是众多第一次接触银幕的流量明星必经的过程，不止他们一家。

每一家采用的基本政策也大多相同——忍一时风平浪静。

但在营销号有意的引导下，再加上对"流量明星"本身存在的一些主观"滤镜"，风向渐渐偏了。

何子殊试镜结束后，就被接到了白英那边，由梁也带着讲戏。

《天尽头》这部戏王野筹备了三年，从选景到选人，都花了大功夫。

就像很早就敲定白英一样，大多数角色也敲得早，"林秋"因着后期拍摄的变动，是为数不多的试镜角色之一。

所以在"林秋"这最后几个角色试镜完毕后，开机便提上了日程。

这也就意味着，何子殊必须尽快调整状态。

陆瑾沉到白英别墅的时候，已经深夜了。

白英裹了条毯子，坐在沙发上等。

陆瑾沉进门的瞬间，开口："子殊呢？"

白英抿了口热水："睡了。"

陆瑾沉皱着眉，往楼上看了一眼。

白英见状，道："找了个理由，没收了手机，网上那些事应该还不知道。"

白英又问："你让人撤热搜了？"

陆瑾沉没答。

白英："这事急不得。闹得凶也不见得是坏事，等影片上映，所有质疑也就跟着散了，欲扬先抑这套，吃的人不少。"

陆瑾沉淡声道："时间太长了。"

陆瑾沉只想让人安心拍戏，也安静拍戏。

从拍摄到上映，时间太长了。

陆瑾沉又问："什么时候进组说了吗？"

白英："马上，王野的意思是在年前先把后半段戏拍了，镜头不多，但得磨，你也知道他的性子，肯定要磨到自己满意的镜头才结束。"

陆瑾沉："这么快？"

年前，那也就是这几天的事了。

白英："也是为了他考虑，在年前把几场戏拍完，然后放个假，缓冲一下，再把前半段拍了。"

白英："毕竟现在状态好。"

陆瑾沉偏头，看着白英。

这几天无论是林佳安还是他自己，被白英授意，都没去找何子殊。

陆瑾沉知道白英口中这个"状态好"是什么意思。

是作为"林秋"状态好，而不是作为"何子殊"状态好。

白英难得心虚，摸了摸鼻子："戏不多，快的话一个星期，慢的话半个月，够了。"

陆瑾沉声音微哑："在进组前，我会把热搜撤干净。"

白英懂了："也好，你看着办吧。"

陆瑾沉点了点头。

陆瑾沉看过剧本，他知道何子殊马上要拍的戏份基本都是个人戏，互动戏少，所以梁也才说要放到那个环境里让他自己感受。

也正因为如此，所以外界的因素必须降到最低。

陆瑾沉觉得网上有些言论，和巷子里的那些话，本质上是一样的。

就像林秋单独照顾林阳阳的两个月间，小巷里的人对他的态度也发生了很大的转变。最开始的可怜，在林阳阳日复一日的怪异行为中，也逐渐变为嫌恶。

其实那不是针对林秋的，而是针对林阳阳和杨美珠的。

可杨美珠走了，林阳阳又什么都不知道，针扎在空气上、扎在木头上，都不会疼，那种嫌恶便转移到了唯一能有所回应的林秋身上。

陆瑾沉喝完一杯茶，等衣服上寒气消了些，便起身。白英问道："要不要在这里睡？客房干净的，换个被套就好。"

陆瑾沉沉默了一下，摇头："回去还有事。"

热搜只靠压可能会适得其反，他得去找一趟王野。

乐青忙了一个晚上，撤了热搜和一些讨论度很高的帖子。

可谁知道，当天早上，网上流出了一份虚假的试镜名单，其中不乏一些实力派新生代演员。

明显挑火的虚假名单，但各种乱七八糟的认证，加上所谓"内部人士"的爆料，说乐青砸了千金才让何子殊进组等等，噱头多到让人看花了眼。

一个平日就贴着"流量明星"搞话题的大 V 立刻下场。

隔壁金戈 V：【王导的电影鄙人有幸看过几部，作为现实主义类型片的良心导演之一，水准在，口碑也在，奈何最终还是被票房打败，可想而知，现在的电影圈究竟有多浮躁。

【我对"小鲜肉"之所以不感冒，就是因为这些人对不属于自己的东西觊觎太过，失了本分。接地气的作品本就少，把该用的人用到该用的地方，才是正道，才不至于把东西变成"四不像"。

【我就想问问何大明星，粉丝能给你贡献票房，能给你贡献演技不？能给你贡献大奖不？凭着一个角色毁掉一部电影，你能负责不？ @ 何子殊 V@ 何子殊 V@ 何子殊 V。】

这三个明晃晃的 @ 让热度持续爆炸，"隔壁金戈"这个名字也一跃上了热搜。

何子殊粉丝几乎气到吐血，大粉正疯狂组织语言准备发文章的时候，群里突然被一句"快去看热搜"刷屏。

所有人打开微博一看，手指都有些颤。

她们看到了什么！

五百年不发微博的王野导演替她们家哥哥说话了！

而且是直接转发了"隔壁金戈"那条微博，并配字道："我负责。"

我负责！

刚开始很多人也都在说，王野是碍着白英的面子，才给何子殊排了个角色。

可现在王导直接回呛不说，而且回的是"我负责"。

"我负责"是什么意思。

言下之意就是：我把话放在这里了，如果这人毁了电影，我认栽。

可这种狂到不行的语气，明显就是"我不怕栽"的意思。

粉丝一口气差点没上来，谁知道还有更刺激的。

因为白英也直接发了条带图微博。

图片上是两个人，一个何子殊，一个梁也。

何子殊盘腿坐在地上，把手上的本子递给梁老。

本子的封面上，还写着《天尽头》三个大字，明显是梁老正在给人讲戏。

白英给这张图配了一句话——老师原话："我负责。"

这个"老师"指的是谁，所有人心知肚明。

所有人都被梁也这话炸了出来，魂都炸掉了一半。

梁也给何子殊亲自讲戏是个什么概念？

如果电影圈也有论资排辈这样的规矩的话，那流传出来的那份试镜名单上的人，都得喊"何子殊"一声老师。

原以为那试镜阵容已经够牛了，谁知道还有更牛的。

"隔壁金戈"那条微博已经被抨击得关掉了评论。

一个靠着蹭热度、天天和粉丝对喷博热度的人，竟然被嘲得关闭了评论，各家粉丝多多少少都没少被这人讽刺过，这下总算有了个口子，瞬间统一了阵线。

不久后，《天尽头》主题曲领航官宣。

演唱者一栏，赫然写着宋希清、何子殊。

几乎半隐退的宋希清，近年来首度献唱，合作对象是何子殊。

网友：！！！

第二章 林秋

JINZHI
DANFEI 2

　　网上余劲久久不消，在一地沸扬中，事件中心的主角，却安安静静进了组。

　　没有几多随行人员，没有闻讯摸来的娱记，也没有随风而动的粉丝。

　　何子殊进组的那天，低调得不像话，穿着一身宽松的羽绒服，站在那条窄长的巷口，就好像是外头路过的人潮里，不小心走进来的一员。

　　王野拍电影是圈里出了名的"非主流"，不像其他导演一样，把演员全部聚起来，在棚子里拍个三四个月，再剪辑、后期、制作。

　　在他的作品里，他有绝对的"话语权"，即便是制片人这样"拿钱的老大"，也得按照他的规矩办事。

　　什么时间、选什么人、拍什么戏份，只要艺人行程不冲突，就得照他的意思来。

　　这戏已经筹备了足足三年，除了人，其余都妥帖，于是在外头还在争"何子殊会不会扛不住压力，编个由头撤一步棋"的时候，《天尽头》悄无声息地开了机。

　　《天尽头》的取景地在古镇林口，半城中村的位置。

　　小巷里的人家尽数动迁、旧改，早早搁置了下来，王野经过多方协调，在两年前便完成了改造工程。

何子殊到的时候，见到的就是这样一幅场景。

重新粉刷过的古灰色墙体，过了几季，又斑秃了墙皮，不规整的一块一块，看着有点野。

那些落漆的凹陷处，风吹又日晒，也不知道沾了什么，泛着并不鲜明的黄渍。

马路牙子的石缝间，青苔肆意长着，汀在发黑的湿漉黏土间，被水一冲，搅着草木灰的气息，从巷头扑到巷尾。

排屋一座接着一座，没有丝毫间隙，在这逼仄的巷间更显得拥挤。

破落得很真实，很有生活气息。

王野听场务说何子殊已经来了，便从巷尾一个拐角走了出来。

王野头上顶着一顶黑色的军大帽，把耳朵遮得很严实，一开口便呵了口白气出来："白英说你怕冷，但这边电力吃不住，没空调，所以给你准备了几个暖炉，看看还会不会冷。

"提前让人定做了棉花被，刚给你铺上，十三斤，镇上一个手艺人新弹的，暖和应该是够暖和了，就是不知道你睡不睡得惯，不合适我们就再换。"

一月的林口风大，天寒地冻的，这地方平日又不住人，少了分人气，是从骨子里冒出来的冷。

王野怕给何子殊冻出毛病来，白英那边又千叮咛万嘱咐，搞得他都紧张起来，一口气批发了十个暖炉，有六个都留在了何子殊房间里。

他不知道何子殊怕冷是怎么个怕法，反正他在那屋里，一个小时都待不下去，六个暖炉跟六个太阳似的，他恨不得变成后羿射掉五个。

何子殊还没说话，一旁唯一的随行人员小周觉出了点不对劲。

电力吃不住没空调是怎么回事？

订了小半个月的酒店，还能没空调？

小周小心翼翼地凑到何子殊耳边，问道："哥，这边酒店没空调的吗？"

小周说这话的时候，巷里卷了阵风起来，冻得他打了个哆嗦，牙齿颤着，一时没把控住音量，被王野听了个正着。

王野从一旁的尼龙袋里掏了两个同款军大帽出来，给何子殊和小周一人分了一个："酒店有，这里没有。酒店那个房间你住吧，子殊这几天得住在'林秋'那个屋子里。"

"啊？"小周还没听过让助理住酒店，让艺人住这些看着就漏风的小屋子的。

这怎么行！

这可是乐青的小太子，乐青的摇钱树，要是把叶子冻掉一片两片，多少人得心疼！

何子殊却是没有一点诧异的样子，点头，说了句："好，麻烦导演了。"

小周皱着眉，挣扎了半晌，开口："还是我睡这里，哥你去睡酒店吧。"

王野失笑，抬手把军大帽盖在小周头上："不差个开房间的钱，只是工作需要。"

王野收回视线，看着何子殊："短时间内要熟悉环境，熟悉镜头，熟悉'林秋'的身份和生活状态，把自己放进去，这是最直观有效的方法，可能会有点辛苦，这半个月得熬一下。"

何子殊笑了笑："白老师之前跟我说过了。"

"成，有准备就好。"王野双手环着，往宽大的袖口里一揣，"2号开始拍。"

何子殊算了算时间，今天是1月28号，2号……那就是四天后。

王野："这四天时间给你，你觉得怎么合适，就怎么来。

"不过手机最好先放助理那里，让自己尽快适应下来，最多给你四天，要是状态好，可以提前开拍，最后两天再拍和阳阳的对手戏，不多，就两场。

"剧组里的人都提前打过招呼了，不会去打扰你。"王野说着，伸手往后一指，"我就住在那间屋子，有事可以直接找我。"

王野一一说完，领着何子殊进了"林秋"的屋子，也是他接下来半个月的住处。

屋内的摆设和试镜时候没什么特别大的差别，看着不大牢靠、被风一吹便嗡嗡闹着动静的老式窗户，熏黑的墙壁，钉在墙上的铁架床。

从里到外透着一个"冷"字。

小周登时就把脸皱成了包子，他怕何子殊吃不消，小步上前，把六个烘灯式暖炉"啪嗒啪嗒"一口气全部打开。

两分钟后，王野摘了帽子。

五分钟后，小周关掉了两个。

十分钟后，三人站在院子里，仰头，乘凉。

何子殊一连在这屋子里住了四天，这四天里，王野从不喊他"子殊"，只喊他"林秋"。

王野知道，现在的何子殊只差那最后一点。

何子殊和"林秋"之间，只差最后一层虚浮着的冰沫子。

而他身为导演，也是旁观者的位置上，能帮何子殊做的，就是给何子殊一阵风，把这片冰沫子吹走。

而收效最快，也最潜移默化的，就是从第一视角把人当成"林秋"，从第一视角转述这巷子里发生的事。

王野执导这么多年，这套技术早就练得炉火纯青，在何子殊身上也没有栽跟头，这反复的刺激直接立竿见影。

渐渐地，何子殊开始不说话了，睡的时间也越来越晚，王野看着他一点一点进入角色，把随时开机的指令下了出去。

不同于王野，对剧组里其他人和小周来说，何子殊那种状态几乎是一下子劈下来，又疾又厉。

当正式开机的时候，何子殊身上的气息，已经和这空落落的巷子格外相衬。

小周看着何子殊一天比一天更安静，心里头越来越急。

有时候他壮着胆子，不喊"哥"直接开口喊一声"子殊"，何子殊都会恍惚很久，才轻声应一句。

就好像他本来就应该叫"林秋"而不是"何子殊"似的。

王野说这正常，也难得，等拍完这段戏份，缓缓就好。

小周不懂这"缓缓"就好，是怎样一个"缓法"，也不懂要缓多久。

这一挨，就挨了小半个月。

当最后一声"CUT"落下的时候，小周几乎是哭着给陆瑾沉打了电话。

最后一个镜头结束，王野从监视器前的椅子上站起身来，带头鼓起了掌。

何子殊就站在巷口，站在他来时的位置上。

突然响起，又很快连成一片的掌声，在这窄巷里荡开来，带了点浊浊的余音，打得何子殊有点恍神。

他已经很久没听见这么热闹的声音了。

灯光组调了光线，巨大的场灯照在坑洼的石砖地面上，染了一层暖阳似的光。

王野拿着喇叭，朝着路尽头的何子殊大喊："子殊，辛苦了。"

"子殊辛苦了！"

"好了好了，我们子殊再也不用开着暖炉睡觉了！"

"还有那十三斤的棉花被！"

……

王野草草收了设备，拉着何子殊，招呼上众人，开着剧组的大车，从这条昏天黑地待了十几天的巷子开了出去。

王野知道，他得给何子殊换个环境，最好换个吵到没法思考的环境。

车子一路往外，驶进城区的时候，王野把窗户开了小半条缝。

那一瞬间，人声、商业街引客的音乐、偶尔的鸣笛，嘈杂成一片。

明明是寻常到不能再寻常的光景，王野却忍不住点了一根烟。

这十几天，一脚都没踏出去过的，除了何子殊外，就是他了，所以也憋得厉害。

王野偏头，想跟何子殊说说话，就看见这人视线一直定在他手上，他下意识地低头一看，是冒着火星子的烟。

王野顿了顿，这才想起来的确不大合适，赶忙在烟盒上捻掉："一下子忘记了。"说着还拿手挥了挥，散了散烟气。

何子殊怔神了很久，轻声道："没事，您随意。"

王野闻言，掐着盒子，用指节抵着，给何子殊递了一根："嗯？"

何子殊摇了摇头。

王野把烟收了回去："不会？还是不想抽？"

何子殊："不会。"

王野笑了一下："刚刚眼瞟了，看你盯着这东西看，还以为是想抽烟了。"

王野把烟塞回口袋，自顾自说道："不会好，别去学，这东西对身体不好，也难戒。"

何子殊垂下眸子，半晌，"嗯"了一声。

王野带着剧组的人，提前吃了顿年夜饭，还给每个人发了红包。

何子殊的最鼓，上面还写着"心想事成"四个字。

所有人闹到深夜才歇下，王野这次说什么都不让何子殊再睡那间屋子了，直接把人往酒店赶，说："泡个澡，好好睡一觉，这些天够累了。"

待众人散了，何子殊回了酒店，小周把一切打点好，看着坐在沙发上低着头，也不知道在想些什么的何子殊，止不住有些心慌。

小周缓步走过来，刚想开口让何子殊早点睡，突然听到门口传来敲门声。

不重也不急，只两下。

小周看了看时间，皱着眉往门边走，说道："可能是剧组的人，我去看看。"

何子殊有些走神，没听清小周刚刚那句话，只隐约觉得小周去了很久。

他抬眸的瞬间，门口传来一道清晰的锁舌入扣的声音。

酒店的玄关和他的位置，隔着一道小墙，何子殊只听到声音，没见到来人。

他起身，朝着玄关走去。

可刚走出一步，那道小墙后面，便走出来一个人。

何子殊瞬间怔在原地。

在层叠晕染的环灯间，他忘了说话，任由那人朝着自己一步一步走过来。

紧接着，耳边响起陆瑾沉带笑的声音：

"辛苦了。

"现在可以回家了。"

从最后一个镜头结束到现在，何子殊听了无数个"辛苦了"。

有王野的、小周的、工作人员的，甚至是负责跟组修缮的一些木工师傅，每个人见到他，都会说一句"辛苦了"。

话语中的关切，何子殊不是没感觉。

但那种感觉没来由地浅，因为在他还没有完全发醒的思绪里，这些笑着喊他"子殊"的人，他们身上都带了那条小巷的气息。就好像只是不小心地发生错位，而不是彻底脱离。

独独陆瑾沉，独独他的一句"辛苦了"，拉着他，往前走了一步，走出了那条巷子。

小周在酒店见到陆瑾沉的瞬间，眼睛一下子红了。

他要告状，要哭诉，要以头抢地，要把这些憋了足足半个月的话，一倒斗全部告诉陆队。

这半个月里，何子殊睡在黑黢黢的小黑屋里。

没有空调，没人说话。

不让睡觉，不让人陪。

没有好好吃饭，瘦了好几斤。

不会笑。

王导还只喊何子殊"林秋"，连自己的名字都不配拥有！

他就在旁边看着，而且是撕着日历本看着，还拿笔记录下来。

睡不着的时候，他就会拿出来看看，感觉字缝里都写满了"记仇"两个字！

小周想说的话太多，他回头看了何子殊一眼。

何子殊就坐在沙发上，像是下一秒就要哭出来似的。

现在陆队来了，他吊了半个月的心，总算从嗓子眼一路向下，稳稳扎在了地上。

小周睡了半个月来，第一个好觉。

当他掐着时间，特意等到中午，等到楼下叮叮哐哐闹起来、想睡都没法睡的时候，才去敲了门。

小周打算买点合口味的，让何子殊好好吃顿饭，结果发现房间空荡荡。

小周颤巍巍着给陆瑾沉打电话，没想到那头接电话的会是谢沐然。

小周连忙开口："哥，你们去哪里了？"

谢沐然："小周啊，没去哪儿，别担心，哥昨晚带着子殊回来了。"

小周表情有点裂："回……回去了？昨天晚上吗？"

昨天晚上陆队来的时候都凌晨了！什么事情这么赶！

小周忙道："坐的飞机吗？什么时候走的？有注意狗仔吗？没被拍到吧？"

谢沐然："没坐飞机，开车回来的。"

小周："开车？"

两边车程起码六个多小时，陆队开车过来，又开车回去了？

谢沐然"嗯"了一声。

谢沐然说完，小周还来不及继续问，就听到谢沐然那头的声音突然小了下去。

就像被强行捂住了听筒的那种闷声，还伴着衣料摩擦的刺啦声。

小周扯着耳朵去听，勉强听见"哥你是不是忘了小周""对啊，小周还在那边呢"……

小周："……"

谢沐然咳了一声，清了清嗓子："都回来了，没被拍，你放心，本来昨晚想告诉你一声，想着你应该睡了，不好打扰，就没叫你。

"哦，对了，你的机票给你升了商务舱，回来路上小心，有事打电话。"

谢沐然匆忙挂了电话，看起来格外心虚。

小周听着忙音，打开机票界面，扫了眼上面的具体信息。

的确是升了商务舱，时间就在刚刚。

一看就是临时的补偿。

"本来想告诉你一声，怕你睡了，不好打扰"，这是什么鬼话。

陆队就是把他忘了。

半晌，小周仰头望天。

不知道能不能去跟王导要根烟，抽一下，冷静一下。

他现在不想升舱。

想升天。

陆瑾沉带着何子殊回到别墅的时候，已经很晚了。

他开得很慢，挑了条车流小、偏僻安静的远路，想让何子殊好睡一点，可何子殊还是睡得很浅。

从上车起，何子殊眉头就一直蹙着，没松开过，额角还沁出细涔涔的薄汗，一点动静便惊醒。偶尔醒来的时候，也不说话，就这么看着他，可眼神却没有焦距。

等回到别墅安顿好，谢沐然压着步子跑了过去："哥，这样不行啊，英姐说了，必要的时候，可以吃一两片药。"

纪梵皱着眉："不行，那药有副作用。"

谢沐然眼尾都耷拉下来："我知道啊，可都几天没睡了，哪里吃得消。"

而且这种"累"跟以往的"累"，本质上就不同。

那是精神上的混沌和肉体的困倦相互对峙着，碾压式的疲惫，没有哪一方示弱，一点一点渗进来。

谢沐然和纪梵没了头绪，齐齐看向陆瑾沉。

陆瑾沉："我出去一趟。"

纪梵开口："哥，你去哪儿？"

"拿个东西，很快回来。"陆瑾沉连外套都没披，一边往外走，一边开口，"如果醒了，不要让他一个人待在屋子里。陪他说说话，说什么都行，记得把盐盐抱过去。"

陆瑾沉在回别墅之前，就给宋希清打了电话，叫人把宋易给她的果酒送过来，谁知道宋希清亲自来了一趟，就在小区外面的路上等。

宋希清靠着车门，看见朝她走过来的陆瑾沉，走了过去，焦急道："怎么样了？"

当初白英拍完戏，她陪了整整半个月，所以知道那种状态有多糟糕。

"刚睡下。"面对宋希清，陆瑾沉想敛一敛一身的躁郁，可效果甚微，他皱了皱眉，看着宋希清，"怎么自己过来了？"

宋希清："我不放心，在那边也坐不住，就过来看看。"

陆瑾沉："那怎么不进去？"

宋希清顿了顿，回道："不了，阿英说现在要尽可能让他离开那个环境，我们多多少少都和电影有点关系，潜意识里可能会让他紧张，等过了这个劲，就好了。"

宋希清把酒递过去："能不吃药就不吃药，喝点酒也好，好睡一点，不过也别喝多。我听他们说，他这几天吃得也不好，胃里没什么东西，你看着点。"

"嗯。"陆瑾沉替宋希清开了车门，"早点回去吧，天冷，路上小心。"

直到宋希清的车消失在街角，陆瑾沉才上了车，回了别墅。

何子殊醒来的时候，天已经黑了。

他不知道自己睡了多久，只知道从那边回来的时候，天就是黑的，醒来的时候，天还是黑的。

房间开了盏小夜灯，温温柔柔地亮着。

何子殊只觉得自己做了一个很长的梦，梦里没有小夜灯，没有声音，也没有人。

只有灰白的天和灰白的墙，墙上结了一层厚厚的霜，他就在一条巷子里走，掌心贴着墙壁，怎么也走不到头。

何子殊动了动手指，坐起身来，门恰好开了个缝。

他看过去，刚好看见谢沐然。

谢沐然见人醒了，立刻把门大开，朝着楼下大喊一声："哥，子殊醒了！"说完就跟一阵风似的，冲进来一把抱住何子殊，"什么时候醒的？饿了吗？今天晚上吃火锅，都是你喜欢吃的！"

谢沐然谨记着王野给他们的提醒，不要让他一个人待着，要吵一点，闹一点，说什么都行，就是别提电影的事。

何子殊动作僵了僵，而后放松了一点，轻笑着开口："刚醒。"

谢沐然把衣服给何子殊披上："那我们下楼，盐盐和阿柴都在楼下，闹了好半天了，一个没看住就想往楼上跑，梵梵就满屋子追。"

何子殊还有些恍神，下楼的时候，被阿柴和盐盐扑了个满怀，和谢沐然他们围在一起吃火锅，那种真实感才多了几分。

陆瑾沉不敢让人喝多，只想借着酒劲，让何子殊睡得安稳一点，不想让他宿醉头疼，所以只倒了小半杯。

可这几天何子殊是真的累了，只抿了几口，眼尾处就透着轻轻浅浅的红。

陆瑾沉进了趟厨房，只一个转身的工夫，出来的时候，何子殊已经站在落地窗前，盯着外面看。

就跟那次喝醉一样，手指在窗上，轻轻点了两下，然后用一双满是无辜气的眼睛，看着陆瑾沉。

这次陆瑾沉没有问，把人从头包到尾，带出了门。

走了几步，何子殊便停住了步子。

他脚下是一小摊未干的水痕。

昨天下了场大雨，到今早才歇，院子从里到外，都冒着一股子湿漉。

小道的石板不知何时缺了一块，留了个凹槽，被冲掉了碎石，又被雨水填满，凝成一摊水渍。

何子殊低头，盯着那蓄满水的一角。

他看得很专注，眼睛眨得又慢又缓，就好像一个小孩子在试探这一步跨过去，会不会打湿鞋子一样，看着格外招人疼。

陆瑾沉："鞋子会湿。"

何子殊声音很轻："不是这样的。"

陆瑾沉："嗯？"

何子殊："这路不是这样的。"

陆瑾沉怔了一下，顺着他的话开口："那是哪样的？"

何子殊眨了眨眼睛："很长，很窄，很黑，也没有人。"

陆瑾沉心口震了一下，半晌，努力压着声音："我们从那条路出来了，已经回家了。

"我在这里。"

何子殊闻言，抬起头来。

他眼睛依旧雾蒙蒙的，却在触到陆瑾沉视线的瞬间，亮了亮。

陆瑾沉语气格外温柔："我们已经到家了。"

这半个月里，除了王野外，何子殊甚少和人接触。

再加上不想给王野、白英和梁也他们添麻烦，他几乎是逼着自己尽快去适应"林秋"小哑巴的身份，整个拍摄期，开口说过的话，一只手都数得过来。

回到别墅，他见到谢沐然、纪梵、盐盐和阿柴，喝了酒，潜意识里属于"何子殊"的感受全都冒了出来。

他突然就觉得有点委屈，有点冷，也有点疼。

在"林秋"和"何子殊"疾驰、追尾的世界里，他慢声开口："屋子里没有灯，被子很重，窗户那里有条缝，关不好，晚上会被风吹开，很冷。"

陆瑾沉浅吸了一口气，静静听着。

说出来就好，他最怕的，就是何子殊什么都不说。

看见了什么、遇见了什么、听到了什么，什么让他觉得委屈了、让他觉得难过了，想做什么、想要什么，全都说出来，说出来就会慢慢变好的。

陆瑾沉只想让人把所有委屈都告诉他，轻声道："所以每天都睡不着觉？"

何子殊怔了怔，没回答。

陆瑾沉："睡不着觉的时候，都在做什么？"

何子殊这次开口了："等天亮。"

他顿了顿，又答："可是那里天都亮得很慢。"

陆瑾沉用哄小孩子的语气，轻声道："这里和那里不一样，天亮得快，睡一觉，天就亮了。"

何子殊："他们都说那条路很难找，别人进不来，所以你们都没来找我，对吗？"

"那条路""别人进不来"，陆瑾沉不知道何子殊梦魇里的"那条路"长什么样，但他知道"林秋"住的那间屋子长什么样，也知道那条巷子长什么样。

在最后一天，小周给他打电话的时候，还给他拍了一张照。

白英说要快点进入角色，才能少吃点苦，一气呵成总比反复适应要好得多。

可事实证明，一气呵成吃的苦，可不比反复适应少。

陆瑾沉心想，既然何子殊把自己当成了"林秋"，那他就先把"林秋"哄好。

"没有，他们骗你的，那条路很好找，我进来了，来找你了，也找到你了。"

陆瑾沉稳住呼吸，一字一字道："你的屋子和其他人的屋子不一样，窗台有一盆黄色的小花，掉了几片花瓣，但还开着，窗户下有一个书桌，木头做的，左上方缺了一个角，墙上还挂着一个撕了一半的日历，我说得对不对？"

何子殊抬眸，眼睛一眨也不眨，看着陆瑾沉，像是有点疑惑为什么他知道得这么清楚。

陆瑾沉笑了一下："如果喜欢花的话，那我们下次就多种一点，喜欢什么颜色就种什么，把窗台摆满，再种一点放到外面的院子里，或者送给其他人。

"买盏小夜灯，就放床头，窗户有缝，那也换个新的，再买副新的窗帘，睡觉的时候拉上，醒来再打开，天也就亮了，好不好？"

何子殊久久没有回答，半晌，点了点头。

纪梵和谢沐然就站在陆瑾沉身后几步的位置，没有上前。

何子殊虽然喝得不多，还是果酒，但总归也是醉了，又刚从片场回来，状态糟糕，陆瑾沉把人领出去，他们不放心，于是坐在外头的露天阳台上等，听到这段对话，一时之间只觉得心头跟着颤了颤。

谢沐然："我都想哭了，他这些天肯定很辛苦。"

纪梵："英姐说这戏份过去就好了。"

谢沐然笑了笑，拖着语调："哥刚刚那些话，我怎么觉得像是在对林秋说的？"

纪梵皱着眉，一时之间也不知道该答什么，语气有些生硬："反正都是他。"

谢沐然抿了抿嘴："你说会好吗？"

纪梵这次答得很快："会好的。"

陆瑾沉说完话，便没有再开口。

他带着何子殊走了几步，停在庭院的茶台石桌旁，挑了个干净的椅子，让何子殊坐下，然后屈膝，几乎是半跪着，在何子殊跟前俯下身来。

陆瑾沉："盐盐很想你，知不知道？"

何子殊下意识地往那边看了一眼。

陆瑾沉继续道："半个月体重长了些，换牙期，前天掉了颗牙齿，刚好掉在平常吃饭的小碗里。"

陆瑾沉说完，便再没有下文，像是在等何子殊开口。

何子殊思绪一空："五个月了，是换牙期了。"

陆瑾沉点头："照着人类的年龄算，十岁了。"

还不等何子殊反应过来，他又笑着说："是爱穿小裙子的年纪。"

陆瑾沉这句话，让何子殊突然想起盐盐刚开口叫了一声的时候，他也说了一句盐盐想要小裙子。

何子殊笑了笑，眼眸都缀了点光："嗯。"

陆瑾沉见何子殊笑了，心头松了一下，压着声音道："那你告诉我，盐盐是林秋的吗？"

何子殊指尖颤了颤，陆瑾沉伸手，把何子殊的手握在掌心："盐盐是林秋的吗？"

何子殊摇了摇头。

陆瑾沉："盐盐不是林秋的，是你的，是何子殊的。"

陆瑾沉往露天阳台的方向一指："他们呢，是林秋的吗？"

何子殊顺着他手指的方向看去。

那边是纪梵和谢沐然，因着陆瑾沉这突然的一指，两人都站起身来。

谢沐然有些不知所措，但还是半身倾出护栏，手放在嘴边，大声喊："子殊，起风了，你冷不冷啊，冷的话就进屋！"

何子殊也不知道他们两个，在那里等了多久。

谢沐然羽绒服的拉链都没拉上，却在问他冷不冷。

纪梵穿得更薄。

何子殊回过头，看着陆瑾沉。

陆瑾沉轻笑："他们不是林秋的，是你的，是何子殊的。"

陆瑾沉："刘夏、安姐、白姐、梁老、那么多粉丝……这些人，是林秋的吗？"

何子殊摇了摇头。

院外凉风不减，入夜潮气又重，所有睡意、困倦都冻成细密的薄冰，在周身游走。

风吹得人指尖泛凉，也吹得人清醒，何子殊醉意也不显。

可等一进屋，被暖气一蒸，那些本就不牢靠的薄冰，便碎成渣，温温柔柔地淌下来。

醉意回温，何子殊眸子瞬间沾了水汽。

陆瑾沉扶着人上楼，喂了一点蜂蜜水，脱了外套，然后把人放到床上，关了灯。

酒劲加上没日没夜的拍摄，何子殊已经有些撑不住了，可他一个人待久了，所以哪怕浑身都叫嚣着疲惫，还是时不时扑闪一下眼睫，费劲地睁开眼，也不说话，等看到陆瑾沉仍坐在那里，才重新闭上眼睛。

陆瑾沉不知道何子殊在剧组的那几天，是不是也跟现在这样，只觉得心口疼。

他俯身，看着何子殊，轻声道："我很快回来，别怕。"

陆瑾沉说完，起身，把门拉开。

他只开了一小半，也没出去，站在门口的谢沐然和纪梵被抓了个正着。

陆瑾沉单手抵在门框上，阻了两人往里探的视线，淡声道："盐盐和阿柴呢？"

谢沐然："楼下，都睡了。"

陆瑾沉："抱到窝里去，楼下进风。"

谢沐然连连点头，沉默了下，又道："哥，那我们呢？"

陆瑾沉抬眸："回去睡觉。"

说完，陆瑾沉带上了门。

何子殊这一觉睡得很沉。

他又做了一个梦，这次的梦里闪过很多人的脸，却没有那条怎么走也走不出去的小巷了。

第三章 黑口罩乐队

JINZHI DANFEI 2

何子殊醒来的时候，天已经大亮。

窗帘被开了一条一掌宽的缝，阳光落在地上，斜着拉到床尾，变成一道看不出形状的光柱。

"林秋"这个名字，跟着闪了闪。

明明是不久前才结束的事，却好像已经过了很久。

何子殊偏头，往旁边看了看，耳边突然传来一声"醒了"。

陆瑾沉从门边走过来，笑："盐盐在楼下。"

何子殊点了点头，从床上爬起来："我洗个脸，等会儿就下去。"

何子殊洗漱完，开门的瞬间，却发现谢沐然刚好在门外站着，纪梵虽然在楼下，也抬头往二楼的方向看着。

盐盐和阿柴蹲在纪梵脚边，学着纪梵的样子，仰着浑圆的小脑袋往上看。

白色的护栏遮了它们大半的视线，阿柴隐约能看见何子殊的轮廓，兴奋地吐了吐舌头。

盐盐还没阿柴脑袋大，视线低，什么也没看见，只轻轻"咪"了一声。

纪梵俯身，把盐盐抱了起来，对着二楼的两人开口："站在门口干吗？"

何子殊先回过神来，低声先开了口："然然？"

谢沐然下意识地应了声。

何子殊："怎么了？"

谢沐然道："没，就想问问你昨天喝了酒，头疼不疼。"

何子殊敛了敛，轻声道："只喝了一点点，不疼。"

纪梵左右等不到人下来，又开口："下来吃饭。"

"来了！"谢沐然扒拉着护栏开始喊，然后偏头看何子殊，"昨天一天都没吃什么，早上多吃点。"

说完，还不等何子殊回答，谢沐然就三步并两步，从楼梯上跑了下去。

何子殊哭笑不得，也没开口问，跟着下了楼。

陆瑾沉拎着煎包回来的时候，何子殊正冲完给盐盐的营养剂。

把手上的袋子放到桌上，陆瑾沉顺手接过小猫崽，看着何子殊："吃了没？"

何子殊晃了晃小奶瓶："正要吃。"

"我说的是你，"陆瑾沉轻笑，"吃了没？"

何子殊手上动作一顿，连忙把小奶瓶放了下去。

"买了点煎包，还有一些糕点，看看有什么想吃的。"

"嗯。"

"下午带你去'暮色'。"

何子殊抬眸："？"

陆瑾沉道："刘夏打了电话，说乐队成员今天都在，问我们要不要去看看。"

何子殊疑惑："给你打的？"

陆瑾沉笑了下："嗯，怕你在睡，就给我打了。"

陆瑾沉三两下转了话题，其实这个电话不是刘夏打的，是林佳安打的。

何子殊第二天离开了剧组，但王野心里的石头还没落地。

这是何子殊第一次拍戏，这种体验很难得，却也棘手，王野怕他出岔子，所以特意联系了林佳安，让她注意着点，提醒她这几天不要让何子殊一个人待在房间里，吵一点最好，再找些亲近的人陪着，哪怕是他自己开口说想安静一下，也不要由着他。

王野知道，这半个月对何子殊来说，已经足够安静，也足够封闭了，多拖一天都是多受罪一天。

于是，林佳安给刘夏打了电话。

何子殊把其中的缘由猜中了七八分，笑着应了声。

几人到暮色的时候，街灯刚刚亮起。

还没彻底入夜，隔壁吃食小摊刚是时候，但这条街还没醒，仍旧暗沉沉的，只有几家招牌闪着刺目的光，远远看去，稀碎一片，不算显眼。

"暮色"两个字掩在其中，看着更是灰扑扑的，只有一圈暖黄的光，放在别地就不算出彩，更何况是这里。

何子殊左手插在口袋里，仰头，指了指那两个字，轻笑："以前不是这样的，刘叔喜欢鲜艳的颜色，红红绿绿一片，站在街口就能看见。阿夏接手之后，第一件事就是把招牌换了。"

纪梵和谢沐然不知道，但陆瑾沉见过。

陆瑾沉第一次遇见何子殊的时候，也是差不多的时节，差不多的时间。

"暮色"两个字，就在这同样灰扑扑的巷尾，闪着扎眼的、很有年代感的红色。

和周遭其他花样百出的门面比起来，显得格外突兀，不像酒吧，反倒跟旁边的小旅馆似的，自成一派。

陆瑾沉只扫了一眼，没什么兴趣，提步刚要走，何子殊的声音就从巷尾那扇来不及关的门里，轻轻浅浅地传了出来。

他脚步一顿，进了这条巷子，最后还带走了这小酒吧的"小招牌"。

何子殊没走正门，转了方向，停在酒吧后门的位置，敲了敲。

刚落下一声，刘夏便开了门。

刘夏有些紧张地冒出个脑袋，朝着四周扫了扫："有人跟着吗？"

谢沐然摇了摇头："没有，子殊带我们走的小路。"

刘夏放下心来。

几人走过一条狭窄的走道，推门的瞬间，沙发上的五个人齐齐站了起来。

明显是 Blood 的成员。

休息室本就不算大，一口气挤了十个人，腾不出什么空当位置来。

纪梵和谢沐然靠在墙边，也没落座的想法。

不是不想，是有些尴尬。

双方第一次见面，其实算不上愉快。

APEX 最开始成立那几年，大家忙着各种通告，娱记也蹲得紧，一年到头闲着的时间，满打满算一只手都数得过来，陆瑾沉或许还接触过他们几次，但纪梵和谢沐然还真没有。

后来总算碰了面，在两边人都不缺的情况下，可那次碰面，却也成了 APEX 四人各自分开，成立个人工作室的直接源头。

那时候刘夏说："没事，就是跟队友聚一下，等会儿就送他回去。"

陆瑾沉问："你就那么喜欢他们？"

何子殊答："是。"

纪梵口不择言："那你就在这里待着吧，和你的……队友。"

谢沐然跟着纪梵追了出去。

身后的众人愕然。

一片混乱。

纪梵都快忘了那天他到底在想些什么。

只记得刘夏口中的"队友"两个字，和何子殊那句"是"，打得他生疼又委屈。

从成立 APEX 那天起，他就没想过要和 Blood 比个什么输赢，分个什么"你喜欢我们多一点，还是他们多一点"这样的高下。

对于何子殊来说，以前有"Blood"，现在有"APEX"，"队友"这个词在他们这些人的世界里相通、相合，也相安无事。

可偏偏是那时候。

偏偏是何子殊提了单飞，不要"APEX"了，也不要他们这些"队友"了的时候。

刘夏说"等会儿送他回去"。

纪梵却很清楚，何子殊不会跟他们回去了。

现在，纪梵和谢沐然都有点不大自在，而 Blood 几个人也没好到哪里去。

自上次热搜事件后，Blood 他们几个人在地下乐团那圈子都出了名。

那可是 APEX，全部乐团的粉丝加起来，在他们跟前怕是都不够看的。

玩地下音乐的，性子大多比较野，这么牛的朋友圈算是独一份了。

于是，什么"Blood 私下跟 APEX 一起作过曲""APEX 和 Blood 会有合作舞台""Blood 是演唱会嘉宾"等等见风就是影的小道消息，越传越多，越传越离谱。

甚至还有人说"Blood 被乐青签了，分分钟出道横扫乐坛"。

传言越来越离谱，可除了他们这些当事人，没人知道，全民皆知的官配团——APEX、Blood，只见了两次面，而且两次亲切会晤的地点，都是这逼仄到脚都迈不开的休息室。

刘夏有点窒息，安姐的本意是让子殊换个环境，闹腾些，所以他才给 Blood 的人打了电话，说明了情况，想着人多热闹些。

可情况好像跟他想象的相差甚远。

何子殊左看看，右看看，上前和 Blood 几人抱了一下，给彼此做了个介绍，便跟着在沙发上坐了下来。

两方人马唯一的联系就是何子殊，刘夏想了想，从压箱底的存货里掏了一本很大的相册出来，佯装自然道："我前几天刚理出来的，你们看看，要不要去多印几份，带回去做个纪念也好。"

相册摊在众人面前的小几上，入眼的第一张，就是何子殊在打架子鼓的照片，身边还站了个人，手上同样拿着鼓棒。

何子殊曾跟陆瑾沉说过，他的架子鼓是涂哥教的，陆瑾沉微微前倾身子，轻笑着开口："子殊说，他的架子鼓是涂哥教的？"

涂远被陆瑾沉这一声"涂哥"吓得够呛，虽说照年龄算，他们这一圈人，都比陆瑾沉他们要大三四岁，可都是玩过音乐的，不兴辈分年纪那一套。

涂远忙坐直身体，道："我会的也就那么一两首，就打着玩，是子殊聪明，学得快。"

一旁的贝斯手接口："小殊学什么都快，三两下就可以上手。"

相册被翻了页，背景换成了休息室，照片上的人也是何子殊。

这次照片里的何子殊穿了一件极简的白卫衣，袖子半挽，露出的一截腕骨，看着格外秀净。

手上是一支画笔，笔锋沾着朱红色的颜料，面前铺着一件黑色的 T 恤，也不知道在画些什么。

刚刚众人你一嘴我一句，气氛破了冰，这下起了话头，便熟络了起来。

谢沐然问："这是在画画？"

涂远："对，小夏那天也不知道从哪里受了刺激，回来说隔壁都有队服什么的，一定要我们也弄一个，然后买了一大桶红色颜料，兑了水，端着盆就想往衣服上泼。"

吉他手："非说我们叫 Blood，一定要血淋淋、煞气点才好看，拦都拦不住。"

刘夏摸了摸鼻子，没什么好气道："谁让你们否定了我第一个想法。"

贝斯手笑了："你那也叫想法？每个人在衣服上写个 B？子殊倒没事，讨小姑娘们喜欢，往话筒前一站，小主唱、小哥哥随口喊。我们能一样？要是有新来的，不认识的，指着台上说这个 B 是贝斯手，那个 B 是吉他手，还能唱得下去？"

谢沐然直接笑出了声，连纪梵都没绷住。

涂远："后来小夏说要自己画，他那审美，我们信不过，毕竟是刘哥亲儿子，肯定是一脉相承的建国初期审美，所以就交给子殊了。"

"好一顿折腾，等画完的时候，白卫衣这一块红那一块红的。"

何子殊怔了怔，记忆随着照片剌啦冒着头，眼角随即弯出一个好看的弧度。

谢沐然："最后画了个什么？"

何子殊："没什么，就取了每个人姓氏的首字母。"

刘夏说风就是雨："穿了几次就没穿了，我还有那时候穿着队服演出的视频，特地刻了个光盘，我去找找！"

何子殊跟着起身，以刘夏丢三落四的性子，找个光盘能把整个房间给掀了，于是开口："我去看看。"

刚走到门口，他脚步一顿。他和刘夏一走，这里剩下的人……

何子殊回头，朝着陆瑾沉眨了眨眼睛。

陆瑾沉笑着点了点头，示意他放心。

"咔嗒"一声，锁舌落入锁扣，房间里只剩下陆瑾沉和涂远他们。

气氛冷了几分，却也不似最初的死寂。

在相册翻页的窸窣声中，陆瑾沉突然开了口："抱歉。"

Blood 众人面面相觑，不明所以。

纪梵抿了抿嘴，也轻声开口，说了句："抱歉"。

说完，他继续低着头："那次在酒吧……"

涂远他们反应过来："嗨，没事。"

他们原先也有点蒙，可后来发生的种种，让他们多少也猜到了点。

涂远把相册中一张 Blood 的合照取了出来，看着看着，突然笑了一下："其实当初陆队你带走子殊的时候，他问过我们，可不可以走。

"我们也不知道他是怎么想的，你说一个纯玩闹性质、说不定哪天就散了的地下乐队，一个要什么有什么的首席男团，这个问题竟然也需要思考。

"可他问了，而且是认真的。"

涂远轻轻叹了一口气："那时候我们玩笑着说了一句，那我们要是说不可以呢，他说那就不去。你看看，这样一个性子，哪能说走就走，这其中肯定有误会，对吧。"

陆瑾沉声音微哑："我知道。"

其实他早就知道了，只是这几年间，避而不见、各自成立的工作室、无以计数的通告和娱记昼夜不停的镜头，这也顾忌那也小心，熬着熬着，等回过神来，三年就过去了。

其中的缘由也早就说不清了。

涂远看着沉默的纪梵和谢沐然，以及神色有些重的陆瑾沉，有些后悔把气氛搞僵，清了清嗓子，爽朗道："子殊那时候年纪小，他去了 APEX 之后，我们第一件事就是在门口巷子里，骂了半个小时的脏话。"

谢沐然和纪梵抬头看他。

贝斯手想到了那时候的情景，笑得不能自已："你也知道，我们玩地下音乐的，有时候骂着骂着，灵感就来了，可是刘哥偏不让我们在子殊跟前说脏话，怕他顺嘴学了。"

吉他手："我觉得还挺带感的。"

谢沐然眼睛一闪："我也觉得挺带感的。"

陆瑾沉淡淡地看了他一眼。

涂远又道："酒不让喝，烟也不让抽，好好一个地下乐团，愣是给整得跟下乡送温暖的慰问演出似的，你说好不好笑。"

吉他手："对，主要是子殊酒量差，成年礼的时候，就喝了一杯，还是碳酸酒，就晕乎乎睡了一宿。"

陆瑾沉深有同感，笑了笑。

几人正聊着，刘夏蔫哒哒进了门，何子殊跟在他身后。

刘夏抓了抓头发："我记得我刻了光盘的，怎么就找不到了。"

"不见了？"涂远回道，"我还想复一份带回家给媳妇看。"

何子殊坐下，随手翻过相册，语气有些失落："好像也没照片。"

大概是当初拍了视频，就把照片给忘了。

陆瑾沉倾过身子，随口问："找不到了？"

何子殊点了点头。

陆瑾沉又问："想看？"

何子殊心思全放在找照片上，下意识地又点了点头。

陆瑾沉抬头，看着刘夏："今晚店里有什么安排吗？"

刘夏："没，就正常营业。"

刘夏怕陆瑾沉误会，又道："我这店里很少关门，新客老客都知道，上次关了一天，就有人在附近蹲，说突然关门肯定有事，说不定还和你们有关，一传十、十传百的，说什么的都有。

"所以今天你们来了，也正常营业，不过没事，马上过年了，这几天客人也少。"

陆瑾沉："好，那台子可不可以借一借？"

刘夏："嗯？台子？"

所有人闻言，动作均是一顿，齐齐抬头看向陆瑾沉。

何子殊眨了眨眼睛："？"

陆瑾沉看着何子殊，笑了下："不是想看吗？"

刘夏："你们？一起？！"

纪梵和谢沐然第一个反应过来，起身走向那挂满了乐器的墙壁。

陆瑾沉偏头，问涂远："方便吗？"

涂远手都有点抖——陆队这是邀请他们同台演出？

那可是 APEX！

玩音乐的谁不想和他们同台！

他们连吹牛都不敢这么吹！

涂远全力绷住表情，尽量装作"无所谓"的样子："没什么不方便的。"

他的"无所谓"只坚持了十秒钟，顿时泄下气来，忐忑道："可以吗？"

陆瑾沉看着何子殊那双溢着开心的眸子，点了点头："涂队方便就好。"

涂远差点被这一声"涂队"喊得从沙发上滑下去。

陆瑾沉看着何子殊。

这人是 APEX 的主唱，也是 Blood 的主唱。

在那段自己来不及参与的岁月里，在这间小酒吧，也有那么一群人陪着他。

陆瑾沉觉得可惜，却并不遗憾。

只要能让何子殊觉得开心的事，他都愿意去做。

暮色所在的这条酒吧街有个特殊的规矩，因为天市寸土寸金，所以哪怕是犄角巷尾的旮旯小铺，租金数额都不低。

这边又是地下乐团的集聚圈，没有东家挂靠的地下乐团，自然承担不起这场地开销。

因此酒吧街的商铺集体对外开放，签个合同，便能进行短期租赁或者临时租赁。

暮色也在其中。

而且在知道这里是何子殊的前东家之后，刘夏这间其貌不扬的小酒吧，就被封了圣地。

来往的乐团不计其数，刘夏为了让这个"圣地"圣得更有格调一点，特地买了一大批新的乐器，挂满了整面墙壁。

他的本意只是为了视觉冲击，谁能想到，今天竟然还能派上这用场。

谢沐然挑了把电吉他，拨了拨几根弦的空弦音，确定完弦音的持续性后，抬头看刘夏："夏哥，人有了，衣服呢？"

刘夏到现在还有点蒙，听到谢沐然这话，直接开口："你们来真的？"

不仅要同台，还要统一服装?

让 Blood 和 APEX 的人穿着同套衣服，站在他的暮色演出?

没人说话，短暂的沉默后，只一对视，所有人都笑了下，然后潇洒利落地取下各自的装备，对着他挑了挑眉。

刘夏嘴角弧度渐渐扬起，最后彻底笑开，撇过头去。

这么多年来，他一直以为，他的暮色，他的 Blood，对于何子殊、对于涂远他们，甚至对于自己来说，都已经成为一种过去。

他也没觉得有多失落。

就像原先唱到嗓子破锣，第二天照常扯着喉咙，吼完整场的涂远，现在已经结婚、生子、家庭美满，再也没有一扎啤酒、几根串就说到天亮。

就像原先被老爸拿着人字拖，追着满巷子跑的自己，已经接手这间酒吧，再也不用模仿他爸的笔迹，给那不及格的卷子签名。

更别说现在的何子殊。

刘夏真没觉得多失落，都得往前走。

涂远、何子殊、他。

暮色、Blood。

都得往前走。

可是当这群人重新站在自己眼前，熟悉的眼神，没变的默契，同样的神采飞扬，他才惊觉自己有多怀念。

有的过去，原来是过不去的，但这并不妨碍他们各自再往前走。

刘夏深深舒了一口气:"等着，你们试试音，半个小时，我马上去买。"

刘夏回来的时候，手上除了衣服，还有一大桶红色的颜料。

刘夏兴冲冲道:"要做就做齐全点!"

衣服吊牌没拆，吉他手凑上去看了看，大牌子，开口:"这一件的价格可抵那时候的五件了。"

刘夏:"怕你们穿着不舒服，挑了干净的，也没什么气味。"

贝斯手吹了个口哨，把衣服给何子殊一递:"那就麻烦我们的御用设计师了。"

刘夏怕他们冷，没买 T 恤，买了十几件黑色的兜帽卫衣。

何子殊拿着笔，就跟那时候一样，把衣服铺在小几上，一笔一画都格外专注。

黑色的底，朱红的颜料，寒气一沾，很快凝干。

何子殊画完最后一件衣服，收笔起身，朝着刘夏走过去。

刘夏正踩在凳子上取置物盒里的摄影机，膝盖处忽然被轻轻拍了拍。

他低头，看见何子殊站在那边，问道："怎么了？缺什么吗？"

何子殊笑着摇了摇头，把衣服递了过去："你的。"

刘夏一诧："我的？"

何子殊："嗯，你的'B'。"

刘夏愣愣接过，打开一看。他的这件明显和其他人不一样。

在衣服正中间的位置，是一个"B"，那个他耿耿于怀了很久的队服标记。

可在"B"的后面，还有两个字符——"&""A"。

【B&A】

Blood 和 APEX。

刘夏鼻子一酸，嘴上说着："干吗呀这是，我又不上台。"却把衣服紧紧抱在了怀里。

何子殊就静静看着他，笑得眉眼弯弯。

那年的队服，是刘夏用自己的零花钱买的，在不远处那个批发城里。

五件，刚刚好的一套，老板不愿拆，他也就没把自己算进去。

何子殊把这件欠了这么多年的衣服，还给了他。

刘夏抽了抽鼻子，声音很轻："怎么把 Blood 写前面啊，大 A 团小B 团，逆了！"

何子殊笑了笑："因为是给你的啊。"

刘夏眼圈彻底红了。因为是送给他的，所以哪怕 APEX 粉丝再多，对他来说，排在最前面的，仍旧是他的 Blood。

刘夏仰头，快速眨着眼睛，好让眼底不那么湿，一边装腔作势恨恨道："你这个该死的男人，不要再发散魅力了，我不吃你这一套我告诉你！"

涂远他们轰地笑出了声。

等大家都换好衣服，刘夏推开门，看着他们说道："时间差不多了，再过一个小时，人就多起来了，要不……就现在？"

休息室短瞬地停了一下。

紧接着，涂远他们几个习惯性地举手，准备开场碰拳，忽地意识到今晚不止他们，便停了下来，偏转过身去，看着陆瑾沉他们。

陆瑾沉往前侧了一步，和何子殊对视一眼，一起走了过去。

谢沐然和纪梵也跟上。

最后是刘夏。

轻轻一碰手，所有人笑了笑，朝外走去。

十点的酒吧街，还没沸腾，却也不像来时那么安静了。

舞池虽然空荡着，但卡座、吧台已经有了一小圈人。

刘夏没和何子殊他们一起，特地换了个方向。

他进门的瞬间，口哨声便从各个角落响起。

刘夏虽是老板，却也因着何子殊的裙带关系，不经常露面，大多时间都在休息室待着。

能找到这儿来的，就没人不知道这是何子殊的"前东家"。

加上刘夏在哪儿都吃得开的性子，别家都是老板给客人送酒，在暮色经常反了过来。

几个熟客朝着刘夏扬了扬下巴，权当打招呼。

酒吧气氛因着刘夏的出现，热闹了起来。

可就在这时，原本亮着的舞台，却忽地沉入黑暗中。

借着吧台微弱的蓝光，隐约可以看见舞台上有人在走动。

有人开了口："小夏老板，这才几点啊，这就开始了？"

"对啊，都没什么人，急什么。"

刘夏笑了笑，语气随意："没表演，试试音，开个嗓。"

客人闻言，自顾自低下头去，直到——主唱的声音响起。

所有人瞬间抬起头来。

舞台上已经暗红一片，细细密密渗开，一路从舞台延展到舞池、吧台。

整个酒吧沉了下来。

入眼之处，除了浓密的黑，便是绮丽的暗红。

主唱的声音伴随着吉他、贝斯的声音一同响起。

没有介绍、没有前奏。

就像这片黑色中，突然烧出来的红色一样。

他们看不见脸，背后巨大的实时投屏也没有任何动静。

音乐推向中奏，当电琴响起的第一声，舞台突然放亮。

依旧是红色，但暗色降了几分。他们这才看清舞台上的位次。

贝斯、吉他、电琴、键盘、架子鼓，主唱在最中间。

所有人都穿着黑色的卫衣，把帽子翻了上去，戴着黑口罩，遮得格外严实。

明明是快节奏的情歌，可配上主唱清冷的声音，竟然有种诡异的性感。

音乐渐重，主唱忽然偏头，朝着架子鼓的方向看了一眼。

两人一对视，那人的鼓棒一转，第一声落下的同时，主唱回过头来，宽大的兜帽随着他的动作忽地滑落，露出一截细净的脖颈。

底下有几个女生仍旧看不清脸，可这个小意外配着灯光和音乐，抓得人心头止不住地痒。

就在这时，主唱大概也被这小意外惊了惊，轻笑了一声。

恰好是一个断奏点，所以这带着笑意的气音被话筒一收，落入所有人耳中。

尖叫四起。

"这笑声，这掐点！"

"太心机了太心机了！这掉帽子和笑的时间点一定经过反复排练！可是我被杀死了！"

"主唱这声音真的绝了！太性感了！这暮色怎么这么多神仙啊！"

"看那个打架子鼓的啊！太太——太帅了吧！"

"绝对玩街头音乐的，那几个花手不是一下子练得起来的。"

"其他人也是啊，快慢都跟得上，肯定不是新人，神仙乐队！"

"出道！给我马上出道！给我原地马上出道！我立刻送你们上热搜！"

没有前奏，没有尾奏。

在所有人的不经意间，突然开始。

在所有人没回神的瞬间，也突然结束。

就像主唱声音响起的瞬间，就是歌曲开始的瞬间一样，主唱的声音一落，演出结束。

所有人还来不及鼓掌，台上已然起身，鞠躬，从台侧走了下去。

这一操作打得所有人一头雾水。

完了？

这就完了？！

自我介绍呢？再来一首呢？

不是说好是开嗓的吗！敢情开的是他们的嗓吗？

这突然空降的乐队，吊足了所有人胃口。

有人已经忍不住，朝着刘夏的位置大喊："老板！这什么乐队啊！怎么什么介绍都没有啊！不地道啊！"

"我怎么觉着这主唱声音这么像子殊啊，虽然低了点，可感觉很像，还有身高！"

"这话我都听过无数遍了，但我还是要说，这是这几个月模仿何子殊，模仿得最像的了，模仿出了灵魂，还特地戴了口罩。"

"小夏老板，这乐队叫什么名字？"

刘夏往后台的方向走去，随口一诌："黑口罩乐队，新乐队，成团没多久。"

刚成团，大概四个小时。

刘夏摸到休息室的时候，还有点大喘气："暂时糊弄过去了，但我看也可能就是暂时，就怕等会儿有人跑过来问。"

"要不，我们先躲一下？"

几人余劲还未消，问："躲哪儿？"

刘夏眼睛一闪："老地方！"

谢沐然虽然不知道刘夏口中的"老地方"是哪里，可他现在还在兴头上，忙举手："去去去！"

二十分钟后。

涂远他们怎么也没有想到，有一天他们会跟 APEX 同台演出。还在演出完后，乌泱泱一群人跑了十几分钟，躲到这地下乐团聚集的野河吹风。

如果非要让他形容一下自己现在的心情的话。

那就是——

爽、炸、了!

离暮色这条酒吧街不远的地方,是一条野河。

两分钟的车程,小跑着过去,却要费上小半刻。

野河没有名字,也没什么来历,像是一条被随意辟出来,建到一半又丢了的小分支。

堤岸很长,这个时节水位低,露出大半的河床和未干的淤泥,寒风中带着若有似无的腥气,不重,风一卷便碎了。

几人跑了一大段路,等踏上最后一个长阶,都俯下身去,伸手撑在膝盖上,一口一口喘气。

喘着喘着,不知道谁先"嗤——"的一声,忽地笑开,然后一群人都笑了。

一个成家的成家、立业的立业、大半都当了爹的小破乐队。

一个粉丝千万、到哪里都会被围追堵截的顶流男团。

竟然会在这个时间、这种地方,乌泱泱一群,穿过那些坑洼曲折的街头巷尾,躲在这里。

谢沐然抓着领口,往外扯了扯,身上热气散了些,可心头的火还在慢慢往上沸,笑得眼睛里全是碎光。

他微微偏头,看着涂远他们,笑道:"涂哥,你们不行啊,这才跑了多远。"

言语间的少年朝气,就好像回到了十几岁的时候。

涂远连摆手的力气都没了,认命似的往地下一躺:"哪能跟你们比,真要了老命了。"

其他人也附和。

"这条路有这么远吗?跑吐了都见不到头。"

刘夏揉了揉腿肚子:"清醒点,以前慢悠悠晃过来,哪次不是半小时起步。"

"是吗?这么远的吗?"贝斯手一边嘟囔,一边在涂远身边躺下,愣了愣，"不是，我们跑什么啊，身后又没人追，给哥整得热血沸腾的。"

涂远偏头看他："不是你先跑的吗？"

贝斯手："是我吗？我怎么记得是老杨啊。"

键盘杨浩："放屁，是小夏。"

刘夏又看何子殊，何子殊摇头，看向陆瑾沉。

争到最后，谁都没能说清究竟是谁先打头跑了起来。

只记得好像彼此一个眼神，脚下便有了动作。

等呼吸总算喘匀的时候，所有人靠在河堤的围栏上。

何子殊侧过脸去，朝着那看不到头的堤岸，远远望了一眼，轻声道："灯都不亮了。"

涂远随着他的视线看过去，半晌，哑着嗓子开口："是啊，都不亮了。"

两人的语气都有些低，显然不只是说"灯"而已。

陆瑾沉看着何子殊："？"

何子殊笑了下，指着不远处一盏 A 字臂户外灯，开口道："这是我们的。"

纪梵离得近，听了个正着，疑惑："你们的？"

何子殊："嗯，我们的。字面意思。"

涂远："这块地方没人管，也没人来，就别说人了，流浪猫、流浪狗都没怎么见过。

"后来地下乐团多了，这地儿大，又不会打扰到别人，就都聚在这里练习了。那时候演出不像现在，没什么固定时间，有时候早上，有时候夜场，所以一天到头都有在这里排练的。

"可晚上没灯啊，就自己买，买个五六米的，太阳能，往那边一扎，也不用电线。买的人多了，就拿这个做标记，谁先买的灯先下了手，这块地就是谁的。"

谢沐然"哇"了一声，又道："圈地盘吗！"

"对，"涂远笑了下，"圈地盘。"

贝斯手挑了挑眉，看着谢沐然："是不是很有意思。"

谢沐然点了点头，片刻后，却又轻声开口："也挺辛苦的吧。"

Blood 其他几人闻言，都偏头看着谢沐然和纪梵，微微有些错愕。

他们原先以为，这些东西对于谢沐然他们这些人来说，只是一个新奇的消遣小事。

就像他们现在，站在这个地方说起的时候，也只是以玩笑的口吻，几句话笑着带过。

可谢沐然和纪梵的眼神骗不了人。

何子殊轻笑了一声："那时候很多人都在说，这条堤坝上聚集了一批妖魔鬼怪，穿得乱七八糟，唱得乱七八糟，不入流，也上不了台面。"

涂远："我们就是反面典型，尤其是一些家长，都教育他们孩子说，一定要好好学习，不好好读书就会跟这条堤坝上的人一样。"

陆瑾沉皱了皱眉。

涂远："不过也好，越传越多，也就没人敢往这边来了。"

谢沐然哼了一声："那是他们不懂。"

刘夏下巴抵在围栏上，指着对岸那光彩夺目的高耸建筑，慢声开口："对面就是时代广场，天市最大的 LED 屏就在那里。

"那时候我们在这边排练，也在这边看着，也不只是我们，这整条堤岸上的乐队，都说过哪天成名了，就包下那里，放一整晚的演出视频，还要比谁先登上去。"

谢沐然："后来呢，有人登上去吗？"

贝斯手摇了摇头："哪能啊，也就随口一说。"

涂远："哎，我记得好像算过这笔账，要多少钱来着？"

刘夏："猪肉都涨价了，这地方还能不涨？"

纪梵随口报了个价。

涂远倒吸一口凉气："幸好当时没把这牛吹出去。"

纪梵轻轻一笑。

几人又闲聊了几句，头被风吹得生疼，就零零散散在阶梯旁坐下。

顶头一盏路灯，和堤岸上的比起来，不算旧，所以光也亮。

可能是怕人在这里踩空，特意放的。

涂远从兜里掏出一根烟，点了，然后转身，给陆瑾沉递了根新的："陆队，来一根吗？"

陆瑾沉接过，握在指缝间，第一件事却是偏头去看何子殊，轻笑："可以吗？"

涂远以为陆瑾沉是跟他说的，开口道："这有什么不可以，当然可以，抽完了我这里还有。"

涂远拿烟的时候，心里还止不住想，要是以前有人跟他说，有一天你会蹲在堤岸上跟 APEX 的陆瑾沉他们一起抽烟，涂远会让他清醒点。

可现在，他觉得自己不仅慢慢接受了 APEX 亲民的设定，甚至还想再递一根。

涂远给完陆瑾沉，又扭头给其他人分烟。

何子殊眨了眨眼睛问陆瑾沉："上次抽是什么时候？"

陆瑾沉笑了下："很久了，记不清。"

何子殊轻声开口："宋老师说你心情不好的时候才会抽烟。"

陆瑾沉："今天是心情好。"

何子殊被这个答案逗笑，抿了抿嘴："那可以。"

陆瑾沉刚想点火，何子殊像是忽然想起什么似的，把他的手一压："不过以后不可以用'心情好'这个理由抽烟，仅此一次，下不为例。"

陆瑾沉莞尔："嗯，仅此一次，下不为例。"

身后的纪梵用手挡着，把烟点了，不一会儿，冒出蛛丝似的雾气。

何子殊很少见纪梵抽，只在最开始醒来的那几天里，撞见过一次。

可以看出手法有点生疏，却也不是不会。

何子殊起先并不诧异，直到发现谢沐然嘴上也叼了一根。

何子殊眨了眨眼睛，喊了声："然然？"

陆瑾沉看过去，皱了皱眉。

两道死亡凝视下，谢沐然立刻摇头："我不会我不会！"

不像是说谎的样子，何子殊放下心来："那你拿着烟干吗？"

谢沐然比了个大拇指："因为带感！"

这种街头颓废青年的体验，在谢沐然按部就班到近乎贫瘠的成长岁月里，从来没有过，所以他现在极度兴奋，不仅想吞云吐雾，甚至还想在这岸边，来一首死亡朋克摇滚。

谢沐然说完，就在何子殊掌心里也放了一根："杨哥给的。"

何子殊看着那突然躺在掌心的细烟，感觉和平日见到的不大像。

细长的一条，白封，上面还缀着些青花图案，看起来很有格调。

谢沐然凑过来："杨哥说这个是茶烟，里面就是茶梗、茶叶末，没有焦油和尼古丁，直接打开泡了喝都可以。"

何子殊仔细听完，回头，看着所有人嘴里都叼了一根。

不知怎的，他忽然也来了兴致，贴着嘴巴一放，轻轻一咬。

没点着，眸子却晶晶亮。

这时，刘夏忽然三步并两步跑上长阶，朝着对岸的位置，大声喊了声："啊——"

众人循声望去，刘夏已经转过身来。

他晃了晃手上的相机，看着底下一群人，笑着喊："快，过来拍照！"

所有人笑了下，朝着他走了过去，没过一会儿，便又闹了起来。

"涂哥你踩着我了！"

"老杨把帽子摘掉，别给我整那些虚假身高！"

"然然别乱动，小心别摔了。"

"好了好了！都别闹了！我定时了，快！"

"一——二——三！"

当晚，就在刘夏随口一诌的"黑口罩乐队"一路爬上热搜的时候。

Blood 官博推送了一条最新消息。

所有正看热闹的人全都涌了过去。

入眼的，便是一句"大家好，我们是'黑口罩乐队'"。

底下还配了两张照片。

第一张是一面挂满乐器的墙壁，放置在最中间的几个吉他、贝斯上，都用金色的笔签了字。

从何子殊、陆瑾沉他们的名字，到涂远、刘夏他们的名字，从 APEX 全员到 Blood 全员。

一把乐器上是一个人的签名，挂了满墙。

第二张，在一个看不出背景的围栏前，站了九个人。

虽然披着外套，可都敞着，里面明显是同一套衣服。

站在最中间的是刘夏。

左边是 Blood 四人，右边是 APEX 四人。

一群人中只有刘夏没有穿外套，所以那黑色卫衣正中央，红色的"B&A"格外显眼。

意思是什么，不言而喻。

那明显是一张抓拍的照片，好些人没绷住神情，有偏头的，有说话的，有仰头的。

可所有人都能看出来，这几个人都在笑。

Blood 官博发出没多久，便成功冲上热搜。

紧接着，何子殊、陆瑾沉、纪梵、谢沐然同时转发。

十分钟后。

微博，炸了。

把"黑口罩乐队"率先送上热搜的，是一个粉丝数小一千的个人号。

她把暮色那场开始得突然，结束得更突然的演出，上传了个人微博。

视频只录制了一段，掐头去尾，只能堪堪看清舞台的布局和乐队席位，连收音都格外嘈杂。

但随着讨论、转发的人数越来越多，热度加持，在这个吃瓜气氛正浓郁的时间点，很快冲上了话题榜。

魔法少女李逵 V：【姐妹们，你们今天没有来暮色真亏大发了，横空出世了一个新乐队，小夏老板说叫"黑口罩乐队"！听听这名字，中二又狂野，简直就跟 Blood 有得一拼！

视频一经上传，点击量很快破万。

底下评论也飞速上涨。

【这架子鼓打得也太帅了吧！我对会打架子鼓的男的毫无抵抗力！】

【作为大魔王七年老粉，我现在有点混乱，这小主唱，呃……一些小动作、唱歌的习惯真的很像我们家哥哥，可是大魔王好像进组闭关拍戏了……】

【楼上 +1，这小主唱有点小心机哎，我还没点进视频，看到一群人说像的，正想打字反驳，可是点开一看……我竟然被苏到了！】

【我有一个大胆的想法，这台上是八个人！你们想想看，八个人！APEX 加上 Blood，不是刚好八个吗！！！】

【这位粉丝朋友！请冷静点！你多去关注关注 Blood 官博就知道了，小 B 团的涂哥他们都回家结婚了，涂哥连宝宝都有了，离天市很远哦，小聚还有可能，同台什么的，自己期待就好！】

暮色对外开放以来，除了单纯借场地演出的，也有很多想借风炒作的，因此身上带着 APEX 或者 Blood 痕迹的表演乐队不在少数。

以往出现这种情况，粉丝一般会迅速澄清，鼓励新人，但也会提醒别带上自家。

同理，这段视频被粉丝第一时间搬到了后援会的大群里，但越看，视频的欺骗性越强。

到后来，哪怕视频被翻来覆去看了几十遍，何子殊家的几个大粉仍旧不敢断言。

毕竟这是暮色，是她们哥哥的前东家，而且何子殊和刘夏一直关系匪浅，空降唱首歌虽是意料之外，却也在情理之中。

再加上暧昧的灯光、嘈杂的收音，各种客观、主观因素混在一起，谁都没给出结论。

粉丝这一反常的举动，直接导致了讨论人数的激增。

评论五花八门，但最大的分歧点，就在这个主唱"是何子殊"和"不是何子殊"身上，没有多少人敢往"APEX、Blood 同台"这个方向想。

毕竟能空降一个何子殊就足够吓人了，更何况是整个 A 团。

直到几小时后，Blood 官博一出，何子殊四人一转。

顷刻间，整个微博如同冷水灌进滚油中，炸了个遍。

这几个人，哪怕是单独拎出来，都是话题排行榜第一的存在，这一口气同时露面，而且微博的信息量又如此之大，简直就是让粉丝过年的节奏。

Blood 再度聚首。

A 团、B 团首度合体。

同台演出。

同一套衣服。

唯一的主唱何子殊。

团魂炸裂的合照。

那满墙壁的亲签乐器。

短短十分钟之内，热搜被两个团彻底承包。

所有人都提前尝到了在大年三十打开电视，换了二十个台，全是春节联欢晚会的滋味。

【我为我的年少无知道歉，我刚刚还和小姐妹说"我就是胆子太大了，压这个主唱就是大魔王"，看来我不是胆子太大了，是胆子太小了！哪里只是大魔王一个，是大 A 团小 B 团合体啊！】

【真好！真好！真好！我爱的这些人永远是少年啊！！！】

【所以……那打架子鼓的……是陆队？陆队会打架子鼓？怎么从来没听他提起过？】

【@Blood！@Blood！@Blood！小夏老板，看看我！我就不问那些亲签乐器多少钱出了！我就问暮色那面墙开放吗？可以去拍照吗！就让我拍一张吧！】

没过多久，这个将微博服务器弄到瘫痪的话题广场上，一条微博从后排一路爬了上来。

发微博的是一个小有名气、身份成谜的吃瓜个人号。

这人平日发微博数不多，也从不接乱七八糟的推广、广告，粉丝数直逼一些小营销号，但大多都是活粉。

因为只要经她手转的或者发的消息，百分之八十都是真的，所以很快就引了大批粉丝过去。

趁灯火未灭 V：【关于今晚 #APEX、Blood# 这事，具体啥情况就不说了，看图吧……】

粉丝被这模棱两可的语气吓了一跳，还以为是有什么黑料内幕。

如果是别家营销号，她们多个眼神都不想给，可发消息的是"灯火"，这事就麻烦起来了。

在志忑中，他们点开了图。

那是一张微信聊天的截图，对方的名字和两人的头像，都被遮得很严实。

——今晚的两团合体是不是为了之后的演唱会？

——不是……

——就是单纯的私下小聚？

——是，也不是。

——说人话！什么是也不是！他们聚会你们不知道？

——知道，所以我说是，也不是。

——聚在一起有目的的。

——什么目的？

——哄我们的小吉祥物。

——子殊？

——嗯哼！聚会是聚会，但那个演出是他们临时起意，"黑口罩乐队"，皮这一下很开心。

对方一看就是乐青内部工作人员，底下唯一被翻牌的粉丝言论是一句："子殊是遇到什么了吗？"

博主怕粉丝乱想，笼统回了一句："没，拍完戏，给他的惊喜。"

今晚闹得这么凶，营销号自然也不会放弃这年末最后一次冲绩效。

在"趁灯火未灭"发微博前，各大营销号纷纷下场。

什么"炒作""卖团魂""联合'暮色'买热搜"等等，怎么难听怎么来。

还真有些不明真相的路人，被那些煞有介事的形容给唬住了。

直到这聊天记录一出，把整件事推向高潮。

怪不得！他们就说！

Blood 这几人结婚的结婚，生子的生子，哪有什么炒作的必要？

再说 APEX，现在娱乐圈有能跟 A 团分庭抗礼的男团吗？

没有！

每每被带着上热搜的时候，粉丝最想做的，就是花钱把热搜给撤了。

炒作，不需要！

Blood 成员跨了这么远的距离跑过来，陆瑾沉、谢沐然和纪梵也都推了几个行程，不为别的，只是为了哄他们的小主唱开心，仅此而已。

……

第四章 不告别，只撒野

微博闹了一天一夜，"唯粉""团粉""CP粉"全都提前过了年。

涂远他们只待了一天，便匆匆赶了回去。走的时候，谢沐然还拉了个九个人的小群，群里消息响了一路，就没停过。

九个人的合照传得全网皆知，涂远他们也就没了遮掩的心思，最新一条朋友圈拉下来，都是同样的内容，坐实了"我的朋友圈很牛"这个传言。

涂远他们兴冲冲，何子殊现在有些愁，因为再过两天就是大年三十。

何子殊在没遇到刘夏之前，"过年"这个词对他来说，只意味着上涨的菜价、关门的食摊和夜半的烟花。

后来遇到刘夏，吃团圆饭、收红包，才过得像个小孩子。

刘叔、阿姨都对他很好，但春节总免不了一些习俗，亲朋好友串个门、问个好。

尽管他们都说没事，甚至怕他觉得不自在，让刘夏带着他去外头逛逛。

但何子殊不想给他们添麻烦，所以从不留夜，吃完团圆饭就随便找个借口走了。

刘夏爸妈给他的红包也不会动，他给刘夏买个礼物送回去。

可今年刘夏问他要不要去自己家过年的时候，何子殊迟疑了一会儿。

何子殊从床头那个小盒子里摸出一个平安符，那是送给宋希清的。

陆瑾沉要他亲手送。

何子殊认了命，但期间工作一绊，也忘了要跟刘夏说，他要去陆瑾沉家过年这件事。

等他录制完最后一个通告，回到别墅的时候，手机疯狂响了起来。

何子殊低头一看，已经过了零点，大年三十了。

屏幕上的来电显示写着"刘夏"两个字，何子殊这才想起来忘了回消息，心虚到不行。

他深吸一口气，按下接听。

那头的声音很嘈杂，风声很大。

何子殊还来不及开口，刘夏的声音已经吼了出来，瞬间盖过风声，还激动到连飙了几句小脏话。

"子殊！是不是你！对面那个 LED 屏是不是你包的！"

何子殊一怔："你说什么？"

风声、呼吸声，隐约还有几句尖锐的喊叫，隔着一道屏幕，被滤去了好几分，甚至有些变调，何子殊没听清。

两人像是不在一个频道上。

何子殊不知道在问什么，刘夏也不知道在答什么。

"就是对面时代广场那个最大的 LED 屏！是不是你包的！

"还有这边这个堤岸！

"电话上说不清！你等着，我给你发个小视频！"

刘夏自顾自说完，便匆匆挂了电话。

何子殊勉强听清其中几句，正想开口，"滴——"的一声忙音，耳边所有杂音散了个清静。

挂断电话的同时，微信界面的消息提示音不断响起。

何子殊只潦草扫了一眼，心里一惊。

只一个电话的工夫，满打满算也就四五分钟，这轮番轰炸的消息怎么回事？

何子殊忙打开微信。

【子殊啊，哥年纪大了，受不住这刺激啊！】

【小殊，你这操作，哥的朋友圈都炸干净了！】

【子殊子殊！你在哪里？我想去那条野河！我要看现场！】

【在哪里？】

【是你还是陆队？】

【看视频！看视频！看视频！马上！】

涂远的、杨浩的、谢沐然的、纪梵的、刘夏的……名字一个接着一个，消息一条盖过一条，何子殊连内容都来不及看清，紧跟着就有新的消息提示。

最后一条是刘夏发的，连发三句"看视频"，何子殊被带得手心都差点出汗，忙点了进去。

视频不长，只有半分钟。

何子殊都没打开，只看了看那封面，心跳便漏了一拍。

那是野河对岸时代广场上的 LED 屏。

而那个 LED 屏上面映着的……是 Blood。

何子殊屏着呼吸点了进去，确认了，那就是 Blood 的演出视频。

视频中的他，还坐在那张被涂鸦得看不出原来面貌的高脚椅上，戴着口罩，身后也依旧是涂远他们。

何子殊半天没回过神来，刘夏便发了条语音过来。何子殊点开。

"视频只拍了一点点，也拍不长，后面你可能看不到。不只是我们 Blood，后面还有其他乐队，都是当时跟我们一起在这边排练的刘哥、蒋哥他们。我朋友圈，还有涂哥他们朋友圈都疯了，说你这操作太要命了，一群三十好几的男人了，看到这视频，一边红眼睛一边'骂'，哈哈哈，你是没看到，好几个连夜开车就往这边跑的。

"对了对了！还有这一排的灯，也太秀了吧！从堤坝头亮到堤坝尾！

"你不会真的包了一天吧？大年三十哎，这全市最大的 LED，得多少钱？

"算了算了，你也别跟我说了，我怕受不住。"

何子殊来回听了两遍，发了个消息回去："什么灯？"

刘夏："就野河这边的堤坝上啊，一排的灯，都是新的。"

刘夏说完，消息框便弹出来一张照片。

照片上，野河还是那条野河，但堤岸上多了一排新灯，就立在那些掉漆、锈蚀、再也亮不起来的旧灯旁，像是替它们亮着似的，历久弥新的模样。

紧接着，刘夏又甩过来一个链接。

何子殊点了进去，是最大的自由论坛。

帖子的标题写着《最后一天的时代广场，我们不做告别，只撒野》。

而发帖人的名字，叫"老狼几点钟"。

这名字何子殊连猜都不用猜，就知道是谁了。

当时在野河这一批乐队里，最出名的，就是"十二点钟乐队"。

虽然玩地下音乐的，不兴辈分那一套，可"十二点钟"是最早成立的一批，也是他们带的头，很多玩音乐的年轻人才在这边扎了根。

哪怕是何子殊的前东家 Blood，在他们跟前也是弟弟。

而"十二点钟"的主唱就是老狼。

何子殊："是狼哥？"

刘夏："对，是狼哥，不是今天这事我还真不知道，'十二点钟'解散后，狼哥自己建了一个工作室，搞新媒体的，你也知道狼哥的性子，不一直就是个野生诗人嘛，用'老狼几点钟'这名字写文章，粉丝还不少。"

何子殊笑了笑。

时代广场的 LED 屏已经上了热搜，这明显带着"知情意味"的帖子一经发出，又因为发帖人是"老狼几点钟"，很快便建起了高楼。

老狼几点钟：【很多人来私聊我了，想来想去，还是没忍住，就建个帖子。是的，今晚时代广场上的演出视频有我，有"十二点钟"。

【除了十二点钟，还有 Blood、九门、废土、蓝房子、八十一。很多人可能不认识这些名字，可对我来说，都是老朋友了。

【不用怀疑，你们狼哥我年轻的时候还真是玩乐队出身的，虽然现在是老狗一个，但玩乐队的时候，不是老狼，是小狼。

【开这个帖，也就跟大家聊聊天，因为有个小姑娘来私聊我，说在时代广场看到视频的时候，停了下来，看着看着就哭了。

【当时她手上还抱着女儿，三岁了，在怀里待着很乖，还帮她擦了眼泪。

【广场上人很多，停下的也不少，除了第一个 Blood 外，能认全的，几乎没有，她是其中之一，于是每闪过一个片段，她便跟大家一一介绍过去。

【后来怎么突然就哭了，她自己也说不上来，只记得她第一次被拉去看演出的时候，还是小姑娘，可现在都是孩子他妈了。

【我跟她说，小姑娘永远是小姑娘，哪怕有了迷你小姑娘，也依旧是。

【等回完这句话，鼻子半天没通过气，才发现我也哭了。

【小姑娘还是小姑娘，我这小狼狗已经是老狼狗了。

【回去打开朋友圈，嘿，原来哭鼻子的不止我一个，挺好，哭得脸红脖子粗的，谁都不丢脸。

【可能很多人不知道，这面 LED 屏对我们来说，意味着什么。

【意味着当年吹过的最大的牛——"等哪天我们出名了，就包下对岸时代广场那个 LED 屏，放一整天，到时候你们这一个个的，什么废土、蓝房子也别练习了，就搁这里看一整天"，实现了。

【虽然实现的时候，已经没有十二点钟，没有 Blood，没有废土，没有蓝房子、八十一了。

【虽然实现的时候，没分出个第一、第二。

【虽然实现的时候，已经不是"年少有为"。

【但还是很荣幸，能成为一些人的"青春"。

【野河在，老友也还在，差不多是时候喝杯酒了。

【最后，说了这么多，最想感谢的，还是小朋友。

【真的真的感谢，用这最后一天，给了我们这些人一个最年少的浪漫。】

帖子热度越来越高，除了老狼外，还有很多其他乐队的成员、追过他们的粉丝纷纷冒了出来。

他们口中的"小朋友"是谁，也逐渐明晰起来——何子殊。

不是 APEX 的主唱何子殊，是 Blood 的主唱何子殊。

Blood 和 APEX 首度聚首的热度还没消，这"LED 屏幕"顶上来，顷刻燎原。

哪怕是纯路人，都被何子殊给出的这份"礼物"惊到了。

不是因为钱，而是用心。

哪怕真的是炒作，他们也愿意照单收。

微博、论坛，全都被这消息刷了屏。

谁知道，在这迎新的最后一天，最大的风竟然是"怀旧风"。

一时之间，#不告别，只撒野#这个话题横扫，很多老牌乐队的歌都冲上了各大音乐 APP 的"飙升榜"。

何子殊把论坛看完，眼圈也红了。

他没有回答，是那头的刘夏觉出了不对劲，停了语音，半晌，发来几个字："不是你？"

何子殊："嗯。"

刘夏："这灯？还有对面的 LED 屏？"

何子殊："嗯。"

刘夏："……"

刘夏："那是……"

何子殊退出了和刘夏的聊天界面，看着涂远那条最新消息——"是你还是陆队"。

一分钟后，何子殊给涂远打了个电话。

接电话的瞬间，涂远先开口："小殊，新年快乐！"

他说完，便把手机贴在他儿子嘴边，笑着说："跟哥哥说新年快乐。"

涂远的儿子用小奶音咯咯笑了两下，何子殊语气很温柔："宝贝新年快乐。"

涂远把孩子抱给媳妇，走到阳台，开口："是陆队吧。"

何子殊怔了怔，轻笑："嗯。"

也只能是他。

涂远："我就说，那天之后他就给我打了个电话，聊了一个多小时，原先也没太在意，今天这事一出来，转念想想，你不知道的话，就是他了。"

何子殊起身走到阳台："他给你打电话了？"

涂远："嗯。"

何子殊顿了顿："都说什么了？"

涂远笑了下："很多，从你刚来暮色到后来，你上学时候的事，老狼、刘叔他们的事，有的他问的，有的我说的。"

何子殊没说话。

涂远被风呛了一口："陆队人很好。"

何子殊垂眸："嗯，他很好。"

涂远："那个 LED 屏的事，陆队没说，对外就都说你做的，也好，少些议论。"

何子殊知道涂远的意思，应了声。

恰好这时，楼下院里亮起两束光。

陆瑾沉的车就停在门口。

何子殊手肘撑在银色护栏上，一边抬手，撑着下巴，对着电话那头说了句："哥，新年快乐，我这边还有事，先挂了。"

涂远："好。"

挂了电话，何子殊就在二楼的阳台上静静看着。

等陆瑾沉走近，他才笑得眉眼弯弯，咳了一声。

陆瑾沉抬起头来。

"那个 LED 屏，是你，对不对？"何子殊看着他，"还有那灯。"

陆瑾沉轻笑："嗯。"

因为想让他开心，所以把"老地方"变成原先的模样。

因为知道他怕黑，所以让那些暗掉的街灯，全部重新亮起。

因为这是他十八年岁月里，在没有遇到自己之前的岁月里，最怀念的人和事，所以想让那些随口说的话，都变成真的。

网上热度不减。

时代广场的 LED 屏本就是天市最大的展示屏，再加上年末这个节点，花费的钱力、人脉可想而知。

而"老狼几点钟"那帖子一经发酵，"怀旧风"一吹，# 不告别，只撒野 # 这话题就像是今年最后的一捧新火，一下子吹进来年。

参与人数越来越多，而且与前几次不同，这次话题引起共鸣的，不止何子殊他们的粉丝，还有很多路人。

【别说，这"浪漫"真的很上头，我一个啥关系都没有的纯路人都觉得暖，要是作为当事人之一，得有多骄傲，简直不堪一击好不好！】

【写帖子的狼哥：好懊恼，突然就变成了一个爱哭鼻子的傻瓜，没有一点喝着啤酒吹牛的老狗的样子！翻了翻朋友圈，原来像我这样的还有二三十个。】

【子殊也太会了吧，哥哥们都顶不住，我们这些小姑娘家家怎么顶得住哇！】

【对我们来说，子殊是绝世爱豆大魔王，可是对狼哥他们来说，就是小奶精弟弟呀！他们喊大魔王什么！喊"小朋友"！我的天啊！】

【对对对，我当时看到"小朋友"三个字的时候，姨母笑笑到我妈问我是不是脸抽筋了！真的太宠了！就好像 Blood 的哥哥们为了哄小朋友开心，特意从很远的地方跑过来，给他惊喜一样，后来小朋友被哄开心了，也小心翼翼捧着礼物，哒哒跑到他们跟前送回礼！有画面了有画面了！】

……

帖子越建越高，何子殊在微信一一道过新年快乐后，便放下手机。

几天前，他到这"老地方"的时候，身边有刘夏、涂远、谢沐然他们，今天却只有他和陆瑾沉。

还是那条野河，可堤岸已经灯火一片，风里还卷着好些说笑的声音。

远远望去，恍惚像是回到了很多年以前。

两人把车停在一个废弃集装箱后，下了车，朝着长阶走去。

何子殊裹得很严实，一边走，一边看着那几个从他身侧跑过去的身影，神情专注。

陆瑾沉偏头看他："认识？"

何子殊摇了摇头："应该都是附近乐队的人。"

刘夏说广场上粉丝不少，但一下子能找到这里来的，不多。

也是因为这样，他才想来这里看看。

何子殊低头，跨上一步台阶："涂哥他们朋友圈发了好些以前的照片，蒋哥、狼哥他们也是，好像变化很大，又好像没什么变化。"

陆瑾沉笑了下："他们以前都什么样？"

何子殊抬眸，眼尾一弯："涂哥酒量很差，但喜欢喝，喝醉了也好，沾着枕头就能睡，最怕的就是喝了几杯，能一路唱回酒吧。

"那时候狼哥他们有局的时候，都不想带着涂哥，要带着也一定把人灌醉，再让杨哥他们背回去。

"后来每次选地方，都不敢挑太远的，最多隔一两条街找个小馆子，因为怕他闹一路。"

同一个乐队，同一个酒量。

走着走着，两人已经站在灯下。

左边那柱漆皮已落，锈迹斑驳，立在这里七八个年头，右边这柱崭新光亮，截然不同的模样，却是相同的款式。

何子殊也不知道陆瑾沉费了多少心思，才找到一样的。

他仰头，看着那破旧发黑的灯盏，轻声道："当时买这灯的时候，是在网上买的，涂哥选了个销量最高的店，开口就问，你们店里最亮的是哪款，客服发了个链接，涂哥就下了单。原本是想着亮点显眼点，可是买过来的时候，发现可能亮过头了，冬天还好，夏天总能引一群小飞蛾，话筒开得最响也赶不跑。"

陆瑾沉失笑："所以你们在这边唱歌，刘夏在那边拿着喷雾剂熏虫子？"

何子殊有些惊讶："涂哥跟你说的？"

陆瑾沉："嗯，看了照片。"

涂远给他发了很多照片，有的照片或许连何子殊自己都不知道。

涂远说他第一次见到何子殊，其实不是在酒吧，是在学校门口。

他记不得具体日期，但记得是高考之后，毕业生的返校日。

还没出成绩，学校里写着"高考考点"的指示牌还没撤，校门口却被学生和家长围了个水泄不通。

刚熬了个通宵的他，被刘夏硬生生从被窝里闹醒，说要他开车带自己去省重点中学门口接人。

涂远刚开始以为刘夏在诓他，后来才想起来，这"小东家"是交了个省重点中学的朋友。

他没什么好气地爬了起来，谁知道刘夏路上还非要他拐一条街，拐到一个花店挑束花，花的还是他的钱。

那时候他起床气重，叨叨了一路。

可当他看见一个小朋友低着头，从一拥而上的家长群里，安安静静走出来的时候，他忽然懂了，刘夏为什么非要拉着他来接人。

因为别的孩子都有人接。

后来，那束他心不甘、情不愿买的花，被小朋友养了很久。

久到他甚至都有些怀疑，他买的究竟是剪了枝叶、当个一次性装饰品的花，还是包种子。

再后来，他们成立了一个小乐队，多了个小主唱。

他们是这样，老狼他们也是这样。

刚开始都只是觉得这小朋友长得白净、讨喜，和他们这些人比起来，也别说他们了，就拿同年龄段的小霸王刘夏来说，乖得有点过头，乖得有点不知道怎么跟他相处。

可后来发现根本不用费劲去想什么，谁对他好都记得，哪怕只有一点点。

就这么看着看着，就放心上了。

然后 Blood 的小朋友，变成了所有人的小朋友。

涂远讲多少，陆瑾沉就听多少。

挂掉电话的时候，涂远说看到他们对他这么好，放心了。

何子殊靠在护栏上，好久没听见陆瑾沉回话，看着他，眨了眨眼睛。

陆瑾沉站在阴影里，掩着光，轻笑："回家吧，起风了。"

除夕，年关，春节法定节假日全面开启的第一天。

何子殊按照约定，去陆瑾沉家拜访。

从剧组回来到现在，何子殊时间并不宽裕，也没挑到什么称心的东西。

他想给宋希清一份自己觉得"好"的礼物，不仅仅只是因为她是陆瑾沉的母亲。

在这身份之前，在他没有和宋希清接触之前，可能"陆瑾沉母亲"

这个身份，的确盖过了前辈、天后种种标签。

可后来，慢慢地，所有身份、标签都淡了。

试镜前、试镜后，甚至是主题曲的事，宋希清都给了他莫大的帮助。

他嘴上喊着"宋老师"，心里已经把她当成了自己的长辈。

所以他想选一份合适的礼物，是合适宋希清的礼物。

陆瑾沉带着何子殊上了车。

当车快要驶到岔口的时候，何子殊开口："能拐个方向吗？前面那个路口先左转。"

陆瑾沉："想去哪儿？"

何子殊眨了眨眼睛："买个东西。"

十几分钟后，陆瑾沉在一个路口停了车。

这明显是一个有些年岁的居民区，不远处就是几幢居民楼，粉色的外墙受过风吹雨淋，颜色淡了好些，只有底边的一片还留着原先的颜料痕迹，最上层几近白色，还是不太好看的那种死白。

陆瑾沉这次从车库挑了一辆黑色商务车，外形很低调，且没被娱记"登记在册"。

本就是年关，再加上天市这种地方，路上各种豪车来往，百万元起步的不少，所以也不怎么显眼。

但和这地方比起来，这车仍旧有些格格不入。

何子殊把车窗降下，盯着一个巷口看了好一会儿，才转头对陆瑾沉说："我下去一趟，最多二十分钟。"

陆瑾沉："我陪你。"

何子殊想了想，还是摇了摇头。

这边路口窄，又经常有货车进出，车临时停靠是允许的，可必须保证车里有人，能及时移车，否则可能会把路封上。

"这边不好停车，也不能离人。"何子殊笑了下，从车窗往外一指，"我就去那条巷子，很快！"

说完，何子殊便戴好口罩，打开副驾驶的车门，走了出去。

陆瑾沉看着何子殊走进巷子，才把车窗升了起来。

当何子殊再度出现的时候，手上已经多了一捧花束。

巷子古旧，看着莫名有些潮冷，可因着那四散的人声，和不知道从哪里飘出来的烟火气，格外鲜活。

等何子殊上了车，陆瑾沉才看清那花束的样子。

严格来说，不像是一束花。

有花、有枝、有叶，全都是淡色调，虽然不像是一般的花束，看着却也赏心悦目。

陆瑾沉笑了下："自己挑的？"

何子殊把花束放在膝盖上，一边系安全带，一边笑着说："嗯，好看吗？"

陆瑾沉："好看。"

何子殊："这间花店开了很久了，老板本职是个画家，因为喜欢画花，所以就开了间小花店，挑的花也都是最好的。"

陆瑾沉："以前来过？"

何子殊："读书的时候来过。老板跟阿夏很熟，有一次阿夏和涂哥来校门口接我，给我送了一束花，就是在这边买的。后来我想把花养得久一点，就经常过来，就和老板熟了。"

陆瑾沉："毕业返校那次？"

何子殊有些惊讶："你知道？"

陆瑾沉笑了笑："嗯，涂哥说的，那也是他第一次见你。"

何子殊点头："嗯，花是阿夏送的，钱是涂哥付的。"

何子殊说完，又道："后座那个白色瓷瓶，我看已经放在那里好久了。"

这车陆瑾沉开过几次，后座那个瓷瓶就一直放着，也没人收，何子殊刚刚就注意到了。

陆瑾沉皱了皱眉："哪个？"

何子殊往后一指："就那个。"

陆瑾沉循着他手指的方向看去。在一堆大大小小的盒间，一个白色瓷瓶被压在最底下，只露出一个角，像是不小心混在其中的。

花瓶没有包装、没有绸带，看着像是落了灰似的。

陆瑾沉诡异地一顿，然后开口："喜欢这个？"

何子殊点头："嗯。"

他在白英那边上课的时候，梁也和白英闲着无事，会教他一些茶道、花艺，说是跟练字一个道理，可以静心。

白英的茶室里就有一个白色瓷瓶，跟这个很像。

何子殊也是在看见这个瓷瓶的时候，才想起来或许可以再买束花。

因为白英和宋希清喜好相像，白英喜欢，宋希清应该也会喜欢，所以便让陆瑾沉拐了个方向。

何子殊眨了眨眼睛："可以拿来做花瓶吗？"

陆瑾沉："可以。"

何子殊点头，把花束放好。

两人到陆家的时候，天都已经黑了。

在车驶进山庄的瞬间，何子殊忽然想起来一件事，问道："宋老师平常都住在这里吗？"

陆瑾沉没多想："嗯。"

何子殊直觉有哪里不对："那我第一次去白老师家的时候，为什么宋老师会说顺道找白老师晨跑？"

这顺道……好像不是很顺。

陆瑾沉："……"

沉默了一阵，陆瑾沉决定说实话："为了看你。"

何子殊："嗯？"

陆瑾沉："那天想见你，她特意去的，第二次去试镜场地，也是想你了，还有第三次。"

何子殊还处在震惊中，听到"第三次"，一下子没反应过来。

第三次？他怎么不知道还有第三次？

陆瑾沉："从剧组回来那天，来了一趟，你睡了。"

何子殊顿了好一会儿，才反应过来："那个果酒？"

那天晚上，他喝的是果酒，就跟在宋易的"一江水"里喝到的一模一样。

别墅里并没有，宋易也不可能隔着个安市送过来，那就只能是宋希清。

因为那酒，本身就是宋易送给宋希清的。

当时他竟然都没有注意。

陆瑾沉道："你宋老师让我带你回家过年，她很喜欢你，把你当作她的第二个儿子。"

用宋希清的原话说，就是她在娱乐圈中这么多年，见过的后生无数，可却很少见过像何子殊这么合眼的。

那种感觉她自己都很难形容，非要说的话，就是一个词：太干净。

这也是白英和梁也愿意带着他的原因。

两人说话间，车库门已经打开。

陆瑾沉停好车，从后座把东西拿上。

何子殊怀里捧着花，又抱着那个白瓷瓶往电梯走去。

电梯门打开的瞬间，宋希清朝着他们走了过来，她身后还跟着一个西装革履的男人。

宋希清今天穿得很居家，一身藕紫色的针织裙，头发微微束着，化了个淡妆，看着格外温柔。

陆瑾沉的父亲应该是刚从外头回来，西装还没脱下，周身的疏离气息因着脸上的笑意淡了好几分。

何子殊他们出了电梯，手上的东西就被家政阿姨接了过去。

何子殊还没来得及打招呼，宋希清先把人拉了过来："是不是瘦了？这几天吃得不好？"

何子殊浅浅吸了一口气，摇了摇头，笑得眉眼弯弯："没瘦，还长了点肉。"

陆父摘下眼镜，看着何子殊，笑了笑："子殊是吧？"

何子殊微微弯身，颔首："打扰您了。"

几人都围在电梯口，陆瑾沉叫住家政阿姨，道："周嫂，那花和瓶子给我吧。"

陆瑾沉接过她手上的物件，对着宋希清开口："拐了几条街，特地给你挑的。"

宋希清笑了下。白英之前就跟她提过，在给何子殊讲戏的那段时间，茶室里的那些花，经常让他帮着照料。现在见人这么用心，宋希清心下开心，道："好，就放正门口那幅画下面吧，颜色看着也配。"

陆瑾沉随口又说了两句，把人带到一边，把花和瓶子递给何子殊："我说了，你送什么她都喜欢。"

何子殊笑了下，专心开始摆弄花束。

花艺这东西，向来能静心，何子殊又是做什么都专注的性子，于是没过多久，心思就都在花上了，丝毫没注意到陆瑾沉和宋希清就在不远处看他。

何子殊垂着眸子，小心剪着枝杈，顶上的灯光浅浅覆在身上，看着格外柔软。

宋希清："怪不得这么多人喜欢。

"感觉是瘦了，体质这方面，还是沐然好，多吃几顿就养回来了。

"这花挑得很有眼光。

"这花瓶……"

宋希清说着说着，忽然顿了一下。半晌，她扭头看陆瑾沉："好像有点眼熟？"

陆瑾沉淡淡道："嗯。"

宋希清："就小易说从拍卖场上拍下，要送我的那个什么瓷器古董？"

陆瑾沉："嗯。"

宋希清："……"

陆瑾沉："他不知道，你别说。"

宋希清笑了："行了，反正摆着也是摆着，放些花进去还好看。"

陆瑾沉没想到，事情最终还是露馅了，罪魁祸首就是他亲爱的宋老师。

当何子殊终于把这花瓶摆弄完的时候，宋希清看着何子殊那双亮晶晶的眸子，心都软了。

她一下子忘了陆瑾沉的话，第一时间拍了这个花瓶，发了朋友圈。

本来想配"子殊亲自给我挑的"这类的话，又觉得太露骨了，删删减减，最后只配了个爱心。

底下评论顿时刷了一排。

二十分钟后。

何子殊从各路人马那边知道了"八百万元的古董被拿来插花"这个事实。

何子殊:"……"

何子殊都要疯了。

当时这瓷瓶既没放进盒子里护着,也没什么特殊标签,而且还在陆瑾沉的车座后面不知道躺了多久,吃灰吃了起码小半个月,他就以为是随手放的。

谁知道竟然是个古董!

还是个八百万元的古董!

是古董为什么不好好放进展示柜里!

八百万元为什么就随意放在车座后面?

何子殊立刻跑到陆瑾沉面前。

何子殊:"我不知道那是古董!"

陆瑾沉:"是花瓶。"

何子殊:"八百万元!"

陆瑾沉:"是花瓶。"

何子殊:"……"

何子殊自从知道那个被自己拿来插花的白瓷瓶,是个古董,而且还是个八百万元的古董之后,几次欲动手把花取出来,都被宋希清制止了。

宋希清把瓷瓶摆在一幅"日出图"下,对着何子殊开口:"这些什么瓷器古董,放在以前,可能也就是个花瓶。

"要是没有这些花,随手就放进藏室了,平日不往那边走,也看不见,还灰扑扑的,现在多好,颜色配,看着也亮眼。"

何子殊经过几番挣扎,认命了,乖乖巧巧回道:"您喜欢就好。"

宋希清拿着清水壶,往花上浇水,道:"喜欢,你白老师很早就跟我说过,她茶室里很多花草都是你帮着打理,养得也好。"

何子殊有些不好意思,脸一红:"都是白老师和梁老教的,我也没做什么。"

养花养草是个精细且浩大的工程,不是一天两天就能见效的,白英口中的"帮着打理、养得好"，实际上，是白英本身就养得好。

所以哪怕何子殊只是日常浇浇水、剪剪碎叶、修修杂草，看起来也有模有样。

就像那句老话说的，前人栽树，后人乘凉。

宋希清笑了，伸手在那圈花叶上随手一划，不遗余力夸奖何子殊："这花就很衬，也精神，瑾沉说是你特意挑的？"

何子殊笑了下："那间花店开了很多年了，老板是个画家，平日最喜欢画的就是花，自己也养花，所以店里头的花都很精神。"

何子殊顿了顿："您要是喜欢的话，我可以留一个地址给您，老板人很好，对养花也很有经验，就是路有点偏，不太好找，或者下次让陆队给您带，他知道在哪里的。"

宋希清像是没太在意，道："让他挑就浪费了，他不懂这些。"

宋希清说着就把何子殊拉到了二楼："前几天别人还送了我一个圆底的木雕花瓶，在二楼，你帮我看看，插些什么花好看。"

何子殊跟着宋希清进了一个房间。

他一进门，就看到三个立着的展示柜，里头琳琅的藏品，他只是扫了一下，就看到了砚台、书画、茶具和几个瓷瓶。

左侧一面墙壁中嵌着木质的书架，书架上满满当当，从外文到古文，什么都有，封面有些古旧。

何子殊最开始以为是个书房，现在却觉得不大像。

宋希清开了侧边的一扇柜子，取了个木雕出来，问何子殊的意见。

何子殊凭着感觉，挑选了一些与其颜色比较相衬的花。

宋希清轻笑："好，记下了，下次你哪天有空，告诉我一声，我让人挑了送过来，我们再摆上。"

哪天有空。

我们。

何子殊蒙了一下。

宋希清紧接着又说："就在你说的那间花店里挑也好，挑你喜欢的，你觉得合适的，让瑾沉开车带你去，可以吗？"

何子殊点了头。

宋希清转身把木雕瓶放回柜子里，借着柜子的玻璃窗，她看到了身后的何子殊。

从进门到现在，这人一直就很乖，做事专注，说话的时候，哪怕有些不好意思，也会认认真真看着你的眼睛。

宋希清笑了下，慢悠悠转过身来："拍戏挺累的吧，感觉还是瘦了点，是不是过完年，又要进组了？"

何子殊点了点头："嗯，还剩下一半的戏份，大概十几天。"

宋希清皱了皱眉："还要十几天啊。"

上次就拍了小半个月，回来之后缓了这么久，才缓过神来，又要进组了。

何子殊听出了宋希清话里的担心，又想到在那期间，她开了好几个小时的车，专门跑了一趟，若不是陆瑾沉开了口，他甚至都不知道还有这么一回事。

何子殊眨了眨眼睛，把突然冒头的酸涩感压下去："这次不会很累，很多戏份都提前拍完了，剩下的都是一些日常，白老师她们也会正式进组，等拍完戏，我给您带那边的龙须酥，是林口的特产，很绵很好吃。"

宋希清心都要化了，说了句"好"。

做完年夜饭，周嫂被儿子接回了家，一桌人，除了陆父外，全是常年待在镜头下、舞台上的，看着投屏上的春节联欢晚会，不仅能实时点评，而且格外专业。

从主持人到表演嘉宾，合作过的人不在少数，因此一个话题接着一个话题，就没闲着。

等到吃完饭，何子殊帮宋希清整理碗碟。

宋希清给何子殊塞了一个大红包。

又沉又鼓。

沉到何子殊都分不出来，这究竟是个红包，还是单纯的，红色的钱包。

何子殊甚至怀疑里面有金条。

别人家的红包是巴掌大的信封，他手上这个，双手都捧不住。

唯一跟一般红包相像的，便是印在上面的"平安喜乐"四个字，红底黑色，还闪着细密的碎金。

何子殊有点慌："老师，这个我不能收。"

宋希清："怎么不能收，压岁钱，人手一份，都有。"

何子殊抿着嘴："太多了。"

宋希清："不多，哪里多，你都不知道见到你我有多高兴，每年都能见到你，那就最好了，快收好。"

最后，何子殊没辙，抱着那个大红包，走到了露天阳台。

何子殊躲在角落，给刘夏拍了个红包的照片。

【何子殊：宋老师给的。】

【刘夏：压岁钱，长辈给就收呗，他们开心，你也开心。】

【何子殊：我就是觉得太多了。】

【刘夏：太多了？多少？】

【何子殊：我还没打开看。】

【刘夏：那你怎么知道太多了。】

何子殊没回答，又拍了张照片。

镜头是带有欺骗性的，所以这次，他特地选了个参照物。

何子殊把手盖在了那个红包上。

只盖住了一个角。

又把红包立起来，有半截手掌那么宽。

【刘夏：……】

【刘夏：这你的手吧。】

【何子殊：不然呢。】

【刘夏：我更愿意相信是涂哥他儿子的手。】

"怎么跑这儿来了，冷不冷？"陆瑾沉的声音突然从身后响起。

何子殊被吓了一跳，下意识地抱紧红包，起身："在跟阿夏聊天。"

陆瑾沉的目光被何子殊怀里的东西吸引："？"

何子殊把红包塞了过去："宋老师给的。"

陆瑾沉虽然被这红包的大小惊了下，但转念想想，是宋希清一贯的手笔，笑了："给你的。"

何子殊："太多了。"

是真的太多了，而且这次他除了一束花外，也没有带别的东西，收这个红包，不大合适。

陆瑾沉失笑："她对小辈向来大方，越喜欢的小辈，红包包得越大。"

何子殊："那你呢？"

陆瑾沉："什么我？"

何子殊："你的红包呢？"

何子殊觉得这个红包已经足够夸张，他想象不出陆瑾沉的红包会是什么样。

陆瑾沉顿了顿。这要他怎么说。

从小到大，你宋老师喜欢的小辈排名，最底层的，就是他。

陆瑾沉为了让何子殊拿得安心，随口一编："没红包，送了辆车。"

陆瑾沉说着，指了指红包："你要是不喜欢这个，那就换辆车。"

何子殊顿时觉得红包挺好的。

两人回来的时候，天已经黑了，又聊了聊天，等一切结束，已经将近零点。

何子殊没注意时间，直到里屋电视机里响起倒计时声音的时候，何子殊才低头看了看时间。

23:59。

不远处已经冒了点零星的烟花，像是狂欢前的预热。

去年这个时候，他在做什么，何子殊不记得。

但他记得，在过去很多年里，他看见的烟花，都框在一扇玻璃窗里。

其实没什么不同，除了那转瞬即逝的烟花外，和许多挨过的长夜一模一样。

可现在，这个地方，很像"家"。

第五章 霸道小助理

接下来几天，何子殊去了趟刘夏家，又和陆瑾沉一起去给白英和梁也拜了个年。

直到《天尽头》第二次拍摄，也是最后一次拍摄开始。

何子殊回到剧组的时候，林口恰好下了春节后的第一场雪。

雪下得不大，又是新雪，落了没多久，地上没积起来，稍稍有些痕迹，就被来往的工作人员踩平，深一脚、浅一脚的，化了污水渗进石缝间。

化雪的时候格外冷，可片场却热闹得很。

和第一次拍摄相比，第二次拍摄才让何子殊感受到这巷子的生活气息。

由于这段时间的档期都比较松，所以王野特意选了这个节点，把最重要的几个开场镜头拍了。

因为要求一镜到底，所以只要是这巷子里生活的人，在这两天全聚齐了。

小周被眼前的景象吓了一大跳，贴着何子殊耳边说："哥，这么多人，也太难拍了吧。"

王野对电影画面要求很高，只要关注电影圈的人，都不陌生。

小周作为何子殊的助理，也做了不少功课。

王野这个人风格明显，当年让他一举成名的作品，其中最经典的镜头，就是一段长达三分钟的密室戏份。

一镜到底，从灯光渲染、景物移动到演员之间的配合度，都给人强烈的视觉冲击和代入感。

从此，"王野式一镜"就成了他电影的标志，几乎每部戏都必有一个足够让人津津乐道很久的"长镜头"。

《天尽头》也不例外。

何子殊轻笑："白老师说，王导从选这条巷子开始，脑海里就在反复构思这巷子的布局和镜头角度，要是没难度，谁都会做，那电影圈就不会有'王野式一镜'这种专属称号了。"

何子殊又道："这几个摄影、轨道老师都是王导的固定班底，默契度都很高，从年前到现在，没有回去过年，都在琢磨镜头。"

小周惊讶："从我们回去那时候到现在，王导他们就在这里过的年吗？"

何子殊点头。

小周简直无法想象，王导竟然能在这鬼地方待这么久。

两人站在巷口，裹着羽绒服，戴着口罩，这装扮在片场不算稀奇，因此没多少人注意。

小周踮着脚看了一圈，疑惑："哥，他们手里拿的都是什么？"

何子殊："剧本单页吧。"

小周眼睛都睁大了："人手一份吗？群演都有？"

何子殊顿了顿，轻声道："因为不是群演。"

小周偏头："啊？"

何子殊笑了下："不是群演，都是专业演员。"

小周："整条巷子的人？都是专业演员？"

何子殊："嗯。"

小周内心第一个反应就是，这么多人，就算是群众演员，也得不少钱，更别说都是专业演员了。

小周惊叹："这么多人，每个人都有台词和镜头吗？"

何子殊："不一定。"

小周："那为什么不找群演？群演多便宜啊。"

何子殊笑了下："因为群演没有经过系统的训练，容易出错。"

一般来说，群众演员的确节约成本，但也正因为如此，没经过专业培训，极大多数群演都缺少镜头敏感度，导演也不放心让他们直接接触剧本，群演一般都是由导演助理三两句话框好大致位置和基本情绪，甚至连导演都接触不到。

对于一部电影来说，一些背景板场合是允许失误的，但王野这里不行，所以选用的都是专业演员。

小周几乎都要给王野跪下了——怪不得是名导，就是舍得。

两人正说着，何子殊背后突然响起白英的声音："怎么站在这里，下雪了也不知道打个伞，等会儿雪化了，衣服可能要湿。"

白英的到来引得剧组一片骚动。

虽说这片场都是专业演员，但绝大多数都是专业配戏，有基本的镜头敏感度，在镜头面前不会露怯，处理得也比较自然。但比上大不足，比下略有余，没进入主流圈子，也是因为张力不够，所以哪怕参演的作品十部打底，都没能拥有姓名。

白英之于他们而言，和影后之于一般观众，意义是不一样的。

对于他们来说，能跟白英合作一部戏，也是职业生涯高光时刻了。

所有人都起身喊了一句"白老师"，有几个胆大的想上前打个招呼，刚走两步，就看到白英停在一个年轻人后面，看起来还很熟络的样子。

紧接着，那个年轻人摘掉了口罩，眉眼精致，简直就像是从画中走出来的一样。

众人又被吓了一跳，扭头就开始窃窃私语。

"大明星！"

"这穿得也太朴素了吧，好像在那边站了快十分钟了，我都没认出来。"

"我还以为像这样的大明星进个组肯定前拥后堵，我上次拍的那个，男主角粉丝一千来万，光助理就四个，再加上经纪人、司机，排场可大了，虽说待人也挺和善，可也挺闹腾，还天天有粉丝围在片场外面。"

"第一次演戏可能心里没底，开拍之前因为试镜什么的，热搜也上了一轮，能低调就低调，低调总吃不了亏。"

"我劝你们啊，管好自己，少讨论少接触，别跟这儿吃亏，真的，上次那个任凯那事，你们知道不？"

"什么事什么事？"

"就一个群演第一次拍戏，打戏，没经验，不小心真绊了他一下，磕破了点皮，也不知道被谁拍下来传到网上去了，非说什么角度刁钻，是故意的，粉丝就差把那个群演的家庭住址给扒出来了，后来还上升到整个剧组。"

"后来扒出来了，那视频就是他助理拍的，也是经纪公司传上网的，暗地里还唆使粉丝网暴，好把事情闹大。"

"等事情闹大了，他再安抚粉丝，发个什么声明，亲自去跟那个群演道个歉，面子里子都有了，还有很多路人帮他说话。"

"那群演也是倒霉，不是他也会有下一个，就是赶上了那人需要炒话题。"

"那任凯比起何子殊来，粉丝数都不够看的，也不是说何子殊跟他一样，毕竟是白影后的学生，但这些明星啊，事儿多。"

"是这么说，像他们这样的流量明星来拍电影，大多是'镀金'来了，不是真吃苦的，尤其是王导这种电影，戏份不多，亲自指导，半个月就能拍完，不耽误他们接下来的行程，接触的又是这么主流的导演圈，稳赚不赔的买卖。"

"反正相处的时候都小心点，像白影后这种吃过苦上来的，反倒不用太讲究。"

"也是王导亲自试的镜，太难看总不至于。"

"真羡慕。"

"你羡慕，也先得有这张脸啊。"

……

众人议论纷纷，面上却丝毫不显。

王野听到助理说白英来了，便起身，看到何子殊的瞬间，先跟他打了招呼："挺好，看着精神多了。"

何子殊笑着跟王野打了个招呼。

王野："林口年后第一场雪，是个好兆头，趁着人多也热闹，等会儿补个开机仪式。"

白英："子殊戏份都快杀青了，你这个开机仪式补得有点晚吧。"

王野："这地方挤，不方便，也没约媒体，就剧组拍个照，当个念想。

"这样吧，等子殊杀青的时候，给你补个大礼，怎么说也是第一次拍电影，得隆重一点。"

何子殊闻言，忙摆手："不用不用，真的不用，您上次说《天尽头》第一条镜头是'林秋'的，已经很荣幸了。"

王野给他开了半个月的小灶，没有旁人打扰，也拒绝了媒体和粉丝的探班，《天尽头》第一条过的镜头还给了"林秋"。

何子殊觉得这份关照已经够分量了，更别说什么大礼，他想都不敢想。

当天下午，王野的个人微博更新了一条动态。

没有配字，只有一张照片，照片上里里外外站了三圈人。

白英、王野和一众主创站在最中间，何子殊则是站在第一排最侧边上，一个很低调的位置。

简简单单的黑色羽绒服，白色围巾，明明是精致到张扬的眉眼，却因着眼中的笑意，敛去几分飒气，又添了几分温润。

这张照片很快就被传到粉丝群里。

而回到酒店的何子殊，刚脱下外套，门就响了。

小周站在门口，手上拎着两个巨型烘灯，表情欢欢喜喜。

何子殊指着那两个烘灯："哪儿来的？"

怎么感觉半个月不见，这烘灯又大了一圈？

小周："王导给的。林口这几天冷空气，酒店被剧组包了，人太多，半夜很可能供不上暖，所以人手一只，你有两只！"

小周很兴奋："哥，王导对你真的很好，知道你怕冷，特意定制的，生活制片发烘灯的时候，我就在旁边看着，你都不知道，你的这个，最大，简直就是灯王。拿出来的时候，全场瞩目。"

何子殊："……"

没过多久，"何子殊耍大牌，连灯都一定要做得比别人大一圈"的消息，就在《天尽头》配戏演员群里传开了。

配戏演员年龄跨层不大，都是从各个剧组转场过的，工作性质和圈子基本相同，这演艺圈又是个水花遍地的地方，单拎一个演员出来，都能扯得天花乱坠，因此也聊得开。

尤其是"耍大牌""轧戏""带资进组"这种内部消息，是他们日常调剂品之一。

大家也知道规矩，不会捅到明面上。

能有资格耍大牌、轧戏的，背后的资本实力肯定雄厚，绝对不是他们这样的小角色可以撼动的，但这并不妨碍他们私下建个小群，感慨一下"资本主义的黑恶势力"。

比如，这乐青小太子，何子殊。

连灯都要做得比别人大一圈。

这是什么？这就是危险的信号。

配戏演员中，不乏一些专业院校出身的年轻人，抛去剧组演员的身份，对何子殊的观感比较好，在群里以后辈的身份问了一句："什么信号？"

底下回复刷得很快。

"还能是什么信号，就是他与众不同呗，有些话明面上不好说，就让我们自己心领神会。"

"刚毕业来拍戏不久吧，你多走几个片场就知道了，生活制片发的这些用品，其实都是分了三六九等的，一般咖位大的都会自备，不好自备的，或者忘记的，生活制片才会帮着备一份。比如发的那个烘灯，他的那个，一看就是专门定制的，和别人都不一样，肯定是他自己或者公司提前跟制片打了招呼，都做到这份上了，还能有啥不清楚的。"

"我觉得何子殊看着蛮舒服的，也不像是会耍大牌的样子。"

"这才第一天，装也得装一下不是嘛。"

"不是第一天吧，我记得网上爆料他年前不就进组了吗？"

"这是真的，我特意去问了一下，年前何子殊就进组了，但那时候，也没别的演员跟着传出消息来，白影后也没有，很可能不是拍戏，为了让他提前体验一下环境，王导再指导一下，等正式开拍的时候，也不至于太掉链子。"

"啧啧啧，王导这种地位的大导，还要为他一个人专门开个机，所以说啊，一斗米饿死英雄汉。不过也是，乐青和一些大牌影院都有合作关系的，文艺片叫好不叫座有的是，院线排片多重要啊，何子殊一个人就能带来很可观的资源了，给点特殊待遇不过分。"

"你们看着吧，等正式开拍，对其他东西肯定也挑三拣四，什么盒饭没胃口啊、化妆化得老气啊，都得出来，毕竟娇贵。"

"大家揣着明白装糊涂就好，只要不摆脸色给我们看，乐呵乐呵过去呗，反正也就半个月的事。"

……

回复很多，但一圈下来，大部分话语都出自几人之口。

可能是有人陪着聊，渐渐地，话就不是那么顾忌了。

在那几个人聊得正起劲时，有人私戳了他们。

"也都拍过几部戏了，怎么还这么口无遮拦，毕竟是群里，说话还要注意点，截了图往外一传，什么后果也得想想。"

"先不说人家都还没做，就算做了，也没我们什么事。电影拿了奖，别人吃了肉，我们也能有口肉汤喝，其中也有一部分是人家带来的资源，花了钱的观众觉得他演得不好，说归说，骂归骂。我们就别干那端起碗吃饭，放下碗骂娘的事了。"

说话的这个，在配戏演员圈里，算是老戏骨了，四十多岁，说话有人听。

几人心头都跳了一下，回过头来再看着自己在群里的发言，冷汗不住往外冒。

他们也就逗个嘴皮子功夫，心里是决计没想往外传的。可他们不想，不代表别人就不会做，毕竟隔着一层屏幕，指不定能做出什么来。

被兜头这么一盆冷水下来，八卦的火顿时灭了个全。

本来正热闹的群，突然就没了声音，只有一句："嘻，也都是瞎说的，大家也就瞎听听呗。"

有的心思快的，瞬间懂了，这是有人去提醒他们了，但绝大多数人都处于云里雾里的状态。尤其是最年轻的几个。

怎么好好的突然就不说了？继续啊！

像他们这样的小菜鸟，还想要听更多的行业潜规则和明星八卦！

王导为什么要给何子殊单独辅导？

试镜那天有内幕？

什么内幕？

何子殊刷掉了谁上的位？

问题一个接着一个，奈何没人解答，这也就直接导致了大部分配戏演员在正式开拍的时候，对处在舆论暴风中心的何子殊，投去了极大的关注。

小周搬着个小板凳，坐在正化妆的何子殊身边，低头正想开烘灯，何子殊却突然开了口："没事，灯就不用开了。"

小周皱了皱眉。

化妆室就在巷尾一栋楼里，窗户封得不牢，还漏风。

这片属于新规区，没有独立的供电，现有的电线都是剧组从附近接的，怕造成供电压力，也没装供暖设备，所以冷得很。

小周："不行，昨晚就有些咳嗽，可能是冻着了，等会儿拍戏的时候，嗓子哑了怎么办。"

何子殊愣了愣，轻笑："我不用说话。"

化妆师闻言，拿着刷子的手也一顿，笑出了声："哈哈哈，从头到尾一句台词也没有，我们子殊第一次触电大银幕就是原声上阵。"

小周反应过来，咳了一下，佯装镇定道："那也不行。安姐说过，来之前你有点感冒的征兆，要我小心点。"

小周说完，开始恐吓："要是感冒了，肯定要耽误进度。"

何子殊慢慢偏过头去，看了小周一眼。

何子殊："那等一下再开吧，这灯光线太亮，可能会影响老师化妆。"

王野的镜头总带着一股子野气，喜欢用光线调整镜头的主色调，而不是利用后期的滤镜，而且格外喜欢拉近景，因此对妆面要求很高。

配戏演员基本要求不带妆，只在服装、发型上下功夫，但何子殊、白英他们不行。

尤其是何子殊，本身肤色就白，属于一眼望去，很快就能从人潮中看见的那种。

　　而且长相太过精致，在一般的商业片里，是绝对偏爱的长相，可在王野这里，可能过于昳丽了，太抓镜头反而不是好事，所以基本都要靠化妆师帮着敛。

　　化妆师没想到何子殊不开灯是为了方便她上妆，手上动作越发轻柔："没事，开吧，给你化妆都化了小半个月了，闭着眼睛都知道哪块要抹什么。"说完，看着小周，"就给他放桌子底下，那边光线打不到，让姐也跟着暖暖。"

　　小周忙应道："好！"

　　何子殊化好妆出来的时候，走过的工作人员看到他，停了停，然后笑着拍了拍他的肩膀，说："气色好多了。"

　　这工作人员是从最开始便一直跟组的，因为见过之前的"林秋"的状态，死气沉沉、形销骨立，这造型比起那半个月来说，确实明朗了不少，少年气一下子就出来了。

　　听了个正着的几个配戏演员："……"

　　气色好……好多了？

　　嘲讽。

　　绝对的嘲讽。

　　王导敢，工作人员也敢。

　　化妆组的老师们更厉害，能把这张"代表性神颜"折腾成这样。

　　虽说底子摆着，往糙里化也糙不到哪里去，但人家本职是偶像啊，和他们这些什么造型都不挑的人能比？

　　刚到片场的时候穿件朴素到不能再朴素的黑色大袍，往那里一站，都跟幅画似的，就忍心把人整这么惨？

　　还嘲讽说什么"气色好多了"。

　　现在看来，这大明星就算生气，也有道理。

　　换位想想，他们要是何子殊，这仇怕是也要记下了。

　　以他现在的人气、咖位，第一次参演电影，演技不过关，赚不了口碑就算了，造型还不好看。

　　这种委屈是小太子能受的吗？

所有人掐着时间算这位太子爷什么时候黑脸。

结果直到王导喊了"CUT"，小太子仍旧是温温润润的样子。

众人心想：装得还挺好。

在正式开机的前一天，也就是极简开机仪式后，所有人进行了第一次剧本围读。

说是围读，但因为群像日常戏，台词不多，王野只是借着围读的名义，给所有人讲了讲戏。

何子殊来的时候，每个演员手上都分到了一张剧本单页，上面有符合各自情景的对话、动作。

本来只要照着演就好，但开场要求一镜到底，这也就意味着，单页上给出的内容，很可能是不够的。

因为哪怕是王野，也框不好精确的时间。

只要他没喊"CUT"，只要镜头不停，演员就不能停。

剧本的留白部分，需要演员自己去补足。

听起来复杂，但操作起来却并没有很大难度。

因为他们所扮演的角色，就是生活在这巷子里的市井人物，镜头不会在他们身上有过多停留，只要保证当镜头扫过他们的时候，他们的动作和对话，是符合人物特性的，而且连贯，就没有问题。

这也是王野为什么会花大价钱，找专业配戏演员的原因。

王野讲完戏，就让工作人员带着他们去熟悉环境。

从里到外，每个细节、每个角落彻底熟悉，包括生火、烧菜，要熟悉到好像他们本身就是一直在这边生活的。

直到深夜，才把众人放了回去。

第二天一大早，巷子里的蒸炉、各家的灶台等等，都开了火，演员提前就位，很快就上了手。

整个片场唯一的真正群演，是一位在林口摆了三十多年的馄饨摊老大爷，在过年期间，养活了留守的王野他们，这次拉着馄饨车，停在巷尾，串个场。

场记板一拍，全员进入状态。

小周就在一旁看着，他甚至觉得，这场记板拍与不拍，好像区别不大。

整条巷子从早上开始，就好像活了过来一样。

小周从没有直接接触过电影拍摄现场，《天尽头》是第一次。

半个多月前，这里还又冷清又安静，整个剧组人不多，话更少。

半个多月后，整条巷子都是人声。

可饶是做足了准备，第一个镜头仍旧磨了一早上。

当最后一声"CUT"落下，王野举起右手，朝着众人比了个大拇指，喊了声"辛苦了"，从四面八方传来了尖叫声。

用馄饨摊老大爷的原话，朴实的形容：杀猪一般的尖叫声。

用全体工作人员和演员的原话，专业的形容：杀青一样的掌声。

王导仅用一条镜头，便达成了"双杀"成就。

由于下午还有戏，剧组早就订了盒饭。

盒饭是正统商务餐，无论是外包装还是味道，都比一般剧组要好得多。

但片场温度低，打开盖子没多久，风一吹就凉透了。

饭菜一冷，味就不是那个味了。

几个年轻演员埋头在吃，突然有人抬起了头，声音很轻。

"哎，你们没发现吗？王导喊了几次 CUT，好像都没喊到何子殊？"

"对，我发现了，早上出错的人挺多的，好像就白老师和何子殊没被点到。"

"你们有看到吗，演得怎么样？"

"我怎么看得到，我家在巷头那边，不过刚刚有人在说，何子殊和白老师对戏，好像没怎么被压住，挺自然的。"

……

众人说着，下意识地往何子殊那边看了一眼。

刚好看到小周拎着个大烘灯，穿过人群，跑了过来，身后还背了个大包。

所有人："……"

"他助理也太惨了吧，这灯好像都拎一天了。"

"这灯都有半个人那么大了，真难为他了。"

"这助理不是被虐习惯了吧，竟然还在笑。"

"还上手了，何子殊这不是要打人吧？！"

"去看看去看看！从背后那边绕过去！别惊动他们！"

于是，一群义愤填膺、打算替小助理说句话的热心小演员，就在何子殊他们身后，低调路过。

他们刚走近，才发现何子殊手上动作不像是打人。

反而像是……在帮小助理按摩？

紧接着，他们就听到了以下对话。

大明星："这个灯太大了，明天就别带了。"

小助理瞬间黑脸："不行，这两天有冷空气。"

大明星："行李箱里有暖贴，贴那个就好，还有羽绒服。"

小助理抽回手，把烘灯又往上调了一档："那个没用，就用这个。"

众人："？？？"

嗯？

跟说好的，不大一样啊？

他们不是来替小助理说话的吗？

怎么看起来，大明星才是弱势的一方？

何子殊抿着嘴，坐着小马扎，转了个方向。

眼前就是人手一份的剧组盒饭。

众人又起了兴致。

来了来了，对于这种吃饭挑剔的大明星来说，难以下咽的盒饭，来了。

可是何子殊刚打开盖子，还没来得及看清菜的样式，就被小助理按上了。

大明星："怎么了？"

小助理："等会儿饭会送过来。"

大明星："就吃这个吧，挺好的。"

小助理想都没想，直接拒绝："不行，快餐味道重，等咳嗽好了再说。"说完，就从背后的大包里掏出一个保温瓶，"冰糖雪梨，让酒店后厨炖的，润肺止咳，快喝！"

大明星乖乖接过，又道："酒店方便吗？看看能不能跟负责人联系一下，谈个价格，让他们多做一点，分给片场其他人，天气冷，喝点热的也好。"

小助理面无表情点头："你喝完，我去联系。"

众人："？？？"

小小的眼睛里，充满大大的疑惑。

直到傍晚，片场所有人都喝上了冰糖雪梨，这群低调的热心小演员，仍旧在思考一个问题。

"耍大牌"，究竟指的是何子殊，还是他的霸道小助理？

片场时间很紧凑，任务又重，无论是演员还是剧组工作人员，都没有多少休息时间。

虽然第一个镜头磨了一个上午，但在电影中，很可能呈现出来的时间就两分钟，或是更短，可就是这么短短几分钟甚至几秒钟的镜头，都要反复折腾很久。

电影和电视剧不同，后者节奏快，除了一些年度大制作，一般拍摄时间都集中在两到三个月，有些配戏演员前脚刚从电视剧片场过来，后脚就进了《天尽头》，一时之间还有些不适应。

尤其是早上王野一遍又一遍喊"CUT"，每喊一遍，他们心头就跳一下。

所有人都怕因为自己的失误耽误进度，所以即便是午餐时间，还有不少人在琢磨下午的戏份，心思一多，就连吃饭都顾不上了。

这种焦虑的情绪容易传染，到下午开拍的时候，很多人精神高度紧张，又饿着肚子，越怕什么越来什么，那种状态直接体现在镜头上。

王野喊"CUT"的频率越来越高。

等喊到二十多声"CUT"的时候，王野都开始疑惑，本来就是家长里短的闲散戏份，而且也都是拍过戏的专业演员了，怎么状态能绷成这样？

他揉了揉额角，挑了几个人，讲了讲戏。

白英走过来，拍了拍他的肩膀："先缓缓吧，我看好多人午饭都没怎么吃，子殊买了点下午茶，先暖和一下。"

王野摆了摆手，示意那几个人先到这里，然后对白英开口："调个顺序，先拍你和子殊的。"

说完，王野对着何子殊招了招手："先拍林秋和杨美珠的戏，你那边 OK 吗？"

何子殊点头："好。"

王野全神贯注地盯着监视器盯了一天，一下子停下来，眼睛也有点酸，他抬手抹了把脸："买了下午茶？"

白英："这两天他有点咳嗽，公司那边不放心，让酒店炖了点冰糖雪梨，反正都要做，就商量了一下多做点。"

王野听到"公司"两个字，顿了顿，道："乐青那边管这么细？"

白英轻笑，轻飘飘地看了何子殊一眼，道："毕竟是小太子。"

王野听到"小太子"这称号，笑了笑，玩笑道："小太子有心了。"

片场因为何子殊的冰糖雪梨和酒店自制的一些小甜点，气氛热络了很多。

配戏演员们一圈一圈围坐在小马扎上，看着正和王野说话的何子殊。

"我觉得王导是真的挺喜欢何子殊的，我以前也跟过王导的剧组，他对自己看重的年轻演员，就这个表情，很耐心。"

"我也觉得这大明星很好啊，这些东西都是酒店送来的，好像说本来是经纪公司那边给他特意做的，他觉得天冷，喝点热的也好，就给片场所有人都送了一份。"

"真的啊？"

"对啊，你看那边的袋子，上面那个标志，不就是那个酒店吗？"

"你怎么知道？"

"喏，那边几个年轻人，中午吃饭的时候听到的。"

"这种事都不宣传吗？这么闷声就做了，我还以为是剧组发的下午茶呢。"

"可能人家就低调。我觉得这大明星挺好的，剧组工作人员都喜欢他，要是真像之前猜的带资进组耍大牌，王导碍着面子不批他就极限了，还会对他这么和善？你看王导那眼神，就跟看儿子似的。"

"想着昨天群里说的话，我还挺不好意思的。"

"哎哎哎，快看快看，白影后和何子殊在对戏。"

……

一个小时后，一众配戏演员对何子殊的观感，不仅顺利化冰，甚至达到了一个全新的高度。

这是他们真正意义上，第一次见到何子殊拍戏。

戏份不难，拍的是杨美珠搬进屋子第一天，跟林秋突然打了个照面，然后两家人第一次接触的戏份。

剧本里林秋和杨美珠的屋子在小巷中间，走道窄，还被顶上的各种置棚、老树遮了大半的视野，他们其实看不太清。

但有几个好奇心重、胆子又大的，在导演身后转了转。回来之后，只说了一句话："像是白影后亲自教出来的。"

在那之后的好几天里，何子殊接连拍了好几场，无论是和白影后对戏，还是和小演员对戏，或者是和其他配戏演员一起，都很少出现纰漏。

在这期间，他们还了解到，何子殊之所以提前半个月到这边来，不是来听王野授课的，而是以一个演员的身份正式进组，完成了林秋大半的戏份。为了更好地熟悉环境，甚至一直住在片场。

数九寒冬的天，因为饰演一个小哑巴，连话都不能说，也很少跟人交流，演的又是格外压抑的戏，吃的苦头绝对不少。

他们原先觉得以何子殊这样的地位和人气，来王野这边，纯属镀金来的。

毕竟王野的招牌在那边摆着，只要能参演王野的电影，起点就比很多人都高了不止一截半截。

以他电影圈新人的身份，也不求有多出色，只要不出错，那他就算成功了。

也正是因为这及格线的标准不同，让很多配戏演员心理不平衡，就好像他们无论多出彩，别人都不会记住他们的名字。

但有的人，因为人气、因为话题度、因为资本，谁都会拉他一把，不用费劲，蹬着天梯就上去了。

电影圈年年有新人，年年有新鲜血液，他们佩服那些凭着真本事上位的演员，也更加抵触那些没本事，还想走捷径的。

原先他们觉得何子殊就是其中之一。

可谁知道，事实是这样的。

在不断的接触中，他们也渐渐体会到，为什么片场全体工作人员看到何子殊的时候，都会不自觉地露出笑意。

哪怕是块头最大的灯光组大哥们，时不时都会问一句"咳嗽好了没"。

前两天温度特别低的时候，小助理忘了带烘灯，灯光组见状，特意拉着线，把拍摄用的灯开了。

觉得可能不够暖和，特意开了最高挡，在何子殊身后一照，那光就跟普渡众生似的，引得全场围观。

这位大明星是真的没有一点架子。

送了什么吃的、喝的，帮了什么忙，从来不说就算了，还谦逊得不行。

从导演组、主演团队，到配戏演员、工作人员，甚至是负责片场清洁的一些临时工，他都很有礼貌。

到最后，甚至有很多人都开始替他着急。

怎么可以什么都不说？！

怎么可以什么通告都不买？！

你什么都不说，别人怎么知道你有多努力？！

你什么都不说，别人怎么知道你拍摄有多认真，多辛苦？！

为了拍戏，住了半个月片场这种事，真的值得写个专题采访。还要着重强调窗户漏风、王导不让你跟别人交流、房间不供暖这种一听忍不住让人心酸落泪的艰苦环境。

拍摄过程中，没有导演的允许，演员是不可以在公开场合放出路透或是谈论相关话题的，直到第一次记者片场采访。

记者片场走访不是每部电影必要的环节，但对于一些有特殊意义或是主攻奖项的电影来说，后期是一大利器，比如一些贺片、纪实片、文艺片等，算是过程记录的一部分。

这次受邀来片场的，还是国家级专业媒体，当记者随机采访到他们对新人演员何子殊看法的时候，原本在镜头前有些拘谨的众人，话都多了起来。

他们没有王野、白英回答的那么专业，什么"有锋芒却不张扬""很有灵气"，口中都是"很认真、很努力""对人很好""能吃苦"等等。

"他在片场其实挺安静的，不是那种跟人保持距离的很刻意的安静，就是你在他身边待着，心会不自觉跟着静下来那种。"

"因为电影角色设定，他不能开口说话，然后我们片场的小演员也是，在电影中，有一些交流上的障碍，所以他们两个对戏，其实就靠动作和眼神。"

"在戏外的时候，小演员也很黏他。电影基调有些晦涩，小演员的角色也比较压抑，王导也怕会给小孩子造成一些心理上的负担，所以小演员的戏份结束后，就经常会开玩笑逗他。后来这任务就交给子殊了，因为小演员很喜欢他。"

记者心满意足结束任务，离开片场。

片场里的人也都心满意足吐了一口长气。

回去后，记者把素材整理了一番，给王野发了一张照片。

【王导，您好，我是电影一台的记者小林，感谢全体剧组成员的配合，今日的采访素材也很完整，中后期预测还会有两到三次采访，最后剪辑成完整版，在电影上映前后放出。因为网上对《天尽头》的关注度很高，我台跟组采访的消息也有很多人知晓，因此想问问您的意见，能不能放出一张幕后照来，我们后台筛选了一下，没有透露造型等关键信息，您看看合不合适？】

【图片 .jpg】

【可以。】

【谢谢王导！】

没过多久，电影一台的官博便发了张照片，并配字道：

看看我们在片场发现了什么！

照片中是一大一小两个人。

何子殊穿着羽绒服，坐在一张矮凳上，小演员坐在何子殊腿上。

何子殊一只手撑着小演员，防止他掉下去，一只手摊开掌心，掌心中间用红色的粉末画了一个东西，看不清是什么，只看到小演员笑着伸手去碰。

两人身侧开了一盏烘灯，暖光覆在他们身上，异常温馨。

……

粉丝评论越来越多。

而在另一头，正抱着富家小千金的陆瑾沉，也在刷着照片。

盐盐正伸着爪子，在平板电脑上划了两下。

陆瑾沉把它抱回怀中："想他了？"

盐盐仰着小脑袋，"咪"了一声。

谢沐然刚结束一个通告，回到家，看着客厅里的陆瑾沉："哥，那个幕后照你看到了吗？"

陆瑾沉："看到了。"

谢沐然："还有多久杀青啊？好像剧组也挺忙的，我电话打过去都是小周接的，怕打扰他，也没叫他回。"

陆瑾沉："一个星期。"

"还有一个星期啊。"谢沐然心不在焉，"我怎么觉得我都快一年不见子殊了。"

陆瑾沉不知道在想什么，顿了一儿，抬眸看着谢沐然，淡声道："明天休息？"

谢沐然："嗯。"

陆瑾沉："小梵呢？"

谢沐然："不知道，没问，等会儿通告结束就回来了，怎么了？"

陆瑾沉短暂沉默了下。

"去一趟林口。"

陆瑾沉他们往剧组赶的路上，片场正在准备第二场大戏。

也就是杨美珠和林秋两条支线正式相交的转折点，小巷起火，林秋被困。

整个剧组从早上开始，便一直处于忙碌的状态，布景、演员走位、火雾模拟、防护装备等等，尤其是道具组，从头到尾就没有歇下来过。

王野向来追求镜头的真实性，这场戏又是林秋这条支线的高潮点，在王野的计划里，这把火肯定要真烧。

这场戏在演员还没敲定的时候，就已经做计划了，不会因为演员的身份进行让步。

换句话说，哪怕今天饰演林秋的是一个刚拿了奖的影帝，这把火它也得烧。

为此王野还特地请了专业团队，在巷尾不远处的一大片空地上，一比一还原了一些重要场所。

虽说剧组挑选的这条巷子是待拆的废弃区，但不远处还有居民区。

废弃区被拿来艺术加工，做个拍摄场地没什么问题，可"放火"这种事，安全隐患是肯定存在的，哪怕前期做了再多准备。

火势可控，但具体情况也比较难预估。

因此王野在和团队讨论过后，决定把起火的镜头集中在屋顶上头一些废置棚、老树以及林秋屋外的一条走道里。

可无论怎么改，对于何子殊来说，这场火场戏也不会轻松。

小周从早上开始，就有些坐立难安，像条小尾巴似的跟着何子殊。

何子殊化好妆，看着气色比"林秋"更差的小周，开口道："昨晚没睡好？"

小周脸皱成苦瓜样："真要放火啊？"

这可怎么办，昨晚陆队给他发了消息，说今天要来探班。

早不来，晚不来，偏偏今天来。

拍的还是这么危险的戏份。

小周怕陆瑾沉他们三人担心，又怕何子殊分心，所以两边都没说。

除此之外，小周更害怕的是何子殊真出事。

说实话，他虽然知道王野"狂野"的风格，可谁知道这么狂野。

之前把人关在小黑屋半个月，还不让说话就算了，这次竟然还真要点火。

小周皱着眉："等会儿开始拍戏的时候，哥你如果觉得哪里不舒服了，别逞强！记得一定要喊停！拍完戏就是生日会，然后开始巡演，嗓子必须保护好，熏坏了就完了。

"我早上问过王导了，他说因为要拍一些细节镜头，一条肯定拍不完，所以千万别忍着，一点点不对劲就要说，我们缓一缓再拍，知道吗？"

何子殊点头："知道了，别担心，不是还有医疗组吗？"

何子殊本来想着能让小周不要那么紧张，毕竟有专业团队跟着，又是在片场，其实出不了什么太大的意外，可谁知，小周脸色却白了一下。

小周："你想都不要想！"

何子殊手上动作一顿，没听懂："嗯？"

小周："你这是对自己、对粉丝和公司的不负责，不要出事了再想着挽救，受了伤怎么办？我怎么跟陆队他们交代！怎么跟安姐交代！怎么跟粉丝交代！怎么跟公司交代！"

小周从上岗第一天起，公司就告诉了他作为助理的不二法则之一。

无论什么时候，都不要给艺人留下余地和后路，因为艺人会下意识放松警惕。

要是这人潜意识里认为"要是出事了，还有医疗组"，那他一定就会忍到导演喊"CUT"。

陆队那边车刚停稳，这边人就上了救护车，这种事情要是发生了，那还不得双双上头条？！

何子殊很少见到这么凶的小周，站在原地，一字不落听他说完了。

在小周的死亡凝视中，他点头："听到了。"

小周这才反应过来，顿时红了脸。

他刚刚都做了什么！

竟然凶……凶哥了！

小周手脚都慌得不知道怎么放，声音也降了下来："哥，我……我不是那个意思，我就是……"

何子殊轻笑："你就是担心我，我知道。"

何子殊把一个暖宝宝塞到小周掌心："昨晚没睡好吧？我看看能不能早点拍完，让你也早点回去休息。"

小周摇了摇头："我没事，你别想着我！"

这场戏称得上是《天尽头》的大场面之一，王野在小巷里取完火景，拍完群众戏之后，就到了何子殊的戏份。

在火点燃的瞬间，所有人手心里都捏了把汗，就连见惯了拍摄实景的白英都皱着眉，更别提从场记板拍下的瞬间，就一直心神不宁的小周。

为了火烧得快一点，屋旁的树都是经过特殊处理的干树，看着与真树无异，实则沥干了大部分水分，很快就能燃起来。

整个片场都很安静，只有木柴炭化发出的噼啪声，听得格外瘆人。

黑烟、烧断掉落的枯枝、风中弥漫的刺鼻气息，那种扑面而来的真实感，被感官无限放大，没什么缓冲的时间。

他们在外头看着都觉得害怕，而何子殊还在屋里待着。

王野喊了一声："下！"

道具组横在树桩底部的钢绳一松，树以一种极其缓慢的速度倾斜，堪堪擦过屋顶的时候，"哐当"一声，重重倒下，打翻了窗台上的花盆，不偏不倚横在门前，封死了窗。

林秋就在这时睁开了眼睛。

王野没有喊停，眼睛一直注视监视器。

随着时间一秒一秒过去，片场很多人的心都吊了起来。

这火……好像有点大了。

这时，王野一挥手："好，可以入镜了，跑快点！"

站在拐角的白英立刻进入角色。

杨美珠神色慌张："快救人啊！那间！就是那间屋子！被树挡着的那间！人肯定还在里面！"

说完，看着突然蹿起的火势，她停下了步子，在身旁的消防员与她擦肩而过的瞬间，还回头看了看儿子。

林阳阳依旧没什么表情，却乖乖站在那里，没有动。

她放下心来，转身还想往林秋那边去，却被消防员拦了下来。

屋子里头的林秋已经没有力气了，烟雾从四面八方灌进来，散得很快。

他手上的湿布、身上的湿棉被突然变得很重，像块巨石，压在心口，连吸一口气都疼得厉害，像是被什么粗粝的砂石反复碾磨。

就在这时，他听到了杨美珠的声音。

那声音很尖锐，一下子扎下来，然后就是一阵急促的脚步声。

好像有人朝着他跑过来，林秋强打起精神，耳边是敲窗声、砸门声，还有让他离门远一点的提醒声。

很吵，却又让他很安心。

王野拿着对讲机，大喊："CUT！"

王野声音刚落下，在一旁全副武装的机动人员就冲上去，拿着高压灭火枪把火灭了。

白英他们全都朝着何子殊跑了过来，披外套的披外套，顺气的顺气，送水的送水。

被火熏了那么十几分钟，何子殊眼睛都有点充血，但幸好剧中林秋也用湿毛巾、湿被子挡了大半天，护住了嗓子。

在小周替他擦脸的时候，何子殊拦了拦："可能还要补拍，先别擦。"

从开拍到结束，王野没喊过一声"CUT"，但并不代表这条就过了，只能证明他的情绪是对的，但细节肯定还有要注意的地方，所以后期势必要补拍。

为了镜头连贯性，先保持原样是最省心的。

围在他身边的一群人听到这话，放下心来。

尤其是白英，确认完何子殊没受什么伤之后，笑着叹了一口气。

烟气把眼睛都熏红了，还忍着不去动，就为了接下来可能要补拍的镜头。

不知不觉间，这人已经是一个足够合格的演员了。

白英一边替他拢领口，一边用只有两人才能听到的声音开口："当初叫你接下这个角色的时候，哪里知道又要挨冻又要挨火，早知道就给你接个轻松点的，也不至于这么辛苦。"

白英话说得很轻，有些心疼。

何子殊却抿着嘴，轻轻笑了，见白英灰色羽绒服上沾着灰，应该是刚刚碰到他身上留下的，他抬手用干净的手背将那灰尘擦了，轻声道："不辛苦啊，大家都对我很好，我也学到了很多，谢谢姐。"

自进组以来，何子殊一直喊白英为"老师"，这突然亲昵的一声姐，让白英愣了一下。

又看见何子殊轻轻蹭掉了她衣服上的落灰，白英心尖都颤了颤，道："等这个拍完了，好好休息一段时间，不要接戏，这部戏预计七八月份会全部杀青，然后就是等上映、提名奖项，刚好也是乐青周年庆结束，到时候看看能不能争取一个最佳新人。

"无论拿不拿奖，等电影上映，片约就会来找你，到时候再好好选，第一部戏是起点，但不能让它成为你的终点，之后的每一部，不一定非要超越第一个角色，但要让别人尽可能多地看到你的可塑性。"

白英说得很认真，何子殊抬眸，也认真注视着她。

白英："之前没跟你说，也是怕你有心理负担，但我和王导都觉得你可以。"

何子殊沉默了很久，笑了。

他不是一个得失心很重的人，拿到奖项当然很好，拿不到也不会多可惜。

"白英和王野认可了他"，光这个，他觉得就很好了。

何子殊："我会努力，谢谢姐。"

等王野看完半成片，果然补了好几个特写。

何子殊不敢换衣服，也没有卸妆擦脸，只坐在导演身后不远处的小靠椅上，一副随叫随到的模样。

虽然何子殊安安静静坐在那边，但身边却有很多人来往。

这几天下来，所有人都知道了何子殊体寒，比较怕冷，也澄清了前些日子那些"耍大牌，灯都要比别人大一圈"的谣言。

尤其是原先对何子殊敬而远之的一些配戏演员，当初对他多有意见，现在就对他多认可。

而且何子殊这几天，每天一顿下午茶，换着花样给片场所有人送温暖，因此从工作人员到配戏演员，只要有空，都会时不时问一下，有没有什么可以帮忙的地方。

何子殊不能换衣服，但拍戏的时候身上的衣服又被打湿了，几个女工作人员怕何子殊着凉，找了一圈，找了两个小烘灯出来。

其他人看见了，也有样学样，摆着摆着，不知不觉间小烘灯已经众星捧月似的围了一圈。

小周数了一下，都快有十来个了。

就连道具组都不知道，在他们这犄角旮旯缝里，竟然还藏了这么多烘灯？

何子殊被暖灯一照，照得浑身懒洋洋，甚至有些困。

他刚靠下不久，远处却突然传来了几声尖叫声。

尖叫声中，似乎还掺着几声"APEX""陆瑾沉"这样的声音。

隔得有点远，何子殊不敢确定，他下意识转头，看着小周，轻声问："你听到了吗？"

小周："听到什么？"

何子殊眨了眨眼睛。

于是，当陆瑾沉他们到的时候，见到的就是这样一幅场景。

何子殊裹着一条蓝色的小毯子，坐在一圈烘灯中间。

弱小，可怜，无助。

却闪闪发光。

APEX 探班何子殊的消息很快在剧组传开。

陆瑾沉、谢沐然、纪梵三人进入片场的瞬间，就吸引了不少视线。

《天尽头》片场的安保措施非常完善，开拍至今，除了官博发出的几张照片外，没泄露出一张路透图来。

一是因为片场封闭式拍摄，前期戏份集中在巷子里。

二来，王野的"暴脾气"不仅在导演圈有一席之地，粉丝也有所耳闻。

因此出演他电影的演员，尤其是一些比较有人气的年轻演员，在开拍前，都会由经纪公司或者工作室的人出面，提醒粉丝不要探班。

一来二去，王野的片场除了工作人员、演员以及外卖员，基本没有出现过什么新鲜面孔。

所以当陆瑾沉他们被保安放行的时候，瞬间成了中心。

三个人都是一身风衣、口罩、墨镜，艺人出行标准配置非常齐全，一开始隔得远，没人认出来，但没过多久，剧组里就有人忍不住了。

等三人一走近，陆瑾沉先摘了口罩，随后纪梵和谢沐然也露了脸，和片场众人打招呼。

哪怕是授了王野的意，提前知道了这是怎么一回事，可特意过来接待的工作人员还是有些控制不住脸上的表情。

当时王野跟她说"去门口接一下人"的时候,她还有些蒙,问了一句:"接谁?"

王野偏头,问身旁的白英:"就瑾沉,还是三个人都来了?"

化妆师正在给白英整理头发,白英闭着眼睛,回了一句:"都来了。"

王野视线回到监视器上:"去吧。"

工作人员一溜烟就跑了出去。

她从来没想过,年后 APEX 在公众视野中首次合体,会在《天尽头》的片场。

电影拍摄片场跟电视剧、综艺录制此类片场都不同,按部就班、严谨有序,人员流动性也比较小。

再加上他们是王野的御用班底,老艺术家见得多了,见到当红鲜肉的机会实则很少,因为王野不太喜欢。

谁知道,王野这一动,就动了个大的,选了流量中的天花板,何子殊。

今天更夸张,探个班,四个人就齐了。

要知道陆瑾沉他们三人中,随便挑一个出来,都能上个头条,更别说一口气来了三个。

谢沐然四处扫了一圈,工作人员心下了然,立刻道:"在找子殊吧?"

陆瑾沉和纪梵听到这话,也同时看向她。

工作人员:"就在那边坐着呢,我带你们过去。"

纪梵看着陆瑾沉:"要先去跟王导和白老师打招呼吗?还是我们先过去,你先去找他?"

工作人员直接摆了摆手:"不用,子殊和王导他们在一块儿的。"

谢沐然问:"还在拍戏?"

工作人员:"拍完了,在休息。"

工作人员走在前头,陆瑾沉他们跟在后面,踩着石板走了一条小路,出了路口,一转角就看到了何子殊。

何子殊和三人视线对上的瞬间,还有些不真实感。

他一起身,肩头的毯子顺着动作滑了下来,歪歪扭扭挂在靠椅上。

何子殊脚步有点急,等只剩下几米位置的时候,才压了压步子,眼中却藏不住笑意。

何子殊站定，轻声开口："怎么突然就过来了？"

谢沐然从陆瑾沉身后走出来："昨天跟小周说了，怕影响你拍戏，就先让他不要告诉你。"

周围抻着脖子看热闹的人，听到这里都笑了下。

刚刚何子殊连走带跑的步子他们都看见了，虽然最后欲盖弥彰地压了压。

他们也拍了这么多年的戏，什么表情是真的，什么表情是假的，就算不能辨个百分之百，七八十总归还有。

陆瑾沉他们大老远过来探班，还是三个人，看来APEX感情是真的好。

三个人刚来没多久，片场另一头就接连进来一排人。

十几个，穿着统一的服装，肩上都背着两个大箱子。

生活制片拿着喇叭喊了一声："感谢大A团的下午茶，晚上还要请大家吃火锅！"

人群中顿时传来一阵欢呼声，紧接着人散了大半，往生活制片那边走去。

三人和王导、白英他们打了招呼，就坐在一起聊天。

陆瑾沉、何子殊、谢沐然、纪梵四个人都在。这要是放到别的地方去，门票都得千元起，还是隔了十万八千里，在屏幕上看看的那种。

要是以现在这个距离估算，最前排，VVIP，可能都得冲到上万。

最重要的是，不仅能看，还能聊个天，最后还可以一起吃个饭。

这待遇，出了《天尽头》这个剧组的门，再想有，也就只能想想了。

于是，在这种念头的刺激下，今天的片场效率极高，等天色一暗下来，剧组便收了工。

冬夜的火锅与夏日的汽水一样，都冒着泡儿，往屋子里一坐，热气一蒸，浑身上下全透着暖。

林口这地方，虽是旅游景点，但不像其他古镇似的，商业痕迹不重，所以游客不多。

陆瑾沉对附近不熟，王野便把这些事宜交代给了剧组的人，特意选了个熟悉的地方，将整个二楼的大厅包了下来。

下午的时候，王野给何子殊讲了讲明天的戏，因为来不及回，何子殊就在剧组卸了妆，换了身干净衣服。

等到晚上九点多，结束聚餐，才各自上了车。

看着跟着一起上车的谢沐然他们，何子殊这才想起来："哥，你们也住我们那间酒店吗？房间开好了吗？"

谢沐然："嗯，酒店都被你们剧组包了，还有很多空房，王导说可以随便挑。"

小周："空房是多，但是酒店有可能供暖供不上，你们等会儿把房号发给我，我去制片那边再要几个烘灯过来。"

纪梵把空调调高两度，轻声道："哥，安姐说，明天一早我们必须要回去，子殊明天也有一天的戏，晚上都早点睡。"

何子殊低下头，回了句："回去的时候，路上注意安全，等到了给我发个信息。"

翌日，陆瑾沉他们摸黑回了天市，直到天亮，谢沐然才给何子殊发了一条消息，说他们已经在回天市的路上了，让他别担心。

接下来几天，因为加了几场戏，所以拍摄时间有点紧张，何子殊一连三天都是凌晨两点多睡，早上五六点起。

一个星期后，何子殊正式杀青。

不知是凑巧，还是王野刻意安排，最后一场戏，恰好是他拿来试镜何子殊的戏份。

两个多月前，王野给的评价是瑕不掩瑜。

两个多月后，当他再翻过试镜片段，从头看到尾，同样的场景，同样的动作，同样的戏份，在他的镜头里，何子殊已经是林秋了。

王野放下对讲机，最后一声"CUT"落下。

四面八方传来掌声，还夹杂着好些"子殊杀青快乐"的尖叫。

蛋糕车、彩带、鲜花，跟这灰扑扑的巷子比起来，亮眼得有些过分。

白英作为演员代表，也作为何子殊的引荐人，抱了一束半人高的花束，从王野身后走出来。

白英把花递给何子殊，笑着开口："辛苦我们小殊了。"

白英还穿着杨美珠的衣服，灰黄色的车间工装，化着一个有些老态的妆，跟人们印象里白影后该有的模样一点都不像。

王野经常对白英说，杨美珠这个角色，就是要演到把你丢进人群里，谁也认不出你，或者谁也不敢认你的时候，才算是成功的。

可何子殊却觉得，白老师还是原先那个白老师，哪怕穿着一身老旧的衣服。

当白英朝着何子殊走来的时候，在那个瞬间，何子殊最先想到的，却是《榕树下》那个小阁楼。

那个小阁楼和这小巷一样，潮湿，安静，只在来人的时候，开个窗，透些阳光进来散散霉气。

白英就在那里跟他说"别怕出错，有我在呢，怕什么"。

然后，他开始学习如何演戏，见到了宋希清，见到了梁也，见到了王野。

去试镜，进组，最后杀青。

从《榕树下》到《天尽头》，白英都朝着他伸出了手。

何子殊眼眶有些红，接过花。

其实不止白英朝他伸出了手。

宋希清、梁也、王野、谢沐然、纪梵、刘夏、涂远……还有陆瑾沉，很多很多人，都朝他伸出了手。

他能做的，就是努力一点，再努力一点。

为了王野说的那句"我负责"，他也要为这些话负责。

白英微笑着张开手，轻轻抱住何子殊。

何子殊声音沾了点水汽，喊了声："姐。"

白英安抚性地拍了拍他的后背："好了好了，跟我还说什么客气话。"

等白英一抱完，众人就围了过去，把何子殊围得见头不见尾。

尤其是饰演林阳阳的小演员，扑进何子殊怀里哭得声嘶力竭，何子殊抱着哄了大半天才好。

小周没挤进去，踩在一旁的石头上，录了个小视频，发给了陆瑾沉他们。

等人到齐，王野招呼着众人，挑了棵最大的古树做背景，拍了《天尽头》片场第二张集体照。

这次何子殊不再是最侧边的位置，而是最中间，左手边是王野，右手边是白英和小演员，笑得格外好看。

《天尽头》按照规矩，发了杀青的微博，并说道："杀青大礼蓄力中。"

除此之外，还接连发了好些片场的互动日常。

何子殊也把这张照片传上了微博。

何子殊最新一条微博，还停留在和涂远他们的合照上。

剧组开机的时候，他怕粉丝赶过来探班，这边路有点偏，不太安全，就用工作室的号转了一下。

杀青的时候，才用了自己的个人号。

电影官博毕竟是官博，流量小，同样的内容，用了何子殊的号一发，热度瞬间飙升。

尤其是在陆瑾沉、纪梵、谢沐然他们三个点赞之后。

与此同时，官博更新的最新一个日常视频，就是陆瑾沉他们探班剧组的视频。

粉丝们在官博和何子殊个人微博之间来回切换，APEX 探班的消息又成功登顶热搜榜。

第六章 限定工作室

杀青当晚，王野包了一个酒楼，特意给何子殊办了一个杀青宴。

到最后，王野让制片去结账的时候，才发现何子殊早了他一步，把账结清了。

不仅如此，何子殊杀青后的第二天，人已经回了天市，可酒店的下午茶却照送不误。

这事王野不知道，白英不知道，片场其他人员不知道，驻守门口的安保人员就更不清楚了。

他们看着酒店那统一的制服，什么都没问，熟门熟路，把人放了进去。

制片一脸茫然，开口："这是谁订的？"

那边回道："这我们不清楚，我就负责收个签单，送个货。"

说着，那人抬起头来，确认收货的人还是同一个，笑了下："不是都送了半个月了吗？您怎么今天想起来问了？"

制片心说，就是因为已经送完半个月了，才想着问一下。

前半个月是谁送的，他知道，可现在这个是谁送的，还真不清楚。

制片签完单子，先跑到了王野那边："导演，这下午茶是你订的？"

这种开销一般不走剧组的账，所以先得问清楚。

王野抬头："什么下午茶？"

制片往那边一指。

熟悉的保温箱，熟悉的 LOGO（商标），熟悉的下午茶。

恍惚间，王野还以为何子殊回来了。

他摇了摇头，偏头看向白英，示意：你订的？

白英怔了怔，随即确认："小殊吧。"

制片心里头猜的也是他，开口："可能是走得急，忘了跟酒店那边说，白老师，你记得给子殊说一下，这种每天都送的餐，一般都是周结或者半月结，子殊那边不取消，酒店也不知道。"

何子殊这半个月订的下午茶，都是酒店后厨现做的，无论是甜点还是饮品，都比一般的外卖要贵上不少，成本加上人工，开销并不小。

白英刚想给何子殊打个电话，就收到了一条消息。

是何子殊发的。

【姐，那个酒店的下午茶会继续送，我看了天气预报，林口还要冷上半个月，片场位置偏，也正对着风口，喝些暖的舒服点，你们有什么想吃的、想喝的就打下面这个电话。】

【电话是这个，要是制片那边问起来，说是姐你订的就好了，昨天你不是刚说过吗，我们之间不用分这么清楚。天冷记得多加件衣服，祝拍戏顺利！】

白英看完就笑了，把手机递了过去。

制片一字一字看过去。

不是忘了，恰恰相反，是一直记着，还记着替他们看看林口接下来半个月的天气。

制片心头烫了一下，笑着开口："我还是第一次遇见像子殊这样的。"

他做这一行也十多年了，何子殊绝对是第一个。

人都杀青了，"下午茶"还没杀青。

制片觉得有些可惜。

要是放在昨天，官博怎么都会提上一句，把"没杀青的下午茶"拿出来好好宣传一下。

可昨天话题飘了一天，刚降下来没多久，今天官博要是再出面，免不了一些别有用心的人，会拿来大做文章，说什么包年热搜、炒作、卖人设。

制片叹了一口气："应该早点说的，这又不是什么坏事，我们吃了子殊这么久的下午茶，总要帮着宣传一下，还有昨天晚上的杀青宴，账也是他结的。"

白英摇了摇头："他就是怕你们这样想，才故意等到那些东西到了，掐着时间给我发了消息，还要说是我订的。他做这些，也不是为了做给谁看的，就想让大家在片场的时候，可以放松一下。"

白英看着自己脚边那个小烘灯，也是昨晚小周特意放到她化妆室的，笑得格外柔和："他就这样，你让大家安心吃，有什么特别想吃的想喝的，也可以提，电话我发给你。"

制片乐呵呵应下，给片场众人发点心。

网上不让提就算了，现场他非得让全部人都知道才行。

别家艺人都想尽法子，争取曝光度。

尤其是这种能博得一票好感的事，恨不得天天住在热搜上。

怎么到了这孩子这里，就使劲往下压，还把这些人情都承在别人头上。

制片知道何子殊是这个性子，也是真的对别人用心，可就是觉着替他着急，于是来一个人就要说一下："子殊买的，说天气冷，让大家暖暖身子，大家都好好吃，网上也就先别说了啊，这两天都是他杀青的话题，说多了反而不好。"

底下立刻传开声音。

"完了，子殊走的第一天，喝着他买的下午茶，想他。"

"我第一次进组就遇见子殊这样的神仙，也不知道接下来去其他地方，有没有这待遇。"

"我跟你打包票，没有，你想想就好，我拍了三十来部戏，也没遇见第二个了。"

"也有，你可以再去有子殊的剧组，等《天尽头》上映，片约肯定很多。"

"有道理。"

"不行啊，我憋不住啊，想让全天下知道子殊有多好！"

"没事，王导不是在准备杀青礼吗，官博都说了杀青大礼蓄力中，肯定也会有消息的，到时候再说。"

......

而另一头的何子殊，现在正在乐青。

小吉祥物年后初次回到公司，从进门开始，就收到了各方人马的慰问。

"子殊欢迎回来！"

"杀青快乐！拍戏辛苦喽！"

何子殊摘下口罩和鸭舌帽。

谢沐然给他发消息说林佳安还没到，还有些时间，打招呼的人又多，所以何子殊走得很慢，笑着一一谢过，最后索性停在了电梯旁的茶室里。

何子殊身旁围了一圈人，都是平日接触比较多的部门。

明明是有些闹的环境，可何子殊却一直很有耐心。

尤其是说话的时候，总是听得很认真，像是能精确地在人群中找到那个朝他说话的人，然后认真看着你，哪怕只是许久不见，打个招呼，说些无关紧要的东西。

有人开口："杀青微博我们都看到了，拍戏肯定很累吧，据说林口那边比我们这边要冷一点，又下雨又下雪的。"

何子殊："还好，这几天都是晴天，雪的话，年后最初几天下了一场，之后没下过了，好像这边也下雪了？"

众人："下了下了，就一点点，雪还算不上，就雪沫子，晚上下的，第二天就放晴了，没有下出雪的灵魂！"

"那子殊这部电影什么时候上映啊？"

何子殊摇了摇头："现在还不知道，还没拍完呢。"

"没事，不管什么时候上映，等上映了，我们包场！"

"对，用部门经费刷一次，再自费刷一次！"

何子殊被逗笑："到时候我请你们看。"

众人："那就用你的钱，再刷一次！"

周围人被这双眼睛看着，很快就有些吃不消。

这人究竟是什么做的，怎么可以又飒又甜！

台上大魔王，台下小棉花糖，是怎么做到角色切换自如，且毫无违和感的！

"说什么呢，这么开心。"林佳安的声音从走道的另一头传过来。

她手上拿了个红色的文件夹，笑着朝何子殊走来："我说今天办公室那边怎么空了，都跑这边来了。"

林佳安在经纪人圈中是顶尖那一绺的，虽说面上是 APEX 的经纪人，可在乐青位置其实不低，接触的都是高层，也说得上话，所以这些小姑娘见她，纷纷喊了一声"姐"。

"安姐回来啦！"

"姐今天是要开会吧，我看高经纪他们也都来了，今天公司特别热闹。"

林佳安笑了下："等下要开会，所以子殊我带走了，赶快回位置上去，被沈总看到像什么话。"

"什么？总裁今天要来吗？"

林佳安无奈："已经来了。"

"啊？怎么都没人通知啊！"

"快走快走！"

"沈誉"这名字一出，原先围着的一群人就乌泱泱往办公室跑。

一群小姑娘走到一半还不忘回头喊一句："子殊好好休息哦！"

林佳安和何子殊进了电梯，林佳安按了个"三十一楼"，随口问了句："怎么不先上去？"

何子殊玩笑道："等安姐。"

声音透着笑意，被这封闭的空间一收，还有回音似的，听起来格外柔软。

林佳安不自觉笑了下。

想不到她都当妈的人了，还能被看着长大的小孩子撩到。

"说好话也没用，"林佳安看着何子殊，"刚刚那句'好好休息'，听听就好，别当真。"

林佳安说着，把文件夹打开："这是你接下来的通告安排。"

何子殊低头一看，两面纸，排得满满当当，拍戏这十几天，在那张纸上，也就一行字的位置。

可见林佳安这话里，没掺一点水分。

除了他自己的名字外，何子殊还看到了陆瑾沉、谢沐然、纪梵的名字。

何子殊："这么多都是四人一起的行程？"

林佳安"啪"的一声，合上文件夹："嗯，大部分都是，去年是预热，今年才是重头戏，除了演唱会，还有时装周、颁奖典礼，很多，陆陆续续还会有。"

就在这时，电梯"叮"的一声，停了。

何子殊看了看显示牌，二十楼。电梯还没到，那就是有人来了。

果然，等电梯停稳，缓缓打开，何子殊就看到沈誉站在外面。

沈誉见到何子殊和林佳安，也挑了挑眉。

林佳安先颔首，道了声："沈总。"

何子殊也往后退了一步，轻声道："沈总。"

沈誉走进电梯，没按楼层，显然是要跟他们一起去会议室。

沈誉微微偏头，看着何子殊："拍戏感觉如何？"

何子殊认真道："见到了很多人，也学到了很多东西，挺好的。"

沈誉："看官博照片，我还以为多少晒黑了点，现在看来，好像还行。"

何子殊轻笑："因为化了妆，平常戏份也在室内，基本没怎么晒。"

林佳安滑着手机，头也没抬，道："不能晒，接下来还有几个奢侈品代言要谈。"

何子殊乖乖抿嘴。

沈誉笑了下。

电梯到达三十一楼，出电梯的瞬间，沈誉开口："新团队的事，那边处理得怎么样了？"

林佳安跟在他身后："差不多了，名单还在拟，到时候给您过目，看看需不需要二次筛选。"

沈誉："不用了，你决定就好。"

何子殊闻言，皱了皱眉。

新团队？他好像都没听谁提起过。

但是特意交给林佳安去办，还要沈誉亲自过目的，肯定不会是什么小事。

何子殊压了压步子，等到和沈誉隔开一点距离，才看着林佳安，极其轻声开口："姐，你要带新团吗？"

林佳安一怔，随即抬眸，嘴角一扬："带你们都来不及，还带什么新团。"

她扬了扬手上的文件夹："你看我还有时间吗。"

何子殊："那……新团队是什么？"

林佳安："公司正商量把你们四个的工作室选一部分人出来，成立一个新的工作室，一年时间，等活动期结束，再各回各位。"

何子殊刻意敛了声音，可林佳安没有，于是两人的对话，被沈誉听了个正着。

一时之间，沈誉心头还有些复杂。

当年这四个人，成立个人工作室的时候，人都是他和林佳安选过的。

尤其是最难对付的陆瑾沉，刚成立个人工作室那段时间，"生人勿近"到了一种地步。

他怕别人镇不住，特意找了高杰，最后勉强把人管住了，也只是勉强。

要不是林佳安手头事情多，再加上明面上过不去，怕别人说私心重，沈誉甚至想让林佳安亲自带陆瑾沉。

可即便如此，还有很多人说他藏私，说是授了他的意，乐青上头把很多资源给了陆瑾沉。

沈誉有口难言。真要论私心，他最不想管的，恰恰就是陆大队长。

之所以管这么多，不是因为想管，而是因为太难管。

在他的设想里，陆瑾沉直接退圈都不算什么出格的事。

因为以陆瑾沉当时的脾性，这种事情完全做得出来。

沈誉那时候为了稳住陆瑾沉，做了不少尝试，可惜收效甚微。

后来，连他自己都没想到，他自暴自弃式的一句玩笑话，陆瑾沉竟然听了进去。

他说："你给我稳住，起码再稳个几年，一切等到乐青周年庆后再说，到时候'APEX'的招牌还得拿出来，四个人一个都不能少，老老实实回归一年，之后你爱怎么样就怎么样。"

原本也只是随口一编，谁知道自那以后，陆瑾沉就"老实"了。

虽说还是一副"生人勿近"的模样,却没再给别人"这人要随时撂挑子"的危机感。

走到会议室门口的时候,何子殊顿了顿。

门内传来谢沐然的声音,隔着一扇木门,外头的人听了个全。

"不是说跳机场吗,你怎么不跳啊!"

"枪枪枪!没枪就算了!怎么连锅都没有!"

"我死了。"

短短三句话的时间,游戏的开局、过程、结局就被展现得淋漓尽致。

何子殊下意识地看了看沈誉——神色正常,毫无生气的迹象。

外面总说 APEX 作为乐青最大的摇钱树,在公司基本都横着走。

这是何子殊第一次感受到,某些传言,在某种程度上,只是夸张了点,还算不上是谣言。

别人会前准备都是各种资料、数据、汇报,正襟危坐,等总裁亲临。

他们倒好,总裁都站门口了,里面还在"绝地求生"。

何子殊知道沈誉和陆瑾沉的关系,也知道沈誉不会计较这些小事,但今天特地出现,总归也是为了接下来的活动安排,不能让他觉得小然"不务正业"。

于是,何子殊想了想,冷静道:"然然偶尔会玩个游戏,调剂一下,工作的时候一般不会碰手机的。

"而且只要小梵不搭手,一局他玩不过三分钟,不耽误正事。"

沈誉轻笑出声,看着何子殊:"你这话别被他听到了。"

何子殊直接开口:"这话是说给沈总你听的,不是说给然然听的,你不说,然然就不会知道。"

他们在谢沐然面前,说的从来都是善意的谎言。

比如"厉害、真厉害、太厉害"等等,以至于谢沐然对自己的定位有些偏差。

沈誉偏过头,正想开口,视线却一顿。

何子殊不解,顺着他的视线也偏过头去,结果就看见了陆瑾沉。

沈誉一句话也不想多说,直接推开门,进了会议室。

林佳安淡淡看了两人一眼，开口："进去吧。"

何子殊进了门才发现，会议室里的人，比他想象中的，要多得多。

纪梵和谢沐然先不说，除了高杰、小周他们，还有各自工作室的一些人，分别坐在谈判桌的四个方位，见到沈誉，立刻起身鞠躬，动作整齐划一。

除了自己工作室的人，其余的人，何子殊都眼熟，也叫得出名字，可真要说多了解，还真没有，因为没有正式共事过。

沈誉没坐谈判桌，在靠门一侧的角落，随便挑了个软椅坐下，开口道："你们说你们的，我就来听听。"

谢沐然拍了拍身旁的椅子，对着何子殊摆了摆手："子殊，这里！"

何子殊和陆瑾沉走过去。

无人开口说话，气氛莫名有些紧张。

何子殊看着占据四角，看起来井水不犯河水的各家工作室，凑到陆瑾沉耳边，轻声问："他们都是被强制拉过来的吗？"

看各自神情，何子殊觉得像。

他们这四间工作室，不只是在乐青，在某种程度上，在整个业内的一线团队内，都排得上号，各有一条规范严密的处事链，互不干扰，互不影响。

各立门户的事年年有，尤其是娱乐圈，稍微有点水花的艺人，基本都有自己的个人工作室，但各自成立工作室后又要群策群力的，就不是什么常事了。

更别说这还是个"限定工作室"。

"限定团"都听过，"限定工作室"也是破天荒，头一遭。

陆瑾沉轻笑："你工作室的人，什么时候看见过他们这个样子。"

何子殊的对角，恰好就坐着他工作室的人。

何子殊一抿嘴："就是因为从来不这样，才想是不是被强制拉过来了，而且应该是安姐那边临时通知的，可能我比他们知道的还要晚，在电梯里沈总提起来，安姐才跟我说了要成立一个新工作室的事。"

陆瑾沉："开会是临时通知的，但成立新工作室这事，一早就通知了。"

何子殊："嗯？什么时候？"

他怎么不知道。

陆瑾沉："你拍戏的时候。"

谢沐然又死了一局，正闲着无聊，听到两人的对话，也凑了过去："在说什么？"

何子殊恰好看见谢沐然手机屏幕上灰色的一片，显然又没挨过三分钟，笑了下："说新工作室的事。"

谢沐然"哦"了一声："安姐应该确定好人选了。"

何子殊："问过他们的意愿了吗？"

谢沐然："大家都知道啊，一个个都很紧张。昨天我被小林念了半天，到现在耳朵都疼，要是没选上，说不定等会儿还要哭。"

何子殊："？"

纪梵听着两人驴唇不对马嘴的对话，放下手机："你在拍戏，安姐不让我们打扰你，所以不知道。

"我们一年活动期，单单从资源方面来说，无论是数量还是质量，都是第一档，对我们来说是这样，对工作室来说也是，而且还有很多限定活动，接触到的环境或者人脉，很可能是他们原先从没有接触过的，所以每个人都想争取。"

谢沐然也反应过来："对，而且是安姐亲自带，说不定会物色接班人人选。"

言下之意就是，之所以气氛这么剑拔弩张，纯粹是因为，在座的各位，都是竞争对手。

何子殊下意识地看了陆瑾沉一眼。

陆瑾沉点了点头。

果然，当林佳安把四人的通告注意事项捋了一通，然后说起"新工作室"的时候，四方人马都挺直了背。

林佳安念完名单，看了看沈誉，见他点了点头，说道："暂定名单，后期可能还有调整，先按照这个开展工作，还有疑问吗？"

底下有人举手，提出问题后，林佳安给了初步意见，轮了一小圈之后，林佳安便让他们先行散会。

会议室里只剩下高杰、林佳安、沈誉和何子殊他们。

谢沐然听得犯困："姐，今天没我们什么事？"

林佳安淡淡看了他一眼："说的就是你们的事，把他们叫过来，就是为了让你们熟悉一下新工作室，差不多就是这些人了，接下来连开会的时间可能都没有。"

林佳安亲自负责，第二把交椅自然而然就是高杰。

高杰把电脑屏幕一转，开口："你们都提前通知了，我就不说了，子殊你这边要注意一下，已经约好了宋希清老师，这两天要把《天尽头》主题曲的音棚版录完，只有两天时间，必须得抓紧。"

何子殊知道主题曲录制的事，但不知道时间这么紧。

他开口："两天时间？"

高杰："是有点急，不过已经提前跟宋老师联系好了，词作、曲谱都 OK，所以应该没什么大问题。"

何子殊点头。

高杰："大后天一早的飞机，Lord 百年庆时装周不比一般时装周，很多细节整改要落地才能启动，加上彩排，起码要一个星期。"

Lord——全球顶级时尚奢侈品牌之一，从创始之初便是皇室御用，直到现今，在奢侈品牌方面一直雄踞顶端。

Lord 百年庆时装周，无疑就是今年最具话题度的时尚资源。

"高奢"一直是 Lord 的标签之一，这个"高奢"与一般的不同，品牌创立便是皇室御用，品牌风格如其名，带着浓郁的浪掷色彩。

尤其是时装方面，是业内出了名的"华而不实"。

可恰恰是这种"华而不实"成就了它，因为把这种"华而不实"放在 T 台上，就是横扫的存在。

所以每到各种全球性活动，出自 Lord 设计师之手的礼服，在红毯上都能占据一席之地。

Lord 从没举办过时装周，百年庆是第一次，再加上今年简单却重磅的主题——献礼，奢侈程度可想而知。

当时 Lord 敲定 APEX 作为品牌亚太区总代言的时候，一起敲定的，就是出席时装周并登台这一事宜。

谢沐然单手撑着下巴，看着何子殊："服装要量身定制，去年量的，今年再穿，好像一点都不怕我们长膘。"

纪梵淡声道："你以为安姐真不知道，年前给你工作室的那份报告，就是去年的数据尺。"

谢沐然想到自己要一连吃半个月的蔬菜沙拉，就觉得有点反胃。

高杰："就是因为这样，所以还有些细节要改，这几天注意调整状态，最好按照那边的时间，先试着调一调时差。"

林佳安忽地回头，看了沈誉一眼："沈总，百年庆时装周，您的邀请函也已经到公司了。"

这种时装周严格来说，不能说是时装周，因为没有新品发布，也没有预测下一季的流行元素，更像是一种商业活动，所以请到的人不会只限于时尚界，而是各行各业的名流。

沈誉"嗯"了一声，示意知道了。

高杰在电脑上敲了一下："等时装周结束，就是子殊的生日会。"

谢沐然、纪梵闻言，齐齐看向高杰。

陆瑾沉也抬眸。

高杰："……"

人家一个百年庆时装周，这么多艺人抢破头都想要的时尚资源，在你们这几个人眼里，还不如子殊一个生日会有吸引力是吧。

现在倒是一个个看得认真。

高杰："今年生日会不大办，就……"

高杰话说到一半，就被谢沐然直接打断："为什么不大办？"

纪梵："因为没钱？"

高杰额头青筋一跳。公司最高层就在那边坐着，当着他的面，说公司没钱，不就是说他没钱吗？

林佳安开口道："不只是子殊，还有你们的生日会，都不大办，因为接下来还有演唱会，大办的话，粉丝花销太大。"

谢沐然："那我的不办也行。"

林佳安摇了摇头："不是办给你的，是办给粉丝的，你们几个都三四年没办过了，办一次也好。"

何子殊闻言笑了下："不大办很好啊。"

陆瑾沉看着何子殊："你想怎么过？"

何子殊想了想，半晌，慢慢道："是办给粉丝的，那粉丝来就好了，别再额外出钱买门票，换一种其他形式，也可以开个单独的直播通道，让没有门票的粉丝也可以参与，你觉得可以吗？"

林佳安没回答。

这个方案的确是回馈粉丝。生日会和一般晚会不同，像跨年晚会这种直播晚会，因为拼的是收视率，所以越多人看，赞助商、广告的费用越高。

生日会倒也可以请赞助商，凭何子殊这样的人气和咖位也完全请得动。

可是林佳安觉得，以何子殊这样想简简单单办个生日会的心思，大抵是不会想请赞助商的。

站在经纪人的角度，她觉得何子殊有这心，很好。

但作为公司员工，这板子，她敲不下来。

林佳安看向角落里的沈誉。

何子殊见林佳安看向沈誉，好像有些为难，便开口道："我也只是随口一说，安姐可以照原先的方案来，我没意见。"

陆瑾沉笑了下，看着林佳安："生日会方案定了吗？"

林佳安顿了顿，给了个模棱两可的回答："可以改。"

陆瑾沉："那就这个吧，一切费用从我个人账户走。"

纪梵冷不丁地加一句："从我账户走也可以。"

谢沐然简洁无比："我可以。"

何子殊原先以为林佳安为难的地方是临时改方案，现在才明白过来，原来是资金上有些问题，忙开口："我的生日会，我自己来就好。"

沈誉："……"

我看起来，像是很没钱的样子吗？

沈誉开始反省。

他究竟是为了什么，才一大早来公司，还要和陆瑾沉坐在同一个会议室里。

说实话，他们俩最合适的位置，就是会议桌。

还要是绝对甲方，绝对乙方的那种，只有这样，他才不会吃亏。

沈誉起身，装模作样地理了理西装上的褶皱，道："有什么要求全部报给佳安，一场生日会乐青还办得起。"

他现在只想立刻做个甩手掌柜。

沈誉自然不是心疼开生日会那点钱。

在陆瑾沉没开口前，这钱他也掏得心甘情愿。

于公，何子殊给乐青带来的利益，不能用一个具体的数字去估计。

于私，就凭何子殊的关系，这一个生日会也得好好办。

要是今天，是林佳安把预算单直接放他桌上，他立刻就能签字。

可偏偏，跟他对上的是陆瑾沉，还莫名其妙被冠了一个"穷老板"的人设。

这让从小到大，因着严格的家教，从来都没"纨绔"过的沈誉，第一次有了烧钱的冲动。

沈誉越想越气。

在出门前的一刻，沈誉停下步子，手搭在门柄上，冷脸说了一句："生日会好好办，大办。"

最好能挥金如土。

陆瑾沉笑了一下。

沈誉径直出了会议室。

高杰还有些捉摸不透沈誉真正的意思，开口道："大办，沈总认真的？"

林佳安没回答，淡淡看了陆瑾沉一眼。

陆瑾沉："原先场地订在哪里？"

林佳安："世纪南门。"

陆瑾沉："换到天一体育馆。"

高杰皱了皱眉："天一？真要大办？"

世纪南门剧场和天一体育馆相比，简直一个天一个地。

陆瑾沉："原先顾忌着粉丝，不想大办，那就尽可能把能替她们省掉的开销都省掉。"

谢沐然立刻点头："三年没办了吧，攒了三年，办个大的粉丝也开心，而且首场演唱会不是也说要免门票费嘛，一场是办，两场也是办。"

高杰无情打断："什么一场两场，要是子殊的生日会大办，那就不是一场两场的事了，你们三个的，也要大办，起码规模得相衡，一碗水端平，粉丝才不会有意见。"

回馈粉丝，生日会、演唱会免门票的，也不是没有，可像乐青这样下血本的，怕是少有前例。

谢沐然无所谓地耸了耸肩膀："哥，胆子大点，我们又不是没钱。"

高杰："……"

公司都养了一群什么没心没肺的艺人！

真应该送到隔壁去职业规划一下再回来。

陆瑾沉见何子殊一直抿着嘴，轻声问："在想什么？"

何子殊摇了摇头："会不会给公司添麻烦？"

他当时也没考虑周全，忘了他这个头开下去，后续可能还会有很多问题。

陆瑾沉笑了下："能有什么麻烦。"

何子殊不知道自己以前跟沈誉有什么交集，可有记忆以来，他和沈誉打过的照面，一只手都数得过来。

所以在何子殊的潜意识里，沈誉仍是老板，作为他旗下艺人之一，行事不好太张扬。

毕竟除了 APEX 外，乐青还有很多艺人。

何子殊开口道："沈总那边……"

陆瑾沉莞尔："你要是现在跟他提钱的事，可能这生日会，就从天一开到鸟巢去了，信不信？"

何子殊被逗笑。

陆瑾沉："那就定了。"

何子殊最终点头："不会添麻烦就好。"

谢沐然："对了，安姐，子殊的生日会我们做嘉宾吗，为什么通告单上没有？"

林佳安合上电脑，立刻回道："不行。"

谢沐然顿时失望："为什么？"

林佳安扶额："你们要是真做了嘉宾，消息瞒得住吗？就这些门票，粉丝都不够抢。"

高杰苦口婆心："还是那句话，子殊的生日会，你们做嘉宾，你们的生日会，子殊也得做嘉宾，那不就跟演唱会一样了吗？来来去去也就这四个人，腻不腻？"

谢沐然："粉丝一定不会腻。"

纪梵："我们不能参加？"

高杰："对，那天会有别的通告。"

纪梵和谢沐然一齐转头，看着陆瑾沉——哥，到你出手了。

纪梵和谢沐然还打算让陆瑾沉争一争，谁知道，陆瑾沉竟一下子答应了。

陆瑾沉："嗯。"

谢沐然不敢相信："哥，你听清楚了，子殊生日会那天，我们去别的通告，你答应了？"

纪梵也皱眉。

陆瑾沉淡声道："嗯。"

高杰都做好了要说服陆瑾沉的准备，打好了一通腹稿，谁知道陆瑾沉就这么轻巧地应了。

后来，等到何子殊生日会的时段收视率刷新平台纪录的时候，高杰恨不得回头给自己一巴掌，当时他怎么就信了陆瑾沉这鬼话。

接下来两天，何子殊一直泡在录音棚里。

宋希清知道何子殊接下来的行程安排，为了方便起见，特地将地点选在乐青。

所以乐青近来最热闹的"观光地"就是录音棚。

公司内部的员工群，消息就没断过。

【宋老师看子殊那眼神，真的比看陆队要温柔太多了，我拍了照，你们对比看看，到底哪张更像母子。】

【宋老师看陆队的眼神，就像我妈看我的眼神，宋老师看子殊的眼神，就像我妈看我家猫主子的眼神。】

【也太形象了吧，这样的小猫咪谁不喜欢！】

【宋老师都半隐退了，时隔这么久，第一个合作对象就是子殊，肯定是她自己选的，就宋老师那身份，谁还能逼着她合作不成？选了我们小吉祥物，肯定是疼到心坎了！】

【是我们小吉祥物争气，看看罩着他的人都是什么咖位，白影后、王导、宋天后、梁老，啧啧啧，我感觉很有安全感！】

……

Lord 百年庆时装周的行程，不知怎的就被透露了出去。

当天大早，天还没亮，何子殊他们四人的车刚行进机场，大门那边已经被粉丝围得水泄不通。

林佳安和高杰也没料到这个点还能有这么多粉丝，亏他们还特意提前了两个小时。

耳边都是粉丝的尖叫声，在略显空旷的大路上，显得很清晰。

高杰转身提醒："你们就在车里待着，现在外面太乱，等会儿走紧急通道。"

高杰说完，立刻下车联系工作人员。

何子殊皱了皱眉，有点心不在焉。

车开进机场的时候，他听见动静，把遮光帘掀了一半起来。

车窗贴了防窥膜，粉丝看不见他们，只是认出了车，可何子殊却能看见他们。

很多粉丝原先都半蹲着，见到车来了，才晃悠着站起来，人还没站稳，就先打开手上的灯牌。

灯牌上全是他们的名字。

何子殊不知道这些粉丝什么时候来的，也不知道他们等了多久，只知道现在天都还没亮。

小周见状，小心翼翼地开口："不像是自发的活动，应该是有大粉或者站姐牵头，所以都聚在门口，没有落单的，也没有直接跑过来的，可能也都是些老粉。"

这些粉丝虽然喊着他们的名字，挥着灯牌围过来，却控制在一个比较合适的安全距离，没有一窝蜂挤在一起。

纪梵："行程从我们这边透出去的？"

小周猛地摇头："没，就算是我们这边不小心透出去，也不是这个时间点，照正常计划，还有两个小时。"

何子殊轻声说了一句："可能一早就在这边等了。"

哪怕知道的行程是两个小时之后，也早就等在这里了。

谢沐然扒着窗户往外看，半晌，开口："小周，外面今天几度啊？"

何子殊下意识看了眼车上常备的暖身贴。

陆瑾沉把一个鸭舌帽戴到何子殊头上："走吧。"

何子殊一怔，偏头看他："？"

陆瑾沉笑了下："不是想下车吗？"

何子殊眨了眨眼睛："可杰哥说让我们在车里待着。"

陆瑾沉："你想下去吗？"

何子殊顿了顿，最终点头。下去打个招呼也好，让粉丝们早点回家。

陆瑾沉："那我们就下去。"

车门轻轻推开，陆瑾沉第一个下了车。

在陆瑾沉下车的瞬间，尖叫声就盘旋在整片空地上。

粉丝们呼吸都快停止了，一个个拼命挥动着手上的灯牌。

陆瑾沉下车后，朝着车门的位置微一侧身，紧接着便是何子殊、谢沐然和纪梵。

四人一字排开，粉丝的尖叫声顿时冲破天际。

就在所有人以为他们要往紧急通道走的时候，却发现这四人朝着自己走了过来。

"过过过……过来了！"

"真的过来了！"

粉丝们把灯牌挥得更快，一个接着一个开口。

"子殊，你今天穿太少了！倒春寒！多穿几件！不要为了好看就穿得少！"

"去时装周也一样，保暖为主，别感冒了！"

"对！然然你也是，把围巾戴起来！你们就算穿麻袋也好看！"

"时尚的完成度靠的是脸！"

妈粉式关心，把几个打边过的接车司机都惹笑了。

等人真的到了跟前，粉丝们还有些不敢置信。

原先粉丝以为他们可能不走紧急通道，直接走正门了，所以为了让他们听见，才扯着嗓子喊。

可现在，这几人却停在自己面前！

粉丝们又有尖叫的趋势。

何子殊立刻伸出手指，然后比了个"安静"的手势。

谢沐然先开口："怎么这么早就在这边等啊，太冷了，下次不要这个点出来，不安全。"

粉丝们已经什么都说不出来了，只是连连点头。

这下她们都清楚了，这几个人是特地过来的。

何子殊转过身，从小周手上接过一个袋子，递给人群中央举着相机的一个女生。

这个女生他见过好几次，不出意外的话，应该就是站姐。

她怔怔接过，一脸错愕——这是认出自己了吗？！

何子殊笑了下："一些暖身贴，也不知道够不够，如果有人需要的话，你可以看着分一下。"

该女生现在可以确定，何子殊一定认出自己了。

她激动到不能言语，只紧紧攥着那个袋子，直到袋子的细绳几乎要嵌进指节缝里，才强逼着自己冷静下来："车……车上还有吗？要是我们都拿走了，你们不够怎么办？法国那边好像也很冷！"

底下一群人开始附和。

"对对对，你用你用，我们不冷！"

林佳安和高杰回来的时候，就看到那边围了一群人。

小周在人群外面，朝着林佳安他们招手。

林佳安以为出事了，连忙跑了过去。

人群中不知道谁喊了一句"安姐和杰哥来了"，立刻散了一小条通道出来。

几个安保人员跟在后头，护着何子殊他们往紧急通道走。

粉丝们跟着跑了一阵，人群挡了视线，再加上走道窄，走在何子殊他们前方的粉丝没留神，眼见下一秒就要撞上柱子，何子殊伸手拉了一把。

那人将将站稳，可后头的人不知道发生了什么，依着路线继续往前走，一碰，一撞，何子殊都被这股力量带了出去。

"小心！"

"别往前走了！子殊要摔了！"

陆瑾沉拉了一把何子殊，脸色有点沉："有没有摔到？"

何子殊摇了摇头。

林佳安他们刚刚心都差点吓停掉，也顾不得身后的粉丝了，只想带着人赶紧进休息室。

可何子殊总觉得有些不放心。

林佳安怕再生出什么意外，拦了一路，神情也有些冷，所以他们快步进了通道，连招呼都来不及打。

何子殊停下步子："姐，我去跟她们说一下，就站门口那边，不出去，你放心。"

林佳安不赞同："让小周去，你们先进去。"

何子殊咬了咬牙："情况有点乱，后面很多粉丝以为我真的摔了，小周去的话，她们可能还会多想。"

林佳安仍旧皱了皱眉。

何子殊继续道："粉丝接机的事，娱记应该也会拍到，掐头去尾放张照片说我摔了，其他粉丝会担心。"

何子殊说着，回头看了一眼："而且……他们也会被骂。"

各家娱记的这些操作，他们再熟悉不过了，怎么有爆点，就怎么写，看图说话就是看家本事。

只放出一张照片，再加上一句"粉丝围堵机场，致何子殊受伤"，到时候今天接机的这群粉丝，肯定就成了靶子。

何子殊微微抿嘴，轻声开口："姐。"

陆瑾沉："我陪他去，很快回来。"

林佳安没再反对，只说："小心点。"

何子殊笑着点头，和陆瑾沉一起，朝另一头跑去。

门外的粉丝都停在一侧，没有堵在通道口。

因为听到何子殊差点摔了的消息，很多人神色都恹恹的，而且心里也清楚，林佳安大抵是有些生气了。

粉丝都有些失落，尤其是那个被何子殊拉了一把，才不至于撞上柱子的粉丝，靠在机场的玻璃外墙上，眼眶都红了。

就差一点，要不是有陆队在，她就会拽着子殊摔在地上。

子殊要去时装周，如果摔了，还摔在脸上，后果可想而知。

越来越多人来问她，刚刚子殊摔着了没有。

她原先都答没有，可当问题一次一次出现，连她都开始怀疑，那时候子殊究竟是摔了，被陆队拉了起来，还是没有摔。

就在这时，突然有人喊了一句："子殊出来了！"

一群人围了上去，可因为刚刚差点出事，所以大家都有些克制。

"子殊你没事吧？"

"摔到哪里了？"

何子殊轻声道："没摔，就是一下子没站稳，别担心。"

那个女孩子听到这个，虚惊一场之后的庆幸来得太强烈，眼泪扑簌簌就下来了。

周围很多人给她递纸巾，她怕何子殊他们发现，就低着头，躲着想往后撤。

可就在她转身的刹那，头发却被轻轻压了下。

她一抬头，何子殊就站在那里，笑了下："下次走路要小心一点。"

何子殊说完这句，就进了通道。

陆瑾沉："早点回去，注意安全。"

直到两人背影消失在转角，其他人才彻底醒过神来，把那个女孩子围在中间。

"啊啊啊啊啊！姐妹别哭了！这是子殊的帽子啊！"

"肯定是看到你哭了，用这个法子安慰你啊！我也好想哭啊！"

"子殊把他的帽子给你了！还亲自给你戴上！"

"这个帽子多少价可以出，亲爱的你考虑一下吗？"

那个女生抬手，把头上的帽子摘了下来。

这是子殊……送她的帽子。

第七章 凡尔赛宫的玫瑰

何子殊他们那边飞机落地时，法国当地时间还是上午。

几人在国内调了几天时差，但因着十多个钟头的飞机，都有些疲惫。

高杰忙掏出一瓶喷雾，往谢沐然脸上一连喷了十几下："清醒点，外媒的镜头就是照妖镜，快打起精神来！"

谢沐然被喷得眼睛都睁不开："杰……杰哥，我觉得我还行。"

高杰手中的喷雾转了个方向。

何子殊眨着眼睛看他。

高杰没喷下去，因为这个真的行。

到头来，被喷了一脸的就只有一个谢沐然，以及被谢沐然强行拉下水的小周。

APEX 出席 Lord 百年庆时装周的消息，外媒一早给了消息，机场聚集了一小批接机的粉丝。

主办方安排了专人接送，直接走的安全通道，所以粉丝只遥遥拍了些照片。

几人上了车，林佳安和高杰要去和主办方接洽，走的另一条路，其余随行人员也坐了别的车，所以这辆车上只有小周和何子殊他们。

司机是主办方的人，只会一些简单的中文，打过招呼后，就把挡板打开了。

下午的时候，林佳安和高杰他们才回到酒店，同行的还有两个 Lord 品牌方的工作人员。

何子殊他们入住的酒店位于巴黎最繁华的地段，离会场近，隐秘性极佳，价格也不菲，无论是复古年代感的外观还是酒店内部的服务，都极度贴合 Lord 自身的风格。

酒店被 Lord 品牌方全部包下，除了邀约嘉宾的房间外，还配备了各自的服化室。

服化室位于酒店顶层，所有人员进出全都要刷特制的 ID 卡，从进场到离场，还要经过一道安检门。

无论是规模、排面还是安保措施，都堪称一绝。

小周原先觉得太过烦琐，直到他跟着何子殊他们来到了顶层。

每间服化室外，带着 Lord 统一标志的木质门牌上都署了名。

小周亦步亦趋跟在后头，可还是控制不住自己的眼神，一间一间看过去。

走过一间，脚步就顿一下。再走过一间，脚步再顿一下。

等到终于看到"APEX"字样的时候，浑身已经僵硬了。

他从进入乐青开始，就一直跟着 APEX。

作为乐青资源的天花板，什么时装周、品牌秀他没看过。

可 Lord 这次，未免也太夸张了。

"小周？小周？回回神，在想什么呢？"谢沐然伸手，在小周面前晃了晃，"从进门开始就心不在焉的，怎么了？"

小周深吸了一口气："哥，那些门牌上写着的名字，都是真人吗？"

谢沐然想了想，道："应该吧。"

小周几次张口欲说话，最后只憋了一句出来："这些人，都是来走秀的吗？"

谢沐然笑了下："我们其实也不专业。"

小周忙摆手："不不不，哥，我不是这个意思，我只是很……惊讶。"

出席 Lord 时装周的艺人名单并没有官宣，但外媒通过各种手段，将阵容摸得差不多，否则今早机场也不会有 APEX 的粉丝接机。

可在大多人的想法里，这些名单上的人，应该出现在台下，出现在看秀的席位上，而不是 T 台。

可在他们入住酒店的时候，Lord 那边的工作人员就说过，这间酒店体量不大，安排在这边的都是受邀走秀的艺人，看秀的嘉宾在另一间酒店。

无论哪边都签署了保密协议，让他们无须担心安全问题。

小周不知道该怎么形容自己现在的心情。

如果非要比喻的话，那就是，这顶层的位置，有三十多个"APEX"。

因为那些门牌上的名字，都是话题度金字塔塔尖的一拨人。

如果国外也有顶级流量这一说法的话，那这两排都是。

除了偶像歌手、演员，还有各种星二代、富二代，随便拉几个出来，都可以上搜索榜的那种。

就在这时，门外突然传来"嘀"的一声响。

几人循声望去，就看见高杰走了进来。

高杰"啧"了一声："这一层楼，不便宜啊。"

小周："哥，走秀的人都有谁，原先你们也不知道吗？"

高杰点头："嗯，主办方那边没说。"

小周把手机屏幕打开："你看，国内也出了追踪报道，外媒在机场蹲到哪个，就立刻传上网，又被实时转到国内，底下帖子跟了很多，都在猜时装周阵容。可是哥，为什么 Lord 这次的秀请的都是艺人，没有专业模特？"

"有，应该不多。"高杰慢慢道，"Lord 要的是话题度，不是专业度，以他们的资金实力，请一整场的超模也绰绰有余，对于关注时尚圈的人来说，知道 Lord 下了大力气，可对于不太关注时尚圈的人来说，辨识度就不够高了。"

高杰说完，谢沐然突然报了一串名字出来，然后看着小周："都认识吗？"

小周摇了摇头。

何子殊笑了下，解释道："你刚刚走过来的时候，右手边开始那几间，就是他们的房间，都是一线模特。"

这下小周哪里还能不清楚 Lord 的用意，他就是高杰口中"不太关注时尚圈的人"其中之一。

陆瑾沉坐在何子殊身边，动作间两人指尖相碰。

陆瑾沉皱了皱眉："手怎么这么凉，冷不冷？"

何子殊摇了摇头："不冷。"

陆瑾沉闻言，起身走到窗边，把帘子拉了开来。

阳光顺着缝隙洒了进来，颜色很淡，歪歪扭扭落在白色绒质的沙发上。

这个时节的阳光连温热都算不上，可阴冷的感觉却散了大半。

沙发上的何子殊和谢沐然被阳光一照，舒服地眯起了眼睛。

何子殊问："杰哥，安姐呢？"

高杰："在楼下等造型组，《S.U.N》杂志的团队，也合作过很多次了，彼此都熟悉。"

"你们都准备一下，"高杰说，"等做好造型，要先去秀场那边试个衣服，可能有些细节要改。"

走秀当天的造型由 Lord 御用的服化团队设计，提前花了一年的时间，为艺人量身打造，从服装到配饰，精细程度可想而知。

圈外人或许会觉得时装周可以靠一个造型吃一周热度，但能被请到这种场合的艺人，大家都心知肚明，时装周绝不只是一个走秀造型那么简单。

走秀是重头戏不假，但重头戏之前，还有开场戏，还有压轴戏，这一周都是秀场。所以高杰才会在下机前，摸着喷雾在谢沐然脸上乱喷一通。

因为自下机起，自镜头打开起，时装周就已经开幕了。

业内甚至还有句路人皆知的俗话，时装周赢在 T 台上，不如赢在街上。

因为秀场有灯光、音乐等等各种外部条件的渲染加持，哪怕有点瑕疵，也能被掩盖过去，但在街上赢了，才算是真的吃住了镜头。

所以时装周除了拼艺人自身底子，还要拼造型团队和摄影师。

高杰看了看时间："我们刚从秀场那边回来，现在 Lord 的几个首席设计师和管理层都在。"

纪梵："今天就已经在了？"

高杰："嗯，晚上可能还有一个临时的酒会，很多艺人都会过去，人聚了不少，外面街上也都是媒体。"

"酒会其实也就是个幌子，为了预热时装周，故意把消息放出去的，主要目的就是先拍些照片。"高杰说着，从门口径直往里走。

酒店房间格局很大，绕过中堂就是两面嵌着落地镜的装饰墙。

小周止不住好奇，跟着高杰往里走，直到走到衣帽间才停了下来。

高杰一边走，一边把顶头的玻璃灯打开，一路亮到尾。

最后"啪"的一声，不知道按了什么开关，小周面前的一排衣柜和抽屉，一个接着一个，一扇接着一扇，慢慢打开。

等小周看清全貌，惊讶到根本无法言语。

皮带、袖扣、胸针、领带、西装……就连墨镜都装了整整一抽屉。

他原先以为这层楼禁止通行，安保如此严密，是为了保证艺人的人身安全。

现在看来，他觉得这各项措施，目的性可能更明确、更客观、更有力——为了保护艺人的财产安全。

他甚至都不敢算，光他们这个房间里头的东西就值多少钱。

小周咽了口口水："哥，就我们这样，还是这一层楼都这样？"

这哪是什么衣帽间，根本就是一个金库！

高杰双手交叉，叠在胸前："你说呢？"

小周声音颤抖："都……都这样？"

高杰语气沧桑："我不是说了吗，这一层不便宜。"

高杰叹了一口气，又道："所以别乱走，禁止旁人通行是对的，对彼此都负责，这要是丢了东西，谁赔、赔多少先不说，可能算都算不清。"

小周只敢远观，严格控制着距离，在衣帽间转了一圈，问："哥，这些都是哪儿来的？"

高杰："有些是品牌方送的，大部分是自己的。"

小周："所以前几天安姐飞了一趟法国就是为了这个？"

高杰点头："交给别人她不放心。"

"杰哥，安姐来了！"

两人正交谈，外头突然响起谢沐然的声音。

因为衣帽间有些深，所以谢沐然的声音环在这里，听起来还挺有层次感。

小周跟个小鹌鹑似的跟在高杰身后，完全不敢乱动。

何子殊有些好笑："怎么了？"

小周灵魂出窍，跟个机器人似的一板一眼，道："哥，我好便宜啊。"

这下不止何子殊，整间屋子里的人都停下手上的动作，看着小周。

何子殊差点以为自己听错了："嗯？"

高杰解释道："刚从衣帽间出来，体谅一下。"

刚被林佳安带来的造型组闻言都笑了："正常，能体谅。"

这些服装、配饰全都是经她们手，一件一件整理起来的，哪怕是参与了全程，也受到了强烈的视觉冲击。

"晚上的酒会是临时的，不需要太夸张，也别和接下来的造型有视觉重复，就走黑色系就好。"

"2 号、5 号柜子打开，你们去挑一下。"

"胸针也用简约款。"

……

国内正值凌晨的时候，横空出世了一个名为 #APEX Lord 时装周 # 的消息，不仅冲上热搜，而且以一种很快的速度上升排名。

粉丝们起初还以为是哪家营销号又不消停了，拿早上粉丝接机的事情炒冷饭，点进去正想把聊天截图甩他们一脸，结果却发现是国内最大的娱乐官博发了一段视频。

视频封面是一个装潢复古的酒店环形门，门前铺了一小段红毯。

粉丝有些疑惑，时装周不是五天后吗？怎么现在就有消息了？

可官博不会无缘无故放出一个视频，于是忙点了进去。

封面的镜头只出现了三秒，镜头便一转。

不远处的安保一边指挥两旁人员撤离，一边往前跑。

紧接着，镜头中就出现了四辆黑色商务车，车行驶速度并不快，绕过一个小型的花坛，停在酒店门口。

粉丝心里隐隐有了猜测，等到车彻底停稳，一群穿着统一制服的工作人员从角落跑了出来，分别停在四辆车面前。

车门缓缓打开。

最先出现在镜头里的是一双裹在黑色西装下的小腿，随着镜头不断上移，扫过食指上的绷带式棱面黑戒，扫过挂链水晶胸针，最后定格在何子殊的脸上。

镜头再一转换，何子殊、陆瑾沉、纪梵、谢沐然四人都已经站在车前。

四人均是一身西装，外头披着长款风衣。

视频声音有些杂乱，除了快门声外，还有很多尖叫声，可这四人像是丝毫都没受到影响，神情又淡又冷，瞬间炸裂全场。

虽然已是凌晨，可观看人数直线上涨。

粉丝们彻底清醒。

热搜排位不断上升，而四家粉丝群、超话广场，全都炸了。

Lord临时举办酒会的目的，就是为了预热时装周，所以直接与各大媒体通气，用这种红毯模式官宣嘉宾阵容。

所有收到消息的媒体纷纷从机场、入住酒店等地方撤离，蹲在一线，生怕比对家晚了一步。

酒会结束后，众多艺人都在个人社交账号上，发布了后台照片和短视频。

APEX也不例外。

第二天一早，各路宣发齐上阵，加上昨晚未消的热度，越来越多官博转发了时装周的消息。

就像高杰说的，很多不关注时尚圈的人，很难对Lord百年庆有一个具体的概念，只能笼统概括为高奢、华丽，可这红毯一走，哪怕是再没概念的人，心里都有数了。

大致可以概括成一句话：Lord有钱，很有钱，惊天的有钱；Lord不在乎钱，很不在乎，惊天的不在乎。

APEX作为官宣艺人之一，自然成了议论的对象。

而他们出席酒会，从商务车下车的视频，已经破了两千万的播放量。

时装周才刚开始，话题度便已经居高不下，并且一直持续了三天，于是有人坐不住了。

很快，在最大自由论坛上，出现了一个名叫《APEX 出席 Lord 百年庆时装周，暗地里究竟花了多少钱？》的帖子。

一个标题，热点、质疑、问题、讽刺全有了，迅速占领娱乐版块。

楼主：

【APEX 能出席 Lord 百年庆时装周，暗地里究竟花了多少钱？具体多少也不好说，但你们可以猜猜看。

【外媒在机场拍到了乐青总裁沈誉，也就意味着他也作为嘉宾出席了时装周。可沈誉和 APEX 不同，作为娱乐公司老板，出席时装周唯一途径就是 Lord 官方邀请，而且以沈誉的身份，这个邀请函肯定直接来自高层。

【那一个娱乐公司老板，为什么会收到 Lord 品牌方邀请呢？沈誉又向来低调，基本不出现在镜头前，这就让我想起一个事情了。

【去年我就听圈子里一个朋友说过，乐青出了天价接了 Lord 亚太区总代言，表面上四人回归期是为了乐青周年庆，实则是迎合 Lord 百年庆典。

【当时我还抱着怀疑的态度，毕竟以 APEX 的咖位，好像没什么必要。

【而且别人都是合作赚代言费，代言还要自己花天价出钱去买的，还是头一次听说，这么掉价的行为，有点脑子都不会去做。

【而且倒贴这事吧，品牌方心里肯定有数，面上作为总代言，的确要让你出席，可别人都是受邀，你实际上就是"花钱买的"，肯定不会认真对待，左看右看，都是亏本的买卖，所以花钱买代言这一骚操作，可以，但没必要。

【直到那天，官宣阵容一发，回头来想，真的是我太年轻了，Lord 时装周被外媒称为时装周中的奥林匹克大会不无道理。

【所以乐青应该是提前摸到了消息，所以上赶着想提升提升国际口碑，硬挤了进去。

【最受不了的是，粉丝还在那边自我高潮呢？？？你家哥哥昨天穿的西装是 Lord 常规款好吗？作为亚太地区总代言，穿的是常规款，你们还感受不到来自主办方的"礼遇"吗？真以为是因为他们牛才被邀请的吗？

【反正一言难尽，还请 APEX 珍惜羽毛吧，有的圈子挤不进去就不要硬挤，破坏了规则还丢了脸，还请，好自为之。

【匿了，怕被你们口中的大 A 团查水表。】

……

帖子越建越高，也越来越乌烟瘴气。

小周看到这帖子的时候，脸都气绿了，敲屏幕的手简直就是十指翻飞。

幸好何子殊他们这几天都在做最后的细节整改，大半时间都待在秀场后台，所以没怎么碰手机，林佳安也不准别人打扰。

自酒会的短暂露面后，预热目的达到，Lord 便转换了策略，要求艺人们尽可能减少曝光度，这一诱一吊的模式，成功地将公众的好奇心放到最大。

可也正因为如此，网友越看不见，猜的就会越多。

小周看着高杰："杰哥，这帖子你看了吗？"

高杰扫了一眼："看了。"

小周捶了捶沙发："说代言人是买的，这种话怎么也有人信？我真的血都要看出来了！怎么公关部还不出手！不删帖吗？"

高杰摇了摇头："特意留着呢。"

小周："啊？"

小周咬了咬牙："就看着他们在这里黑？"

高杰："收了钱专门发的帖子，人查到了，背后是哪家公司还在查，所以先不删。

"而且现在删了，其他人只会以为是戳中真相了，对方受了我们的警告，不得已才删，那就换个帖子继续开。"

高杰笑了下，语气平静："也就是看在国内找不到什么黑点了，好不容易等来一个时装周，能编一个黑料，自然不会放过。这时间线跨得又久，有理有据，有因有果，写的还挺像那么一回事。"

小周："杰哥，笑收一下，他们在嘲讽我们啊！你怎么一点都不担心。"

高杰正对着单子清点东西，随口回道："这圈子里两类消息不需要理会，一是别人会帮我们澄清的假爆料，二是日后一定会成真的真爆料。"

这帖子显然就是前者。

小周按了按手指，低头，在屏幕上敲得更快。

从高杰那个角度看过去，他都怀疑会不会擦出火星子来。

高杰皱了皱眉："绷着个脸，在干吗？"

小周："创小号，练手速，等到走秀那天，我一定要喷死这个人。"

不仅如此，还要舌战群黑，以一敌百！

说什么贷款吹？就让你们看看这是不是贷款吹！

品牌方不让公开走秀的消息，在你们这边就成了贷款吹？

Lord 百年庆直播覆盖面很广，基本和各国视频平台都达成合作。

法国当地时间六点整，走秀正式开场，直播通道提前十分钟开放，虽然国内正值凌晨，但直播通道开启的瞬间，便涌入了一大批人。

所有人不约而同打开弹幕。

【虽然我知道 Lord 多"壕"气，可是看到这些人，还是想说一句 Lord 牛。】

【不愧是百年庆，要知道这些嘉宾随便挑几个人出来，在其他地方都可以镇场子了。】

【APEX 呢？怎么没看到？】

【对啊，沈誉的席位我都看到了，为什么没有 APEX？照理来说，代言人不应该在前排吗？】

【人艰不拆，可能在哪个角落吧。】

眼见着弹幕就要吵起来的时候，镜头转到了 T 台，这就意味着走秀即将开始。

Lord 今年的主秀场由顶尖设计师亲自操刀，由带着皇室风格的权杖、皇冠、高椅三种元素合成一个巨大的背景墙，还配有按比还原的金色拱顶和壁画，以及悬挂的水晶灯。

无论是大景还是细节，都极为精细，尤其是一些特意做旧的物什，都带着高级的沉淀感。

一段简单的开场词后，走秀正式开始。

弹幕上还有很多人在嘲讽为什么 APEX 连镜头都没有，直到 T 台灯光彻底暗下来,才消停了几分。

音乐渐起,靠近背景墙的地方灯光正暗,只能看见大致轮廓。

今晚的 T 台用了半感应技术,随着模特的步子,配合服装色调,T台底下会呈现出不同的流动效果。

因此在直播里,观众最先看到的是暗红色、相互缠绕的光柱。

当大开模特出现的时候,弹幕几乎停了十秒钟。

紧接着,便刷过一排"啊啊啊啊啊啊啊"。

因为出现在镜头里的,是何子殊。

那人穿着一身铁锈红暗色西装,上面用金线绣着半浮的花纹。

头上是一个古铜色旧纹皇冠,冠顶嵌着一颗黑色宝石,被顶头的灯一照,溢着细碎的光。

何子殊食指上还环着一枚黑色滑面宽戒,色泽、质地和冠上的黑宝石如出一辙。

灯光渐亮,何子殊整个人就像是从油画中一步一步走出来的。

【真的疯了!!! 大开!!! Lord 时装周的大开! 走秀开场! 】

【前方核能预警呢! 前方核能预警呢! 为什么我年纪轻轻就要承受我这个年纪不能承受之冲击?! 】

【所以没有坐台下席!! 因为我们大魔王是模特啊!!! 】

【从头到尾都是苏点!!! 】

还不等弹幕彻底反应过来,紧接着出场的就是陆瑾沉。

黑色西装,只有腰腹处扣了一颗扣子,手上戴着半掌皮质手套,不见五指,可线条却很鲜明,全身上下唯一的亮色,除了胸前红色的玫瑰胸针,就是那条红色领带。

【呼吸不过来了! 】

【啊啊啊啊啊啊,给陆总跪下! 】

【这造型?! 矜贵优雅小王子＆斯文败类公爵! 】

等到谢沐然和纪梵出场的时候,弹幕已经完全看不见脸了。

谢沐然一席灰蓝色,西装并不规则,从右肩一路向下,是半螺旋的花苞纹。

斜切式的设计,半敞的领口,再配上颈间一字型白色水晶项链。

纪梵像是和谢沐然换了风格，一改平日的"野气"，穿着一套白色的镂空纹西装，里头的衬衫却是灰蓝色。

和酒会当天完全不同的造型，四人四色，四种截然不同的风格。

等到走秀结束，那个帖子立刻被顶了上来。

就在粉丝们准备好好教黑子做人的时候，却被很多人拉回了直播。

【快快快，等会儿再和他们"掰头"！你快看直播！后台采访！！！】

Lord 后台首次开放，但不允许多人进入，只独家授权给了一家媒体。

采访了几个人之后，镜头转向了陆瑾沉。

记者问的问题中规中矩，当"好的，谢谢"说出口的时候，所有人都以为结束了。

可谁知，记者却再度举起话筒，突然问了一句："何子殊作为今日的秀场大开，如果要你用一句话来形容他，你会怎么形容？"

这个问题并不刁钻，甚至可以说是常规问题，因为时装秀大开基本都要占据一定的报道篇幅，记者在问陆瑾沉之前，也问过设计师和主办方。

同一时间，守在外场盯着直播的高杰，看着镜头里的陆瑾沉笑了一下，心里突然有不好的预感。

他从头到尾都没怎么敢开弹幕。

可是现在，他更不敢看陆瑾沉的脸，于是默默打开了弹幕开关。

果然，弹幕已经刷屏。

【完了，我有预感，陆队一笑准没好事。】

【陆队说英文真的好苏！！！】

所有人都停下了发弹幕的手，深吸了一口气。

镜头中的陆瑾沉，没有立刻回答，视线微偏，往记者和摄影师身后淡淡看了一眼，然后笑着慢声开口："你们身后那幅画。"

在记者和摄影师转过身去的瞬间，陆瑾沉轻声说了几个单词。

他说得不重，摄影师在转过镜头的瞬间，恰好说完。

【我一个法语"辣鸡"竟然听懂了！！！】

【陆队说的是"凡尔赛宫的玫瑰"！你们看那幅图啊！！！图画上就是凡尔赛宫的玫瑰！！！】

比弹幕更直接的是 Lord 秀场后台，欢呼声很快连成一片，就连首席设计师都为这句"凡尔赛宫的玫瑰"鼓了鼓掌。

尤其是陆瑾沉说这话的时候，自然、随意，像是随口一说，可说出来的话又像是酝酿了很久，所以显得格外抓人。

何子殊和谢沐然、纪梵他们走到后台的时候，受到了全场注视，而且眼神都有些热切。

纪梵和谢沐然对视了一眼，循着大家探究的视线，最后定格在何子殊身上。

何子殊云里雾里，完全不知道发生了什么，连想都没多想，下意识看向陆瑾沉。

Lord 请来的这家媒体除了采访外，还要参与制作幕后纪录片，所以镜头一直开着。

记者举着话筒，立刻走了过去。

整个后台的人都有意无意停了动作，尤其是几个和何子殊有过杂志合作的艺人，抬了抬手，头上发饰只卸了一半，就示意造型师先等等，然后坐在转椅上，脚抵着地面，稍一用力，换了个方向朝着何子殊。

记者身经百战，尤其是在这种场合，早就见识惯了艺人在镜头前左一枪，右一炮，就是不往靶心打的态度。

于是打算准备趁其不备，先降低防范心，然后一击必中。

记者笑着开口："子殊也是各种时装周的常客了，作为 Lord 百年庆的秀场大开，今晚感觉自己表现得怎么样？"

Lord 开通了近百个国家的直播通道，欧洲占了绝大多数，所以采访全程用的英文。

何子殊虽然没了几年记忆，可英语底子本就好，再加上集训了小半个月，往那环境里一放，很多东西便立刻捡了起来。

问题中规中矩，何子殊敛了些表情，回道："参加走秀对我自己来说，也是一件很有挑战性的事情，首先肯定要感谢 Lord 的信任，无论是前期设计还是后期准备，都给了我很多建议指导。

"登台前其实也设想过会出现的一些问题，包括踩点、时间把控等等，可真的走上台后，可能反而不那么紧张了。登台前，其实 Andrew 也说过，这次的主题是献礼，用什么情绪、向谁献礼都可以。"

"然后说今晚的表现怎么样，嗯……这个问题要自己来回答的话，不客观。"何子殊一抿嘴，伸掌在相机镜头底部轻轻贴了贴，轻笑，"它应该比我更清楚。"

这个"它"，指的自然就是镜头。

何子殊语气轻松，不拘谨也不刻意，就好像真的是在简单聊天，而不是采访，再加上眼睛一直带着笑，很容易让人跟着静下来。

记者听完就笑了："今晚表现得很好。"

何子殊眨了眨眼睛："谢谢。"

记者又问了好几个问题，何子殊都答得很流畅。

记者见气氛已经彻底软乎下来，觉得时间差不多了，于是立刻转移风向。

她语气没变、神情没变，可问题却急转了个弯："这次应该也是 APEX 首次同台走秀，其实在子殊你来之前，我们就'秀场大开'这个问题，特意问了陆队，要他用一句话来形容。"

记者话只说了一半，便没了下文，随后笑了下，然后慢悠悠放低了话筒，动作间无不透露着一个信号：快来问我！

何子殊在上台的时候都没有紧张，可现在却莫名有些紧张，可眼前就是镜头，他浅吸了一口气。

记者见缝插针："子殊你看看你身后。"

何子殊："？"

怎么突然就转移了话题？

何子殊虽然疑惑，可还是很听话地转了个身。

身后什么人都没有，只有一面装饰墙。

装饰墙上还有一幅画。

何子殊不知道记者要他看什么，可还没来得及转回身来，就听到记者继续说："看墙上那幅画。

"他说那幅画就是你，凡尔赛宫的玫瑰。"

接下来，直到几人乘车离开秀场，整个后台的人，只要跟何子殊熟络些的，都要调侃着喊他一句"小玫瑰"。

高杰坐在副驾驶上，从头到尾维持着一个姿势，扭着头，看着陆瑾沉的方向。

高杰语气格外平静："恭喜，携'凡尔赛宫的玫瑰'喜提世界搜索榜席位。"

陆瑾沉淡声道："谢谢。"

高杰又看向何子殊，何子殊连忙撇过头去。

小周坐在最后一排，在心里大喊：为什么要看小玫瑰，小玫瑰不知道，不关小玫瑰的事！

高杰平复好心情，回到位置上："后天回国，明天可以休息一下，给我好好待在酒店，别乱跑！"

高杰说完，心里总有些惴惴。

不知怎的，他总觉得只要这四个人待在一起，就不会有什么好事。

谢沐然正想开口说些什么，一出声立刻被纪梵出声打断："安姐呢？刚出来的时候她还在。"

小周："去接衣服了。"

谢沐然："接什么？"

接……接衣服？

小周："接衣服，你们走秀穿的那四套西装，本就是量身定做的，今晚的效果很好，所以当作礼物送给你们了。"

何子殊他们闻言，都有些惊讶。

这四套西装造价不菲先不说，还是出自 Lord 首席设计师之手，而且一口气送出去了四套。

小周刷着照片，抬头看着何子殊："配饰应该不送吧？"

何子殊："什么配饰？"

小周："你的皇冠啊、戒指啊什么的。"

何子殊笑了下："那个皇冠上的黑宝石，要七百万，你说送不送。"

小周倒吸一口凉气："七百万？"

谢沐然拍了拍他的脑袋："你以为呢，还不加设计费。"

小周："我以为只是装饰品。"

谢沐然："的确只是装饰品，只不过这个装饰品稍微有点贵。"

陆瑾沉慢声开口："这些走过秀的饰品，不会二次展示，一般会公开或非公开竞标，谁有意愿都可以拍下。"

陆瑾沉说完，看着何子殊："喜欢吗？"

"喜欢什么？"何子殊一下子没留心陆瑾沉说了什么。

"你喜欢什么？"陆瑾沉莞尔，"那个皇冠、戒指，或是其他的。"

何子殊这才反应过来，想着陆瑾沉之前的话，摇头："用不到第二次，留着也没什么用。"

陆瑾沉"嗯"了一声。

众人都没把这事放心上，包括何子殊。

所以当林佳安回来，把那些皇冠、戒指也带回来的时候，所有人都惊了。

小周连碰都不敢碰，咽了口口水，道："安姐，这些……都是送的？"

林佳安："你说呢。"

小周确定是花钱买的，而不是Lord"壕无人性"随便送后，更紧张了："拍回来的？"

林佳安抬眸，看了眼陆瑾沉，然后低头打开另一个箱子："顺带买回来了。"

众人："？"

顺带？西装都已经送他们了，还要买什么，才能顺带把这些奢侈品拍回来。

林佳安打开箱子。

所有人齐齐看向何子殊。

何子殊："……"

只见里面躺着一幅画。

就是那喜提世界搜索榜席位的，《凡尔赛宫的玫瑰》。

等到后台直播结束，那个帖子已经被顶到了最热那一列。

本就是一直在首页飘着，再加上热度持续飙升，很多事先并不了解的人，也都贡献了点击量。

　　【1024L：楼主现在在那边装死是吗？还"我一个圈内朋友"？】

　　【1025L：有一件事我可以笑一天，楼主说红毯那天子殊他们穿的是Lord常规款，嘲讽说这是主办方的"礼遇"，拜托你去看看官网，常规款不是旧款，是经典款，也是当季最新款好吗？！懂不懂什么叫经典款？？？】

　　……

　　【1029L：在这栋楼里跳脚搅浑水的人最好都去看看，看你们口中"看不上APEX"的Lord主办方是有多看不上。因为看不上我们A团，所以首发四套西装全给了他们，因为看不上我们A团，所以在官网特意给他们拍了一组照片，因为看不上A团，所以让子殊做了秀场大开，这逻辑，可真通顺啊。】

　　……

　　【1033L：我也有一个朋友，是乐青工作人员，我直接说，是Lord先选中了APEX，想让他们出席百年庆，于是拿着亚太总代言的资源去谈，而不是因为他们是亚太总代言，所以"顺势"邀请他们走秀。

　　【没别的意思，就是看顺序错了，被人刻意带了节奏，所以特意来说一声。我也不删自己这楼，等会儿会有后台采访完整版出来，记者有谈到这个话题，不信的话可以到时候再看。】

　　小周敲完这些话，狠狠舒了一口长气，关掉了手机。

　　几个小时后，Lord官方果然放出了采访的视频。

　　当记者问到为什么会选择APEX的时候，官方给出的回答就是："之所以选择APEX，是觉得他们的形象很适合Lord一贯的风格，所以在定好百年庆方案的时候，就确定了走秀的人选，同时签下了代言合同。"

　　Lord的这则采访一出，所有谣言不攻自破，粉丝甚至开始开起玩笑。

　　"他们的形象很符合Lord一贯的风格"指的是什么风格。

　　众所周知，Lord品牌开创者从最开始就是皇室御用，在高奢服饰里一直被戏称"不是所有奢侈品牌都叫Lord"。

　　既然主办方千挑万选选了APEX，也就意味着，在他们眼中，A团的形象就是贵、奢侈、高级。

何子殊他们总算闲下来，看到消息的时候，帖子都已经被删除了。

这几天本就忙，高杰怕他们被一些不相干的事情影响，再加上翻不起什么水花，索性就没说。

"所以前两天心情不好，一直看着手机，就是因为这个？"何子殊笑了下，看着小周。

小周诚实道："哥，你们又是倒时差又是彩排，又要应对各种各样的外语采访，每天都累得要死，他们还躲在屏幕后面怎么难听怎么说，什么掉价、珍惜羽毛，搞得好像你们代言的不是 Lord，是什么三无产品。"

纪梵："我问过了，杰哥说这个帖子就是趁我们不在国内发的，后面还有人支着儿，指导怎么发、怎么用词，所以看起来很像那么一回事。"

纪梵顿了一下，接着说："可能原先他们也没想到会闹这么大，知道微博是我们粉丝的主场，特意发的是论坛。"

小周闻言立刻抬头，满脸不认同："就算是论坛也不可以为所欲为！"

何子殊给小周递了一杯水过来："现在已经删帖了？"

谢沐然还有些可惜："听说还挺精彩的。"

小周神情复杂，提醒道："哥，那个帖子有水军参与，前几天基本都是骂我们的。"

完全不需要这么可惜。

小周继续道："还有人写了一首藏头诗讽刺我们！"

谢沐然睁大眼睛，满脸都写着"快给我看看"，讶然道："这么厉害？"

何子殊窝在沙发上，倾身给自己倒了一杯水。

何子殊正想喝，杯子便被拿走了，陆瑾沉的声音从身后传来："还没吃饭，别喝凉水。"

何子殊扭头，看着陆瑾沉。

陆瑾沉站在沙发后，遮了大半的光，所以只堪堪散了一点落在何子殊身上，想是沾了层绒光絮似的，看着格外柔软。

陆瑾沉笑了下："后厨做了汤。"

何子殊眨了眨眼睛："甜汤吗？"

陆瑾沉慢声回："嗯。"

何子殊视线又瞟到陆瑾沉手上那杯白水上——

不想喝甜汤，有点腻，想喝白水。

在国外将近一个星期，何子殊喝了各种各样的汤，基本可以概括为浓汤、甜汤、甜浓汤。

前几天负责接待的都是主办方的人，吃食挺用心，可西餐花样少，翻来倒去也就那几样。

再者又要控制饮食，所以他们这几天也没吃什么。

何子殊指了指陆瑾沉手上那杯水，轻声道："就喝这个吧。"

陆瑾沉笑了下："不行。"

小周原本正在和谢沐然他们看消息，听到陆瑾沉说了句"不行"，立刻抬起头来。

不行？！

什么不行？

说话间，门铃响起，小周起身走过去。

酒店的餐车员递过一个带着金色封盖的杯子，开口道："这是您要的蜂蜜水。"

小周接过，进了屋子："哥，好像说是蜂蜜水。"

陆瑾沉"嗯"了一声，从沙发后侧走过来，给何子殊倒了一杯："喝完，先暖一下胃。"

何子殊捧着蜂蜜水，抿了一口。蜂蜜的味道很淡，几乎尝不出来，可能还加了点水果一起熬的，恰好散散前几天腻在喉头的甜味。

何子殊喝完一杯，想再倒一点，又被陆瑾沉止住了。

何子殊抬眸："？"

今天怎么喝杯水都这么难。

陆瑾沉："再喝就吃不下其他东西了。"

何子殊一想到各种餐包、意面就没什么胃口，摇头，道："我不饿。"

陆瑾沉轻笑："不行。"

陆瑾沉在何子殊身旁坐下，在何子殊的视线中，把蜂蜜水往旁边轻轻一推。

"附近有一家中式的早餐店，味道还不错，要不要去看看？"

何子殊眼睛一亮。

房间里其他三个人也停下动作。

谢沐然举双手赞成："我愿意！"

纪梵虽然没说话，但却偏过头看着何子殊他们。

唯独小周，手机掉在沙发上都顾不上捡，忙道："不不……不行！绝对不行！杰哥和安姐说了，要我看住你们！哥你们要吃的话，我可以去买！"

何子殊想起高杰的叮嘱，看着小周，斟酌了小半会儿，小声开口："要不等明天吧，明天就回国了，也不差这么一顿。"

陆瑾沉："差。"

这人前几天就没吃好，好不容易调养好的胃又有旧态复萌的迹象。

陆瑾沉说得轻，何子殊刚又在看小周，没注意，于是又说了一遍。

这次陆瑾沉没说好，也没说不好，只慢悠悠地恐吓道："那早餐就是奶酪餐包加甜奶。"

又是奶酪又是奶，一听就腻到胸。

可何子殊迟疑了一下，还是点了点头，颇有种英勇就义的模样："好。"

陆瑾沉："就在附近，出去吃完就回来，很快。"

说完，陆瑾沉看着小周，慢声道："准备一下，可以走了。"

小周："啊？"

陆瑾沉："一起去，换个地方看着，也是看着。"

小周："……"

陆队这么会钻漏洞，做什么艺人？！为什么不去做律师？！

小周严厉表态："我不是很饿。"

最后，不是很饿的小周一人吃掉了三笼小笼包，并且表示真香。

早餐店就在酒店附近一条街的小角落，店面不大，装修也不像一般的中餐馆，很清新。

何子殊他们吃完出来的时候，沿着道慢悠悠走，顺便消消食。

几人只戴了个口罩，没做其他遮掩。

街上空旷，行人不多，这块区域又是观光圈，整体节奏很慢。

这种氛围，原本有些紧张的小周也跟着松下神来。

在几人转过拐角，隔着一条街就要到酒店的时候，何子殊突然被撞了一下。

力气不大，身高不高，何子殊还来不及看清人，就先凭着感觉把人拉住了。

"砰"的一声，一个东西掉在地上，散了一地。

何子殊低下头，这才看见地上倒着的花篮、散了一地的玫瑰，以及不小心撞到他的、穿着一件碎花裙子的小女孩。

小女孩仰头看他，眼睛很亮。

何子殊蹲下身子，用英文问了句："有哪里受伤吗？"

小女孩歪了歪头，回了一句话。

何子殊在来法国之前，补了一些课，最基本的一些交流口语能听懂，这个小女孩说的是法语，最后一句是"对不起"。

何子殊看着陆瑾沉："她说的是法语吗？"

陆瑾沉笑了下："嗯，说自己忘了这是个拐角，不小心撞到你了，跟你说对不起。"

陆瑾沉说完，也跟着蹲下来，视线与小女孩平齐。

何子殊摘下口罩，回了句："没关系。"然后把玫瑰一朵一朵捡起来，放在那个小花篮里。

谢沐然微微俯身，双手撑在膝盖上，看着散在周围的花瓣，开口道："是出来卖花的吗？好像很小的样子？"

何子殊皱了皱眉。

花都掉地上了，有几朵花瓣都散了大半，还沾了灰。

陆瑾沉看着小女孩，开口："这些花要带回家吗？"

他换了个方式，没直接问她这些花要不要卖，只问是不是要带回家。

小女孩摇了摇头，开口回答。

她说得很慢，可是几人都听得很耐心，小女孩说到最后，转了个身，往身后指了指。

等小女孩说完，陆瑾沉解释道："花是自己家里种的，摘了十枝。"

纪梵补充道："因为想要买个糖果罐，她妈妈就让她用卖这些花的钱，自己去买，喏，她妈妈就在那边，应该不是为了卖玫瑰，就是锻炼一下。"

何子殊笑了下，刚想买下这些玫瑰，小女孩却又开了口。

与此同时，小周也恰好点下翻译软件。

于是，何子殊便听到一板一眼的机译女声："妈妈说只要我说这是凡尔赛宫的玫瑰，就会有人买的，因为大家都知道。"

女孩子稚嫩的童声叠着机械音，那声音效果很奇特。

除了陆瑾沉，几人都看向何子殊。

陆瑾沉笑了下，伸手在花篮里点了点："这些我都要了。"

小女孩瞪大眼睛："全部吗？"

陆瑾沉："嗯，全部，送给我身边的这位哥哥。"

一下子全部卖出去，小女孩反倒无措起来，她放下花篮，小心翼翼地把玫瑰一朵一朵点好，最后捧成一束，有些害羞又有些紧张地递给了何子殊。

何子殊自飞机落地开始，手机消息就没停过。

因为还有后续工作要商量，消息又太多太杂，林佳安怕何子殊分心，就直接接管。

等到工作安排告一段落，何子殊才把手机拿了回来。

在法国那一个多星期，时差加上无间断的工作，何子殊最多只能草草回个几句。

尤其是那个黑帖生事的时候，宋希清她们联系不上何子殊这几个人，又没看到乐青有什么动静，都有些担心。

可她们也猜到了他们手机被管着，转而联系了林佳安、高杰他们，甚至是沈誉的电话也没断过。

——回复完信息，在会议室外刚好遇见陆瑾沉。

两人刚进会议室，纪梵就开了口。

"哥，杰哥说子殊生日会那天，给我们安排了别的工作。"

陆瑾沉点头："嗯。"

谢沐然语气飘飘："我看了一下，好像也不是非去不可。"

一听就有放鸽子的预谋。

何子殊摇头："不来生日会没关系，等生日会结束，可以回去再一起过，你们就按照行程走，安姐她们这么安排，肯定有她们的打算。"

纪梵和谢沐然心里不大情愿，可还是看向了陆瑾沉，让他拿主意，然后就看到陆瑾沉点了头。

这时，高杰进门把文件夹反扣在桌上，开始讲生日会的筹备进度，以及各自的工作安排。

半个小时的会议，出奇地顺利，顺利到近乎诡异。

而一切诡异的来源，都是陆瑾沉。

陆大队长今天过于安静，过于配合。

高杰直到走出会议室，还有种不真实感，脚都是飘的。

第二天，当陆瑾沉的名字又一次上了热搜的时候。

高杰在家里，抿了一口茶。

第一反应就是：总算来了。

第八章 因为是粉丝

Lord 百年庆时装周结束后，最受瞩目的自然是何子殊的生日会。

何子殊三年不曾开过生日会，一开就开了个大的，生日会场所和系列布置官宣的时候，粉丝都被乐青的大手笔惊了。

天一体育馆？

谁家生日会开在天一体育馆？

那地方一般不是拿来开演唱会的吗？

而且门票免费、各大出入口安排专车接送、惊喜礼物……

站在粉丝的角度，"壕"到令人发指。

可站在乐青的角度，就算是"赔本赚吆喝"，这"本"赔的未免也太大了，而且以何子殊的人气，根本不需要"吆喝"。

很快，就有人爆了料，这次何子殊的生日会原本定在世纪南门，后来才改到天一体育馆。

乐青花这么多钱，不是为了演唱会造势，纯粹就是为了回馈粉丝，而且很多开支费用还是何子殊个人承担的。

这消息一出，粉丝基本都信了。

何子殊"乐青小太子"的名号的确不假，但乐青毕竟是何子殊东家。

经纪公司培养艺人，本质上也就是利益共同体。

艺人名声固然重要，在一定程度上，娱乐公司就是一种维系在"名声"上的存在，生日会、演唱会回馈粉丝就是艺人营业的一部分。

为此，经纪公司肯定要出点血，但划拉几个小口子，意思意思也就过了，像这样直接往腿上捅一刀的，不可能。

哪怕是"小太子"，也不可能。

不是"乐青"没钱，而是不能花这个钱。

因为一碗水你可以端不平，但不能端自己饭碗的时候，把别人的碗掀了。

就好像何子殊生日会开在天一，先不说陆瑾沉他们，以后培养出新的艺人，生日会也不能太看不过眼。

可这钱要是何子殊自己出的，就不一样了。

别说开到天一，就算开到鸟巢去，别人也说不得什么。

刘夏他们有个小群，很早建的，里头就只有涂远他们。

自那次野河聚会后，几人聊天大多用的是陆瑾沉他们也在的大群，这小群突然从底部翻上来的时候，何子殊还怔了下。

这是有什么话，不能让他们看见吗？

何子殊点开消息。

涂远："阿夏，这次生日会都是子殊自己掏的钱吗？因为这个，还跟乐青上层起冲突了？"

杨浩："看粉丝简单算了一笔账，应该花了不少。"

涂远他们倒也不是舍不得这些钱，只是网上说什么的都有。

传得最多的一个，就是何子殊因为生日会的事，和乐青起了冲突。

涂远他们放心不下，因为沈誉那层关系，有些事又不好跟陆瑾沉确认，于是转到这个小群。

涂远他们没等来刘夏，直接等到了何子殊。

何子殊笑了下，回道："没有。"

涂远："没有起冲突，还是没有花钱？"

何子殊："都没有。"

涂远他们几人，几乎是同一时间回了消息。

涂远："乐青花了多少钱？"

杨浩："这样的东家应该找不到第二家了。"

刘夏："陆队出的？"

群里有瞬间的死寂。

涂远："？？？"

杨浩："？？？"

刘夏一本正经："因为陆队最有钱。"

涂远："……"

涂远："阿夏，你这个心理要不得啊，陆队人是好，钱也多，也是子殊队长，但你看看粉丝列的那个账单，又不是什么小数目，花钱也不是这么个花法。"

何子殊看着那句"花钱也不是这么个花法"，抿了抿嘴，莫名有点不自在。

另一头知晓一切的刘夏，泄愤似的在那聊天框敲下：八百万的古董花瓶、七位数的小皇冠都能说买就买的人，这个花法根本不算什么花法！别说在天一开个生日会了，就算买个天一，也不是什么不可能的事！

刘夏噼里啪啦敲完，再一个字一个字删掉。有一种戳破真相的力量感。

何子殊回道："是公司筹备的，原本是打算自己出钱，但公司那边不肯收。"

不仅不收，还一路绿灯，很多账目甚至不走常规的报销流程，随报随销。

涂远："大公司就是大公司。"

杨浩："想当年，涂哥生日的时候，也开了一个生日会，就开在天桥底下。"

小东家刘夏："……"

感觉受到了冒犯。

涂远他们知道何子殊没和乐青起冲突，放下心来，话题又被杨浩一扯，瞬间带偏。

"子殊，你看看这个流程可不可以。"工作人员走了过来，手上还拿着生日会当天的事宜表，给何子殊确认。

何子殊："好。"

何子殊跟群里的人解释了一下，便关掉了手机。

粉丝们都在为何子殊的生日会造势，可谁都没想到，打响何子殊生日会第一炮的，会是《天尽头》剧组。

官博官宣生日会场地之后没多久，《天尽头》公布了第一版主题曲。

像《天尽头》这样的大制作电影，一般都会有两版主题曲。

一版是音棚版，一版是剧情版。

前者一般会在电影杀青的时候，作为杀青纪念，也为了给公众先留下印象，先行放出。

后者则是在电影上映前夕，作为宣传手段之一，预热电影。

可现在《天尽头》还未杀青，主题曲却提前公布了。

而且所有人都知道，《天尽头》主题曲的演唱者有两个。

一是宋希清，二是何子殊。

在何子殊生日会官宣的时候，《天尽头》紧跟着官宣，实在很难让人不多想。

这下无论是粉丝还是吃瓜群众，全都闻讯赶了过去。

然后他们就看到，在主题曲那条微博下，还写了一句话——是迟来的杀青礼物，也是早到的生日礼物。

原先粉丝还有些不明白，可一看到这句话，什么都清楚了。

杀青礼物，生日礼物。

迟来，早到。

只有一个人符合，那就是何子殊。

粉丝们屏息点了进去，尖叫着退了出来。

不仅是因为宋希清和何子殊的神仙和声，还有在视频最后，有一个长达十多秒的彩蛋。

《天尽头》整个剧组的人，每个人手里举了一块牌子，拼成了两句话。

林秋，杀青快乐。

子殊，生日快乐。

因为是首版音频，彩蛋只能静音，所以视频里的人都没有说话，可脸上的笑意却很明显。

【哈哈哈哈，王导不愧单名一个"野"字，这操作真的野，开天辟地头一遭，音棚版本来就是电影杀青时候，拿来让大众耳熟的，现在绑上何子殊的流量，名头又好，绝了！】

【你们看到了吗！彩蛋里宋天后也在！！！所以是宋天后在录制完主题曲之后，又特意去了一趟剧组！！信息量好大！】

【你们仔细品，在录音棚里宋天后看子殊的眼神！品完了吗？来来来，我再给你们看宋天后看陆大队长的眼神，照片如下。】

【哈哈哈哈，宋老师这眼神，谁敢说她不喜欢子殊我跟谁急！】

何子殊正在选生日会上要唱的曲子，那边工作人员却突然尖叫着跑了过来："子殊子殊！《天尽头》主题曲官宣的事你知道吗？"

何子殊一怔。

《天尽头》主题曲？不是说要在电影杀青时候公布吗？

何子殊摇了摇头："什么时候？"

工作人员："就在刚刚啊！是给你的生日礼物！"

粉丝们还没从主题曲生贺的排面中清醒过来，当天晚上，何子殊生日会的热度，又到了第二个顶峰。

因为何子殊生日会的门票不售卖，只分批抽奖，大部分面向后援会粉丝，由几个信得过的大粉牵头，同时也可以更好地过滤。

剩下的其中一部分，则是由何子殊工作室单独转发。

这一部分票不多，限定条件也少，基本等于面向全部粉丝，就是拿来抽"锦鲤"，做后期话题的。

这条微博一发布，转发量瞬间飙升。

就在何子殊粉丝纷纷拿出"锦鲤"图片求好运的时候，陆瑾沉粉丝却收到陆瑾沉上线的提示。

自 APEX 合体期活动以来，何子殊的粉丝和陆瑾沉的粉丝重叠度就很高。

所以几乎是所有人，都在第一时间，而且是同一时间，看到陆瑾沉点赞了该微博，然后转发。

点赞，转发，关注何子殊。

参与抽奖的三项条件，陆瑾沉全部达成。

也就意味着，陆瑾沉参与了抽奖。

粉丝们疯了。

陆队冷不丁上线，上线第一时间就是参与抽奖？

他知不知道抽的到底是什么奖？

这是面向粉丝的生日会门票！

粉丝！

陆瑾沉这一手操作把高杰震到头皮发麻。

饶是他已经做好了"风雨欲来"的准备，可谁知道，这来的是个龙卷风。

高杰原本觉得自己已经久经风霜，无论陆瑾沉再做什么，都能欣然面对。

可陆瑾沉只用了一分钟，点赞、转发，就告诉他：你欣然得太早了。

高杰给乐青公关部打了个电话。

作为经纪人，尤其是陆瑾沉的经纪人，高杰做不到泰山崩于前而面不改，但也被磨出了一身的预知本领。

早在前一天，他就提前给公关部打了个预防针，所以公关部动作很快。

不一会儿，谢沐然和纪梵也跟着转发，参与抽奖。

高杰见这些消息被顶了上来，目的达到，松了一口气。

高杰给陆瑾沉打了个电话，接通的瞬间，听到一声类似轿车解锁的声音，不算响，还带着点回音似的动静。

高杰一下就听出来，陆瑾沉应该在地下车库，问道："要去哪儿？"

陆瑾沉："去接子殊。"

"从天一东二门那条路进去，那边都是公司的人，其他车进不来。"高杰提醒道，"记得把口罩戴好，别被狗仔蹲了。"

高杰说着，声音都提高了几分："毕竟才上了趟热搜。"

陆瑾沉坐在车里，降下车窗透气，淡淡"嗯"了声。

高杰开门见山："子殊生日会你什么打算？"

陆瑾沉："没什么打算。"

高杰没好气道："你以为我信？要是没打算，你今天那条抽奖微博怎么回事？"

陆瑾沉反问："几分之几的概率，你觉得能抽中吗？"

高杰立即高声诅咒："抽不中！"

这种惊悚故事他连想都不敢想。

这还只参与了一下抽奖，粉丝就闹成那样，要是在这种概率下，真抽中了，那真不用消停了。

陆瑾沉笑了下："既然抽不中，那你怕什么。"

怕什么？我怕的事情多了去了。

高杰咬牙道："那你万一，万一抽到了呢？"

陆瑾沉语气懒散："那就是天意。"

高杰："……"

高杰心头一跳。说实话，陆瑾沉的信用度在他这里为零。

高杰越想越不对劲，语气森森："陆瑾沉，你别是想带头搞'黑幕'吧？？！"

比如内定中奖人选之类的。

陆瑾沉开了免提，把车驶出地下车库。

高杰没听到陆瑾沉的回复，还以为自己猜对了，立刻正襟危坐："你想都不要想，我说认真的，这种抽奖最忌讳后台违规操作，粉丝看个热闹还没什么事，那些营销号、职黑能管你那么多？他们上纲上线的本领你还不知道？"

陆瑾沉自然清楚，回道："不会。"

高杰听出了陆瑾沉话中的认真，转念想想，也是，子殊的生日会，最不想出状况的应该就是这人了。

晚高峰早就过去，路上车少了大半，可岔口多，开不了多久就要停下。

陆瑾沉开开停停，也不恼，开口："他生日会那天的行程谁排的？"

高杰恍惚道："谁的行程？你的？还是他的？"

陆瑾沉："我的。"

高杰被冷不丁这么一问："还想记仇怎么的？"

陆瑾沉不紧不慢开口："一天就一个行程。"

高杰："……"

陆瑾沉："晚上六点结束。"

高杰："……"

陆瑾沉："开车到场馆，一个多小时。"

高杰："……"

陆瑾沉轻笑。林佳安改行程的时候，他就知道了。

这哪是不让他们去。

这行程排得，就差明晃晃告诉他们，早点结束，还能赶上他的生日会。

高杰"啧"了声："你既然知道，干吗还要整一出抽奖？一天不上热搜就不舒服是吧？"

高杰都不太愿意回想他们私下开会的情形。

他也没说，其实何子殊生日那天的行程，一直就没彻底敲定。

因为不稳定因素太多，应下了再推，后续处理麻烦不说，还会影响到艺人本身。

所以最初通知的版本，其实是拟定版，主要是用来试试陆瑾沉他们的态度，再做打算。

后来，他们就这个拟定版，还特地开了个会。

"子殊生日，不让他们登台就算了，连去都不让去，不太好吧？"

"我要是子殊，我不会开心。"

"是挺遗憾的。"

"而且子殊粉丝见到陆队他们，应该也会很高兴。"

"我要是粉丝，我会高兴。"

"买一赠三，哦不对，连买都不用买，是挺划算的。"

"这些都不用说，要是行程排得远，陆队他们又急着回来给子殊过生日，开车出车祸了怎么办？"

"那岂不是子殊下了舞台就要去医院？"

"太惨了，小玫瑰肯定当场枯萎！"

你一言，我一语。

鉴于最后一句"小玫瑰肯定当场枯萎"太有画面感，也太有震慑力。

陆瑾沉的行程，就从三个，变到了一个。

从跨了个省，变到隔壁，再变到天市。

开完会出来，高杰就觉得，这公司完了。

"粉丝都可以抽奖，我自然也可以。"陆瑾沉说，"万一中了呢。"

高杰发觉自己竟然无法反驳。

高杰："那要是没中呢？"

陆瑾沉玩笑道："那就只能搞'黑幕'了。"

高杰："……"

怎么跟刚刚说的不一样？

高杰"好好开车，熟悉路线！东二门就是员工通道，生日会那天也是，从东二门进去，可以直接到后台。做好你的嘉宾！跟粉丝抢什么票！"

高杰说完，挂了电话。

屏幕传来忙音，随即暗了下去。陆瑾沉只看了一眼，不再理会。

比起疏离、又有距离感的"嘉宾"两个字，其实他更喜欢"粉丝"这个词。

长久，纯粹。

陆瑾沉把车停在路边，下了车。

车旁就是宣传架，恰好遮个完全。

陆瑾沉跟工作人员打了招呼，从东二门走了进去。

刚进门，两个男生一前一后提着个箱子走了过来，软壳塑料箱，里面都是些应援用的东西。

经过陆瑾沉身侧的时候，两个男生眼睛明显亮了亮。

"陆队！这么晚了还过来啊？"

"陆队也是来找子殊的吗？主舞台那边应该已经差不多了，刚安姐还来了一趟呢！"

陆瑾沉点头："嗯。"

两人打完招呼，就径直往前走去。

才走出去两步，走在后面那个男生突然顿住，喊了声："等等等等，东西掉了！"

箱子被两股力量一扯，哗啦啦掉下来一堆。

陆瑾沉几步走过去："我来吧。"

两个男生齐声道："谢谢陆队！"

应援棒、手幅、应援丝带，陆瑾沉一一捡起，放在箱上："给粉丝的？"

男生："这还不知道，安姐那边就让我们先备着，到时候可能会让子殊挑几样签名，放在粉丝座位上。"

陆瑾沉在箱子左上角，看到了一个灯牌。

两掌长，一掌宽，上面写了何子殊的名字，名字上方还有一朵小玫瑰。

陆瑾沉笑了下："这个我要了。"

男生："可以，陆队你还要吗？这些都挺可爱的！"

陆瑾沉摇了摇头："不用了，这个就可以了。"

陆瑾沉翻过灯牌，找到开关打开。

黑色的灯面，只有"何子殊"三个字，以及那朵小玫瑰闪着。

何子殊收到消息，从舞台跑下来。

他找了一圈，都没见到人，正疑惑间，就在后台最内侧的一条廊道尽头，看到了陆瑾沉，以及……他手上的灯牌。

何子殊怔了下，朝着他跑过去。

"怎么过来了？"

陆瑾沉晃了晃手上的灯牌："来追星。"

何子殊顺着他的动作看上去，笑了下。

陆瑾沉莞尔："粉丝都说要替我抢票，我也总得努力一点。"

后台只有两条大的主通道，环形，围了一圈。

但场馆从建设之初，就是大型演出的预备场所，所以主通道还有很多岔口，直通各种大门和舞台。

何子殊和陆瑾沉就在廊道尽头的一个转角。

工作人员都忙着在做收尾工作，来往很多脚步声，偶尔还传来几声话筒测试声。

何子殊把灯牌接了过来，道："这个从哪里来的？"

陆瑾沉："有个装应援物的箱子，来的时候恰好撞上了，就挑了一个。"

何子殊："给粉丝的？"

前脚刚跟粉丝抢过票，后脚又跟粉丝抢应援灯牌的某陆姓粉丝，点头："嗯。"

何子殊把灯牌关了："安姐跟我说起过，说让我挑几个签名，会让人随机放在粉丝的座位上。"

陆瑾沉："挑几个？"

"不知道。"何子殊回道，"这两天事情多，安姐只说随便选几个就好。"

何子殊顿了下："可能是怕我太累。"

刚从法国回来，他们的飞机一落地，就开始生日会的收尾工作。

累倒是其次，主要是之前一个多星期，所有人的心思都放在时装周上，生日会的事宜，全权交由乐青安排的二组的人去布置。

现在不少事情都要上手确认，这两天很多人，包括何子殊，都只睡了几个小时。

林佳安今天抽空过来，就是把一些杂事择出去，好细化分给工作室的人，还特意提醒了小周，要他们都注意点，让何子殊该休息的时候就休息。

而且今天还出了个小意外，早上何子殊下舞台的时候，右手撑了下地，刚好擦过锋利的台阶边角，右手指节那边划了好几个小口子。

伤口不深，只是擦伤，但碰着的时候，多少有点疼。

何子殊想着，也是因为这样，所以林佳安让他随便挑几个，签个名。

何子殊抬起眸来："你开车来的吗？"

陆瑾沉"嗯"了声。

何子殊："那等会儿走的时候，我们把那箱子带回去，好不好？"

陆瑾沉："带回去签？"

何子殊仔细看着陆瑾沉的神情，语带小心："在这里，安姐应该不会让我多签。"

陆瑾沉轻轻皱了皱眉。

在这里，安姐不会让他多签，那就是觉得回家了，他就会让他多签？

陆瑾沉："手怎么样了？"

何子殊嘴角抿成一条直线。

他就知道，有小周这个小间谍在，什么都瞒不住。

何子殊认真道："不疼，就一点点小伤口。"

何子殊怕陆瑾沉不信，继续道："真的没什么，你看，连创可贴都不用贴。"

陆瑾沉没说话。那箱东西不少，以这人的性子，肯定要签完。

陆瑾沉太了解何子殊了。

在这人眼里，粉丝喜欢他，跨了省、隔着市来见他，花费的力气和时间，远比他签个名来得久，也来得辛苦。

何子殊见陆瑾沉不说话，可也没有拒绝，眨了眨眼睛："我就签几个，也不多签，可以吗？"

陆瑾沉最终点头："就签几个。"

何子殊笑得眉眼弯弯："好。"

最后，两人抱着一箱子应援物回了家。

谢沐然和纪梵等在车库，帮着把东西搬了上去。

何子殊洗过澡，盘腿坐在沙发前的软垫里。

盐盐听到动静，也跟着爬过来，窝在何子殊怀里，仰着小脑袋看他。

谢沐然温了一杯牛奶，端了过来："本来都已经快睡了，听到你回来又醒了，这下就不知道什么时候才会睡了。"

何子殊闻言，心倏地软了下，低头摸了摸女儿的小脑袋。

小猫崽刚凑过去，想要亲何子殊的掌心，陆瑾沉就从身后走过来，把猫崽抱走了："还有伤口，先别碰。"

何子殊仰着脖子看陆瑾沉："在跟谁说话？"

盐盐还是他？

软垫上的何子殊不明所以，仰头看着他。

怀里的小猫崽突然被换了个位置，也迷惑地仰头。

一大一小，又是同样的眼神和姿态。

陆瑾沉笑了下。

盐盐用小肉垫锢住陆瑾沉的手指，用牙尖碰了碰。

"手上还有伤口，别咬着你。"陆瑾沉开口，"牛奶刚温好，先喝了。"

陆瑾沉低头，用手刮了刮盐盐的小下巴："听到没。"

何子殊刚喝完牛奶，放下杯子："听到了。"

谢沐然笑了下："哥那句'听到没'，是跟盐盐说的。"

何子殊："……"

纪梵看着何子殊的右手："哪里有伤口？怎么突然受伤了？"

何子殊："没事，就是下午下舞台的时候不小心擦了下，就一点点。"

纪梵："我去拿药箱。"

陆瑾沉回道："不用了，刚刚擦过了。"

谢沐然拖着箱子，走过来，一边翻，一边开口："这些应援东西怎么都带回来了？"

何子殊从兜里掏出签名笔："要签名。"

谢沐然惊讶："这一箱？"

大到灯牌，小到丝带、扇子，这要是都签上，到明天早上都不一定签得完。

这两天本就只睡了几个小时，明天还要应付一天的彩排，这哪能吃得消？

何子殊不好回答，只说："你们快去睡，我签几个，困了就去睡。"

谢沐然和纪梵纹丝不动，显然没有一个人信。

陆瑾沉在何子殊身旁坐下来："签吧，我陪你。"

何子殊眨了眨眼睛。

他现在最不想让陪着的，就是陆瑾沉。

说不定签个十个就要喊停。

何子殊看着那箱子，开始思考暗度陈仓的可能性，要怎么安然无恙地运到自己房间去。

就在何子殊思考解决对策的时候，陆瑾沉却从箱子侧边的置物夹里，取了一支签字笔出来。

何子殊："？"

陆瑾沉把盐盐放下，坐在何子殊身边："说了要陪你，签多少都可以。"

纪梵闻言，一言不发拿了一支笔，坐在何子殊身边。

谢沐然："那我也来！"

难得四人都在，盐盐绕着他们走了一小圈，最后在何子殊脚边蹭了蹭，"喵"了一声。

何子殊反应过来，笑了下，随即起身，哒哒哒跑了。

回来时，他手上已经多了个东西。

纪梵和谢沐然不知道，陆瑾沉却一眼就看出来了。

是他在体育馆里拿的灯牌。

何子殊把灯牌递给陆瑾沉，陆瑾沉接过一看。

白色的签字笔痕迹，只写了一句歌词——"你是我藏于人间，最钟情的秘密。"

前几日有粉丝趁着生日会的契机，发起了一个话题，如果让何子殊给你写句话，你最想要他写什么。

最后"你是我藏于人间，最钟情的秘密"打败了"凡尔赛宫的玫瑰"，位列第一。

作为团队的出圈神曲，何子殊自然知道这句歌词，所以在落笔的时候，就把这句写了上去。

陆瑾沉笑了下："署名呢？"

何子殊："嗯？"

陆瑾沉："署名，写上小玫瑰。"

何子殊看着得寸进尺的某陆姓粉丝："没有。"

剩下的几人有样学样，某纪姓粉丝挑了个扇子递过去，某谢姓粉丝挑了个手幅递过去。

分别得到了"平安喜乐"和"万事胜意"。

一旁乖巧蹲着的小粉丝，脚上也绑了一条丝带，写着"喵喵喵喵"。

几人签了大半天，箱子只陷下去小小的一层。

谢沐然揉了揉酸胀的手指，看着坐在软垫上的三人一猫，总觉得很像读书时候，一群人赶作业的样子。

又想到林佳安刚跟他说过，这段时间他太安静了，要他挑个时间发个动态，跟粉丝互动一下。

谢沐然平日就不太喜欢很规矩的自拍，一时兴起，就拍了一张，跟林佳安、高杰备了案，又跟何子殊他们打了招呼，传上了微博。

粉丝收到消息提醒的时候，先看到的就是谢沐然的文案，写了一句"赶作业中"。

因为消息提示只截取了文案，所以粉丝一头雾水。

这大半夜的，赶什么作业？

粉丝们点进去一看，原来还有一张照片。

谢沐然只露了半张脸，手指着身后的位置。

陆瑾沉、何子殊、谢沐然，还有阿柴和盐盐。

人全齐了！

发一条微博，却让他们看到了四个人！外加两小只！

粉丝圆满了。

林佳安和高杰他们联系了后援会，将事情始末解释了一下。

APEX 粉丝自 APEX 出道起，向来以团粉最盛，哪怕是各自成立工作室之后，几家后援会面上没过多交流，私底下关系仍然很好。

合体活动期开始后，互动就更紧密了，粉丝重叠度也越来越高。

因此陆瑾沉他们帮着签名一事，林佳安允了，的确是个好法子，而且现在是活动期，也合适。

但同意归同意，解释还得解释，否则被过分一解读，很可能还要变成何子殊不愿意签，让队友临时顶上。

几个粉丝号被推到了前排，于是没多久，粉丝就都知道了。

【抽到生日会票的姐妹们，当天位置上可能会有应援物，位置随机，最重要的是，签名也随机！是这样的哦，子殊今天手受伤了，伤的还是右手，本来那边打算让他签几个名就好，也就意味着，可能只有几个姐妹能拿到签了名的应援物，但子殊想多签几个，陆队、梵梵和然然就都帮忙了，所以一起赶作业啦！】

【子殊受伤了？严重吗？】

【没事，擦伤了，不严重，就是伤的是右手，拿笔可能会疼！】

【要哭了！其实不签也没关系啊！能看到子殊已经很开心了！我不要签名！宝贝早点睡吧，我看到路透了，一大早就去体育馆，很迟才结束，吃不吃得消啊。】

【+1，我也不要签名了呜呜呜！】

谢沐然："好多粉丝都说让你早点睡，不要签名了。"

陆瑾沉淡淡道："随便说点什么，让粉丝别担心。"

谢沐然低头扫了一圈，在无数粉丝回复中，挑了个眼熟的大粉 ID，回复了一句："小组赶作业，无须到天明。"

【哈哈哈哈小组赶作业，无须到天明，好诗好诗！文豪我然然！】

【我总攻团团魂炸裂！陪着一起赶作业什么的，也太好哭了吧！】

【子殊团宠，10086 次鉴定完毕！】

等那箱应援物签好名的时候，已经将近凌晨四点。

盐盐早就睡了，四只小爪子伸平，趴在地上，像块软趴趴的棉花糖。

何子殊把女儿抱起，放在小摇篮里，待呼吸稳了，才走了回去。

谢沐然揉了揉眼睛："子殊你早点睡，明天还要去场馆呢。"

何子殊点头："嗯，你也早点睡。"

谢沐然走到一半，折回来："对了，子殊，你生日会那天，夏哥、涂哥他们去吗？"

何子殊："阿夏会去的，涂哥他们太远了，来不了。"

谢沐然："那夏哥的票呢？"

"我给他了。"何子殊顿了顿，说起票，忽然想起陆瑾沉他们抽奖的事，"一个生日会，其实也没什么，等我生日会结束，再回来一起过就好，你们别因为这个推了行程，安姐她们那边协调不开。"

谢沐然拧了拧眉。

不是已经删减了行程吗？他们其实赶得回来。

谢沐然刚想开口，陆瑾沉看了他一眼。

谢沐然乖乖回了句："嗯，知道了，子殊晚安，哥晚安。"

谢沐然说完就上了楼。

何子殊偏头，看着陆瑾沉。

陆瑾沉莞尔："知道了。"

陆瑾沉没说，不是愿意说，也不是一定要给什么惊喜。

只是不到那一天，他也不能保证，会不会有其他事情耽误了。

和可能落空后的失望比起来，不在预料中的惊喜，好太多了。

何子殊生日会前一天，林佳安只让他走了一遍大致的流程，就让小周带他回了别墅。

接连好几天，何子殊都只睡了几个小时，最后一次下舞台的时候，差点踩空，所有人都被吓了一跳。

一想到接下来这人还要一个人撑完整场，所有人都担心他吃不消。

林佳安也顾不上其他了，只想让何子殊好好睡一觉，直接下了死命令。

何子殊也知道自己现在状态有点糟，没多说什么，打起全部精神走了一遍流程后，就从后门走出去，上了早就安排好的保姆车。

何子殊一沾上座椅，睡意和疲惫立马涌了出来。

这感觉来得格外凶，凶到何子殊都有些意外。

他强打起精神，嘱咐了小周到了叫他，就睡了过去。

小周从座椅间的缝隙挤过去，把车窗的遮光帘放下，又给何子殊披上毯子。

何子殊这一觉睡得很沉，醒来的时候，只有床头一盏小夜灯。

小夜灯亮着，只有浅浅的光线，边缘都被柔和得像是一小团水晕，连带着思绪都有些雾蒙蒙的。

然后，他听到一声"生日快乐"。

是陆瑾沉的声音。

连轴转了好几天，一觉下去，再度醒来，已经在这里了。

要不是这一声"生日快乐"，何子殊都以为自己是在做梦。

梦里还都是人声、话筒声、舞台的灯光。

他也忘了，零点过了，生日了。

何子殊笑着回答："我听到了。"

等说完这句话，他又下意识开口："你是不是……关了我的闹钟。"

何子殊现在才想起来，他怕自己一觉睡过去，也怕自己忘记了，所以在车上的时候，就提前定了闹钟。

别人他不知道，但刘夏、涂哥他们肯定掐着点发消息了。

尤其是刘夏，从小到大，小霸王一个，可偏偏在这些事情上，格外有仪式感，迟一分钟、早一分钟都不行。

陆瑾沉："响了，你没听到。"

何子殊有些怀疑："是……吗？"

"然然和小梵呢？回来了？"何子殊还不知道他们删减了行程，开口道，"还是住在酒店？"

陆瑾沉："回来了。"

何子殊想了下："也在等我？"

陆瑾沉莞尔："院子里摆了一圈玫瑰、烟花，还有蛋糕、红酒。"

陆瑾沉顿了下，轻笑："做了个生日头冠……现在应该戴在盐盐头上了。"

何子殊有些不好意思："现在呢，睡了吗？"

陆瑾沉知道何子殊的心思，开口道："今天还有一天时间，不急。"

何子殊最终点了点头。

明天他们还有一天的行程，吵醒了也就不用睡了。

"是不是很多人给我发了消息？"何子殊半撑着，微微起身，拿手机。

何子殊扫了扫，还好，陆瑾沉都帮他回了。

第九章

穿越人海，来见见你爱的人

何子殊生日会当天，率先上热搜的，不是何子殊，而是他的粉丝。

来自三十多个国家的生日应援，承包了广场 LED 大屏、地铁通道、机场宣传屏、私人飞机、热气球、玫瑰花田，除此之外，还以何子殊的名义捐赠了希望小学、珍惜动物保护基金……

何子殊时隔三年，举办了一场盛大的生日会，粉丝们也攒了三年，送了何子殊一份大礼。

状况之盛，恍惚间，不只是何子殊的粉丝，还有陆瑾沉、谢沐然、纪梵的粉丝，都感觉回到了几年前。

生日会下午六点正式开始，四点钟已经开通检票，同时开启的还有直播通道。

陆瑾沉结束通告的时候，刚好是四点多一点。

主办方那边派了一个女负责人，跟林佳安差不多的年纪，看陆瑾沉今天一整天都格外配合，心里也懂了，问了一句："陆队是不是要去子殊的生日会？"

陆瑾沉没遮掩，直接承认。

负责人做事干脆，也聪明，直接砍掉了一个备选流程，既得了情面，又卖了人情，接下来的工作效率极高。

陆瑾沉上了车，谢沐然和纪梵就发来了消息。

谢沐然："哥，你结束了？"

纪梵："要直接去场馆吗？"

陆瑾沉回了句："嗯"。

谢沐然："我这边还要些时间，六点可能勉强赶上。"

纪梵："我差不多。"

陆瑾沉："小心开车，到了从东二门进去。"

回完信息，陆瑾沉给刘夏打了个电话。

陆瑾沉到的时候，刘夏就靠在一辆黑色保姆车上。

东二门这块区域从早上起就封着，除了刷工作卡，能在这边自由进出的，也只有陆瑾沉和刘夏这样刷"脸卡"的。

因此基本就处于"绝对安全"的状态，这也是小周让刘夏走这边的原因。

正因为这样，刘夏一点装备都没有。

倒是陆瑾沉，鸭舌帽、口罩、卫衣，装备齐全，看起来像是"精心打扮"过。

刘夏向前走了几步："陆队？"

陆瑾沉摘了口罩："等很久了？"

刘夏："没，刚来没多久。"

陆瑾沉给他打电话的时候，刘夏还以为自己听错了。

因为陆瑾沉要他等一下，说一起进去。

刘夏反复确认了两遍，确认陆瑾沉的意思就是他想的那个意思，才闭了嘴。

可心下越发疑惑，这小学生手拉手上厕所的既视感，是怎么回事？

刘夏看了看手机，时间也差不多了，开口道："进去？"

陆瑾沉却开口："去主场馆的路知道吗？"

刘夏不明所以，还是点了点头："早上来了一趟，知道。"

陆瑾沉笑了下："十分钟后，你直接进去。"

刘夏："啊？"

这话什么意思？

刘夏："陆队你呢？你不进去？"

陆瑾沉："就是我要进去，所以你得先进去。"

刘夏："？？？"

都什么跟什么？

陆瑾沉轻笑："辛苦了。"

陆瑾沉说完，戴好口罩从出口走了出去。

体育馆不比一般的会场，两道门被拿来检票，基本无须排队。

而且时间已经过了五点，粉丝大多已经进场，陆瑾沉站到检票口的时候，前面只有几个女生。

"麻烦出示一下您的票，谢谢。"检票处的工作人员开口。

陆瑾沉递了过去。

工作人员一眼扫到那个位置，惊了下。

锦鲤席位！

工作室抽中的锦鲤，基本都集中在那一块区域，于是就被内部人称作"锦鲤席位"。

工作人员有些好奇，抬起头来。

陆……陆队！

工作人员这才想起来，陆队之前来要了一张内部票，要方便进出的，于是票务负责人那边给了一张最靠过道的位置，又因着是陆瑾沉要的，给的位置自然不差。

他们原先还以为是陆队给别人要的，还说可以安排到嘉宾席位去，也就是刘夏他们的位置，可陆瑾沉拒绝了。

坐到粉丝中间去？！粉丝知道还不得疯！

工作人员差点喊出声，可陆瑾沉却轻轻摇了摇头。

工作人员强撑着，颤着嘴唇说："A 口。"

陆瑾沉："谢谢。"

前面检完票的几个女生频频回头。

陆瑾沉和她们稍微隔了点距离，又因为被帽子挡了脸，几人没认出来。

可因着外形实在突出，几个女生已经开始窃窃私语。

就在这时，场馆里爆发出一阵巨大的尖叫声。

"呀呀呀！小夏老板！"

"小夏老板来了！Blood会不会来啊！"

"啊啊啊啊啊啊啊！"

几个女生顿时被尖叫声吸引过去，冲进了场馆。

陆瑾沉笑了下，慢悠悠走了进去。

现在这个时间，距离生日会开始还有半个多小时，就是粉丝们最等不住的时候。

刘夏是谁，粉丝自然清楚。

他一出现，闲了半天的导播为了预热，一定会给足镜头。

粉丝注意力都放大屏上，没人会注意他。

粉丝席位基本已经坐满，灯也暗了下来。

陆瑾沉前脚刚入座，后脚检票员就把"刚刚检票检到了陆队"的消息报了上去。

高杰知道的时候，脚都差点软掉，也管不了其他的，立刻掏出手机，给陆瑾沉发了条消息："你不坐嘉宾席位，坐粉丝席位？"

陆瑾沉低头，敲了几个字，就关掉了手机。

高杰打开一看，只有一句话。

"因为是粉丝。"

高杰："……"

刘夏直到坐到位置上，还心有余悸。

他怎么也没有料到，导播会给他切一个长达三分钟的镜头。

嘉宾席位在最前排，特意划出了一小块区域，除了刘夏他们，剩下的就是中高层的预留席位。

位置本就显眼，再加上现在整个场馆，粉丝最眼熟、和何子殊关系最亲近的，就是刘夏，导播为了满足粉丝，时不时就要扫一下镜头。

刘夏秉着敌动我不动的态度，坚决不抬头。

人就坐在场馆里，手机却放着直播。

看着不断刷过的"小夏总"，甚至有粉丝把他和沈誉放在一起，说一个是前任小东家，一个是现任东家，实在太难抉择了，刘夏心情复杂。

"暮色"和"乐青",他和沈誉……

不是他妄自菲薄,他是真的想问,粉丝在抉择什么?

刘夏正想着要不要躲到后台去,人群中又爆发出一阵尖叫。

如果刚刚他出来那一下,勉强打个七分,那这下,十分都超了。

刘夏手一抖,手机从缝隙间掉下了台阶。

他俯身捡手机的瞬间,屏幕已然炸了。

从纪梵和谢沐然出现在通道,到绕过舞台,一路走到嘉宾席位,镜头全程跟着,粉丝的尖叫声和掌声就没有停过。

待两人走到跟前,刘夏抬起头来。

谢沐然笑着跟他碰了碰掌:"夏哥!"

刘夏起身,往里面走了两个位置。

"哥呢?怎么没看见他?"谢沐然在嘉宾席扫了一圈,疑惑道。

刘夏一皱眉:"没在后台?子殊那边呢?"

纪梵偏头,看着刘夏:"我们刚从他那边过来。"

谢沐然点头:"小周说之前还在东二门那边,看见你和哥了,没在一起吗?"

"就碰了个面,只说让我等十分钟,就从出口那边走了。"刘夏一脸蒙,"我以为他去找子殊了。"

三人面面相觑,同时停下手上的动作。

不好,要糟。

就在这时,小周从通道那边跑了出来。

导播这次没切镜头,所以粉丝们只能远远看见一个穿着红色工作服的男生,朝着嘉宾席位跑过去。

小周跑得上气不接下气,说话都断断续续着:"哥,队……队长已经进场了。"

三人异口同声:"人呢?"

小周手抓着椅背:"在粉丝席!"

谢沐然一脸震惊:"哥是怎么进来的?"

坐到场馆里,黑灯瞎火认不出来就算了,可从检票口到席位,那么长一段路程,就算裹得再严实,也不可能这么安静吧!

谢沐然想着想着，忽然福至心灵，极其缓慢地转过头，看着刘夏。

纪梵早在小周说出那句"在粉丝席"的时候，心里就已经有了结论。

无辜群众刘夏，抬头望天。

电光石火间，一切看起来没有逻辑的事情，都有了解释。

就是要他吸引火力，好方便自己浑水摸鱼。

纪梵："哥在什么位置？"

小周立刻回道："内场B区2排1座。"

整个体育馆的内场席位，被两条过道隔成A、B、C三个区间，A区在舞台左侧，C区在右侧，B区在最中央。

因为1排位置最方便进出，也通两条主过道，都留给了工作人员，因此真正的粉丝席位，要从2排才开始算。

B区2排1座，也就是粉丝席位第一个位置！

离嘉宾席也只有几排的距离！

三人一对视，齐齐起身，往后一转头。

动作流畅、不带丝毫犹豫，粉丝们注意力本就都在嘉宾席位上，见三人都回过头来，就跟滚水入沸油似的，尖叫连连，甚至好些人都跟着一起起身。

尤其是坐在B区的粉丝。

刘夏他们纯粹就是下意识的举动，一时也忘了还有粉丝，见场馆闹了起来，连忙坐下。

"叮"的一声，三人的手机同时亮了。

低头一看，是某位陆姓粉丝发的。

【好好坐着。】

刘夏："……"

谢沐然："……"

纪梵："……"

"别回头了，镜头跟着呢。"纪梵借着喝水的动作，小声开口，提醒谢沐然。

谢沐然低头拧水瓶："感觉背后坐了个定时炸弹，凉飕飕的。"

谢沐然又灌了一口水："我还是不放心，就坐在旁边，粉丝真的不会发现吗？"

就算一下子认不出来，多看几眼，也总会有些猜测。

小周："那倒没有，杨哥给票的时候，因为不知道陆队那边来几个人，特意把他旁边两个位置空了出来，所以陆队旁边应该没有粉丝。"

"两个？"谢沐然只抓住这两个字眼，看着纪梵，认真道，"是给我们俩留的吗？"

小周生怕谢沐然也跟着跑过去，连忙开口："肯定不是！"

谢沐然："我突然能理解哥了，我现在也好想去粉丝席位坐一下。"

小周自觉接上高杰的角色，冷酷无情道："哥，你想都不要想。"

就在粉丝都在翻今日陆瑾沉的行程路透，讨论为什么陆队还没来的时候，陆瑾沉已经坐在位置上，研究起灯牌。

其他签名应援物都是随机放置，但为了摄影效果，应援灯牌基本都集中在前排位置上。

陆瑾沉的位置上，也放了一个灯牌。

跟那日他自己挑的，一般大小，样式也差不多，只不过"小玫瑰"换成了"小皇冠"。

陆瑾沉用指节轻轻一扣，"嗒"的一声，灯牌亮了。

熟悉的红色。

"你也是子殊的粉丝吗？"另一头的女孩子见陆瑾沉打开了灯牌，惊讶开口。

陆瑾沉顿了顿，还是回了一句："嗯。"

"真的啊！"那个女孩子在扶手上拍了下，"我们还以为你是陪着女朋友来的呢！"

陆瑾沉笑了下。

感受到这位男粉的"不欲多言"，几个女孩子也没多说什么，兴冲冲开始研究手上签了名的灯牌。

时间一点点过去，场馆也跟着慢慢安静下来。

时针指向六点的时候，一声幽远的钟声，在整个场馆上方荡了开来。

像极了不久前跨年晚会的时候，何子殊在青云台敲钟的情景。

黑暗中，全体粉丝屏息。

一束红光从舞台中央亮起，可却不见人。

钟声落下的瞬间，缠着尾音再度响起的，是一阵钢琴的声音。

追光这才有了动静，跟着骤起的钢琴声一样，倏地四散开来，变成一道又一道光柱，颜色也从红色慢慢褪成白色。

前奏舒缓温柔，光柱变得极细，细到像是漫天飞扬的星粒。

何子殊的声音，就在这漫天星光中，透过话筒传来。

【啊啊啊啊啊啊是《青山见我》！我最爱这首歌！！！】

【子殊好多年没唱过这首歌！】

【当年就是因为这首歌入坑！！！这么多年，我怎么还没免疫！】

【就是这首歌！唱月色！唱心上人！不就是文案上写的那句"月色正好的时候，穿过人海，来见见你爱的人"吗？！！】

【这身国风长衫太应景了吧！这是哪里掉下来的小仙家！】

【太好哭了！粉丝说想看子殊穿国风长衫唱《青山见我》，子殊就真的唱了！！！】

......

陆瑾沉听何子殊唱过无数遍《青山见我》，可坐在台下，坐在粉丝位置，却是第一次。

身旁的尖叫、掌声，比之以往任何一次，都来得更热烈，更清晰。

他坐在这里，看着他。

台上的这个人，那么漂亮又耀眼，被那么多人爱着。

《青山见我》是 APEX 第一张专辑中，何子殊的个人曲，当年一举出圈的原因，除了旋律、歌词，还有何子殊的声音。

那时候何子殊刚出道不久，介乎于少年与青年的声音，温柔中还带着点清亮，空灵到了骨子里。

再配上中间两句变奏的戏腔，靠一首曲子吸引了不少粉丝。

再加上当年是古装、神话剧的大爆年，这首曲子被拿来剪了不少 CP 向的视频，天时、地利、人又和，何子殊几乎样样都占了。

对于一个新人歌手，尤其是何子殊这样横空出世，背后又有乐青这样的业内龙头资源加持的新人歌手来说，比黑红更有手段的、更见效的，就是捧杀。

没过多久，就有"性转版的宋希清"这样的称号传了出来。

第一张专辑带着个人曲发行，本就是乐青上层为了快速打开市场，给成员设立基本人设，因此四人四种风格。

最初工作室是做了长达多年的"职业规划"，包括各自人设、对外形象，谁知道最后全部成了一堆废纸。

因为这四个，就不是好管的。

尤其是队长，陆瑾沉。

林佳安和沈誉当即下了指令，不要规划，活在当下，随他们野，不死就好。

这指令一下，十六个字，沿用至今就没变过。

业内一直有个秘密，说林佳安一手把 APEX 带起来，有十六字箴言，不可说，不会说，也不允许复制给其他团队。

可根本没人知道，金牌经纪人林佳安，从不把 APEX 当作什么成功案例，更没有什么经验分享给其他人。

真正在镜头面前官方承认过的，只有一句话：这圈内不会再有第二个 APEX。

别人只当这是金牌经纪人对旗下艺人的绝对自信，这圈内的确不会再有第二个 APEX，他们就是巅峰。

可只有乐青内部和高层知道，后面漏了一句话。

再也找不出第二个这么"野"的了。

个人曲大火之后，捧杀的苗头还没来得及蹿高，乐青就立刻喊了停。

自那之后，他们都再没有个人曲，何子殊也很少再在公众场合唱这首《青山见我》。

因此这开场曲一出，炸出不少坑底的老粉。

等尾音落下，现场的尖叫声几乎要掀翻场馆。

何子殊抬手拿过话筒，从黑面琴凳上起身，慢慢走到舞台中央。

舞台很亮，只有他一个人。

钢琴放置在舞台最左侧的一个圆台上，离舞台中央大约十多米的距离，不远，可何子殊走得很慢。

网上个人超话，已经满满都是动图截图。

【这一身白衣长衫！我这么个文盲，脑海里竟然还能想起高中时候背过的诗！若逢新雪初霁，满月当空，下面平铺着皓影，上面流转着亮银，而你带笑地向我步来，月色与雪色之间，你是第三种绝色！啊啊啊啊啊啊！我第一次有这么冲击性的画面感！绝色我子殊！！！】

【不能呼吸！这不是绝色是什么！】

【你这还叫文盲，文盲应该是我，除了啊啊啊，什么都不会说！】

网上评论一秒刷过去上千条，何子殊都不知道。

舞台底下没有光，和台上比起来，有点暗。

何子殊往下看了一眼，除了用灯牌拼凑起来的"何子殊"三个字，其他都模糊着，只能看见一点轮廓。

何子殊知道自己没有紧张。

从彩排到上台，哪怕没有之前的记忆，但对舞台的那种熟悉感，从来没有消失过。

只是……好像少了点什么。

之前无论是《偶像请就位》或者 Lord 百年庆，身边都有他们陪着，一个转头就能看见，那时候，他也从不觉得舞台有这么大。

何子殊心里有些恍惚，可面上却不显。

快要走到舞台中央的时候，打在身上的光却忽然弱了几分，与此同时，台下的场灯开了两盏。

仍旧不算亮，但和原先一片昏暗相比，多了点颜色。

场馆对面有个大屏，背对着粉丝，却正对着舞台，原本是拿来做提词器用的，可现在画面却突然一切，切换到了嘉宾席上。

谢沐然、刘夏、纪梵就这样出现在何子殊的视线里。

嘉宾席上没有灯牌，刘夏和谢沐然就学粉丝的样子，下了个手机弹幕的程序，把手机一横，屏幕上就滚动着"何子殊"几个大字。

某纪姓粉丝瞟了几眼，没经验，不会弄，直接把手机递给了刘夏。

刘夏两下弄好，再递还的时候，纪梵直接举了起来。

何子殊觉得少了的那点东西，回来了。

他又想起上台前，消息不断的手机，还有陆瑾沉的一句"我在"。

他没看见他，但他知道那人说了他在，就一定在。

轻悬的心，就这么温温柔柔落下，何子殊突然笑了。

时刻关注着何子殊的导播立刻切了近景，三个机位同时投屏，所有粉丝都看见了何子殊这突如其来的一笑。

尖叫声从最后一排起，一路碾压向前。

越来越多的粉丝往后看去，等看清大屏，再联系一下何子殊笑起来的时机，什么都懂了。

直播通道里的粉丝一头雾水，直到镜头切到了后屏。

何子殊拿起话筒，刚想开口，舞台底下就传来一句："生日快乐！！！"

明显是一个男生的声音，一句"生日快乐"被喊得撕心又裂肺，格外有穿透力。

简直就像是拿了个喇叭。

这下不仅是何子殊，甚至连嘉宾席上的刘夏他们都被惊了一跳，齐齐回过头去。

好像就是 B 区的位置。

要不是听惯了陆瑾沉的声音，他们甚至会怀疑这声是陆瑾沉喊的。

否则哪儿来这么真情实感的男粉。

现场粉丝也惊了。

除了惊讶于自家哥哥还有这么狂热的男粉外，还惊讶于这位男粉吸引哥哥的方式。

而且还是舞台上、嘉宾席上，四个！

于是，底下瞬间炸开，此起彼伏全都是"生日快乐"的喊声。

慢慢地，粉丝的声音渐渐统一。

也不知道是哪边先起的头，一声又一声的"子殊，生日快乐"覆上来，缓慢且温柔。

跟之前的声嘶力竭相比，看起来显得有些弱势，可却悄无声息地将它们压了下去。

何子殊握着话筒的指尖紧了紧。

台下的这些人，都是为了这句"生日快乐"来的，都是为了他来的。

阿夏他们是，这些粉丝也是。

何子殊轻轻鞠了个躬，起身的时候，拿着话筒，笑得眉眼弯弯。

投屏上一个字一个字闪过，何子殊轻轻跟着念："月色正好的时候，穿过人海……"

白色的投字闪过，再消失，一个字接着一个字，很慢，何子殊念得也很慢。

最后一句的时候，他把手上的话筒轻轻往下一压。

全场粉丝一起喊完最后几个字。

"来见见你爱的人！"

不是替何子殊喊完的，是跟何子殊一起喊完的。

因为何子殊把话筒对准粉丝的时候，自己也跟着一起念。

后台工作室的人，看着屏幕，也有些发愣。

有人忍不住开口："这开场词，原来这……这么浪漫的吗？"

她们作为设计者，她们怎么不知道？

开了头之后，何子殊和粉丝的互动越来越多，也越来越自然。

接连唱了四首曲子后，到了粉丝互动环节。

第一轮是抽的座位，何子殊喊停，大屏幕定格，选中的粉丝可以点歌，或提个小愿望。

抽中的是个女孩子。

大屏幕投出她的模样时，整个人怔了好久。

等反应过来时，她瞬间捂住嘴，从座位上跳了起来。

她坐在后排，前后都是阶梯，何子殊连忙喊了句"小心"。

女孩子看起来年纪就不大，被何子殊这句"小心"弄得更紧张了。

跳到一半，整个人就僵住，摸着椅子刚坐下，又想起自己被抽中了，小心翼翼地站起来。

来来去去好几下，哪怕台下光线弱，何子殊也能看见她红透的脸。

待工作人员把话筒递给她，她将十指攥得很紧，一句话都说不出来。

何子殊跟她聊了好几句，直到她不那么紧张了，才轻声问："想听什么吗？还是……我能做什么？"

此时弹幕疯狂刷屏。

【子殊太温柔了吧，明明可以开口就问小粉丝要不要点歌的，可看她太紧张了，就陪着她一直聊天！这声音，鲨了我算了！】

【对啊！而且问的是'想听什么''我能做什么'，本质上就是点歌和提个小愿望，可换了个说法，整个人都不好了！！！】

前后的粉丝纷纷出主意，那个女孩子被这么多人注视着，又开始紧张起来。

何子殊笑了下："想听什么？"

那个小粉丝下意识地回答："《天尽头》。"

何子殊又问："有想做的事吗？"

小粉丝连连点头，深吸一口气："想……想抱一下你！"

底下尖叫立起。

小粉丝抓着话筒，咬了咬牙："那抱一下你，可……可以吗？"

何子殊放下话筒，走到舞台边缘，跟场控负责人说了两句话。

"应该不行吧。"

"那边工作人员摇头了。"

"子殊好像在沟通。"

那个女孩子听到身边几个粉丝的话，指节都绷出青白色。

她怕何子殊为难，刚想开口，说就听歌就好。

可舞台那头的何子殊，却先开了口："我可能不太方便过去，你能过来吗？"

小粉丝彻底怔住，所以子殊本来是想自己过来的？

那个小粉丝放下话筒，就朝着舞台跑去。

等终于到了何子殊跟前，脑子已经彻底死机。

何子殊俯身，轻轻抱了一下。

小粉丝颤抖着声音："生日快乐。"

何子殊轻笑："谢谢。"

小粉丝被安保护着，回到位置上。

原以为今晚的惊喜够分量了，谁知道，当下首歌前奏响起的时候，周围粉丝全部看向她。

因为何子殊要唱的，是她选的，《天尽头》。

【氧气瓶，快给我氧气瓶！】

【这位粉丝绝对就是今晚的 MVP！超不过她了！】

《天尽头》唱完，何子殊喝了一口水，开始第二轮的互动。

第一轮炸裂成那样，第二轮的时候，还没开始，台下已然沸腾。

这次和上轮一样，没什么规则，芯子不换，但换了个壳。

全由灯控老师选择，他的束灯，打到谁就是谁。

场馆内粉丝都站了起来，朝着总控的方位，拼命挥动手上的灯牌。

总控室也开始做最后准备。

此时，在后台盯着大屏幕的高杰，被从没关严实的门缝间吹来的风，吹了个正着，打了个冷战。

他猛地转头："刚刚抽奖的时候，提前通知了综合部，把 B201 座剔除了？"

工作室的人点头："嗯，怎么了，不是没抽到吗？"

高杰顿了顿："没通知灯控那边？"

工作人员皱了皱眉："没通知，不过这么小的概率，不会抽到吧？"

高杰已经被陆瑾沉弄怕了。

微博抽奖、要票、坐粉丝席，什么事他干不出来！

这次要是跟灯控提前打好招呼，要灯控那边往他的位置上照……

高杰拿着对讲机，对灯控组喊了半天，没人应。

工作人员："杰哥，林哥现在应该在半台上，直接连的舞台那边的综合部，所以听不到。"

高杰："快快快！你去跑一趟！跟灯控那边说一下，别往那边照！"

高杰语气有点急，工作人员被一带，也来不及多想，立刻跑了出去。

等推开工作室的门，束灯总开关已经打开。

工作人员连忙开口："林哥，B201……咳咳咳……"

由于跑得太快，说得太急，嗓子进风，呛得他满脸通红，说了一半就卡住。

灯控师一手把着灯，一手比了个 OK 的手势，笑呵呵道："好嘞，B201，收到！"

束灯一偏，场上定格。

此时，工作人员总算补完最后半句话："别……照……"

"林、林哥，你已经照……照了？"工作人员往前刚走了一步，就被岔出来的数据线一勾，踉跄着扶住门，面如死灰。

灯控师满脸无辜："照了。"

"你这说话大喘气的，我也不知道啊。"灯控师挠了挠下巴，"这事整的……不是，我刚开始也没打算往那边照，你这突然报出来一个位置，我还以为上头有什么指令。"

"位置上谁啊？"操控台上一个工作人员开口问。

来的人是何子殊工作室的人，直属于林佳安底下的总调度部门，不可能无缘无故传达一个无用的指令。

B201那个位置，肯定有问题。

工作人员都没来得及听完这句话，拔腿开跑，甚至比来的时候更匆忙，门都没有关。

于是，灯控室所有人都听见了封闭廊道传来的那一声："杰哥——出事了！"

出什么事了？不就是打个灯吗？

灯控室所有人一头雾水，直到他们打开连接综合部的屏幕。

所有人："……"

完了。

出大事了。

陆队怎么混到粉丝席去了？

另一头的总控室已经疯了。

"导播别切镜头！"

"束……束灯关掉！"

"来不及了啊！一号镜头就是直接跟灯控那边对接的！"

"那就切远景！"

开奖前，场馆内人浪躁动，后台却只把这环节当作既定流程，所有程序走得有条不紊。

可场上灯光定格的瞬间，后台已然乱成一锅粥。

而原先鼎沸的场馆却截然相反，安静了一瞬。

因为投在屏幕上的这位粉丝，完全看不清长相，只能借着轮廓，勉强辨别出是一位男粉。

这位男粉口罩没摘，遮了大半张脸。

最绝的是，和前前后后站了一圈、拼命晃着手上灯牌的粉丝相比，这位粉丝淡定得有些过分。

他就坐在位置上，身体微微往侧边倾着，手肘虚靠在塑料扶手上，看起来完全没有被这突然打下的光惊到。

和前一个站也不是、坐也不是、来回几次紧张到满脸通红的小粉丝比，简直就是毫无波澜。

一时之间，粉丝们甚至都忘了捶腿愧惜这来之不易的现场抽奖，只想看看这位男粉长什么样。

可导播不知怎么想的，镜头拉得格外远，要不是束灯不偏不倚打在那个位置，还以为不是选了一个幸运粉丝，是选了一群。

明明前一个小粉丝，在中奖的瞬间，在她自己都还没反应过来的时候，就给了一个三个机位的大特写。

这次怎么回事？

弹幕越刷越多，底下讨论声也越来越大。

嘉宾席上几人都已经浑身僵硬。

谢沐然怕后台为了救场，临时把镜头切到他们这边来，也不敢直接说，只好把头往下一埋，装作系鞋带的模样，说道："所以这就是哥特意跑到粉丝席的原因？！"

刘夏："……"

纪梵对着手机噼里啪啦一顿敲，末了，叹了口气："不是，是意外。"

"意外？！"谢沐然说完就惊觉自己声音大了点，连忙捂住嘴，也幸好现在粉丝目光都集中在陆瑾沉身上，没注意他。

谢沐然声音轻颤："你的意思是，哥也不知道？"

"嗯，"纪梵点头，"现在镜头切远了，粉丝还认不出来，杰哥那边在商量要不要切掉镜头。"

刘夏皱眉："可是粉丝都看见了，怎么切镜头？"

纪梵："就说故障了，要重新抽一次，粉丝也会愿意。"

刘夏嘴角一抽。

不，某陆姓粉丝大抵是不愿意的。

谢沐然紧张道："别商量了，要切就现在立刻切掉，谁知道哥会不会一个心血……"

谢沐然最后半句话，吞灭在一阵尖锐到近乎疯狂的喊叫声中。

嘉宾席上三人齐齐抬头。

大屏幕上的镜头，仍旧没有拉近一点，而束灯也还不偏不倚照着，和之前没什么区别，唯一的不同就是，位置上的人，已经摘了口罩。

陆瑾沉摘下口罩的瞬间，身边那个跟他说过话的粉丝手猛地一抖，手上的灯牌直直坠下，撞在扶手上。

灯牌受到碰撞，越了一个位置，掉在陆瑾沉脚边不远的地方。

在所有人的尖叫中，陆瑾沉俯身捡起那个灯牌，拍了拍灯面上沾上的灰尘，递了回去。

两人都没说话。

陆瑾沉是不用说什么，粉丝是紧张到什么都不会说。

【想附身灯牌！陆队轻拍的那两下，他这该死的温柔！！！】

陆瑾沉转回身，看着舞台。

这次他还真没想做什么，安安分分做个粉丝，安安静静坐在粉丝席，可惜有人不配合。

陆瑾沉也不知道为什么会抽中他，但无论是开场前高杰他们的警惕程度，还是故意切远的镜头，都告诉他一个事实，这事是个意外。

陆瑾沉身旁已经来了一众维护秩序的安保，场控手上还拿着话筒，给也不是，不给也不是。

因为不知道眼前站着的，究竟是 APEX 队长陆瑾沉，还是普通粉丝陆先生。

陆瑾沉淡淡地看了他一眼，意思很明显。

他一个字都没说，但气场已经飘了一地，场控想都没想，瞬间把话筒递了过去。

陆瑾沉拿过话筒，抬眸看着台上的何子殊。

其实他不是没给过机会，恰恰相反，他给过了，还不止一次。

在切远镜头的那段时间里，只要高杰他们速度快一点，他也不会摘掉口罩。

半分钟，够久了。

何子殊在灯光打下的瞬间，在那个远到像个全景的镜头中，一下就认出了陆瑾沉。

没什么道理，也没注意到什么口罩、衣服，只一眼，就知道那人是他。

何子殊不知道自己那时候是什么表情，但总归不是那么游刃有余。

就像导播那边不敢切近景、不敢切嘉宾席一样，更不敢切的，其实是舞台上的景，怕的就是他出岔子。

何子殊深吸一口气。

从开始到现在，全程都没有紧张过的何子殊，因着陆瑾沉，竟有些紧张起来。

两人都拿着话筒，可是谁都没有说话。

舞台左侧角落的灯闪了下，那是一个特设的隔间，除了舞台上，台下被隔板遮挡，完全看不见。

何子殊偏头一看。那是一个巨大的提示板，也不知道什么时候放上的，加上标点符号一起算，上面写了六个字。

【子殊，说话！】

何子殊回过神来，是该说话了。

可是按流程走的话，他应该问这人要听什么，或者要他做什么，可这话是说给粉丝听的，说给陆瑾沉……似乎不怎么合适。

话到嘴边，又一下子顿住，何子殊下意识抿了抿嘴。

应该开口打破沉默的瞬间，何子殊脑海里浮现的，却是这人坐在台下，举着灯牌坐在粉丝席位上的情景。

何子殊知道这对于高杰他们来说，绝对不是惊喜，是赤裸裸的惊吓。

可对他来说，是惊喜，无疑。

画面感太强，惊喜太突然，想着想着，何子殊忽地就弯了眉眼。

本来他想要强压下去，可屏幕上的陆瑾沉因着他这个笑，也笑了。

何子殊彻底绷不住了，捂着眼睛，笑着背过身去。

后台根本不敢切何子殊的正面，于是无论是直播通道里的人，还是场馆里的人，都看到何子殊站在舞台中央，背对着观众，手里还紧紧攥着话筒。

何子殊也不敢缓太久，几秒后便转过身来，原先的紧张感被这一对视，冲淡了不少。

他往前走了几步，想了想，笑着开口："这位……"

何子殊也不知道要喊陆瑾沉什么，顿了下，道："……粉丝，你想……"

陆瑾沉直接接过话头："不听歌，选第二个。"

底下爆发出一阵哄笑声。

何子殊："？"

台上的何子殊、后台的团队、嘉宾席上的刘夏三人，还有台下的粉丝们，都在等陆瑾沉要说什么。

几秒后，他们就看见陆瑾沉笑了下，轻轻说了一句："没什么要求，抱一下就好。"

就像之前那个粉丝一样，抱一下。

简单，纯粹。

为那几近空白的三年，为以前，也为以后。

这句"抱一下就好"将本就没完全熄灭的火苗，彻底燃起。

粉丝的尖叫声像是突掀的巨浪，从各个角落朝着舞台袭来。

不同于场馆的疯狂，后台一片死寂。

林佳安坐在椅子上，高杰反手撑在调控台上，都没说话。

屏幕上的何子殊点了点头，轻笑："我可能不方便过去，你能过来吗？"

一模一样的流程，一模一样的对话，就好像同样的粉丝，同样的要求，同样的待遇。

高杰舒了口气："行了。"

林佳安："就这样吧。"

而台下的陆瑾沉，此时正一步一步朝着何子殊走过去。

何子殊站在台侧，镜头中的他，好像跟不久前一样，站在同样的位置，用同样的表情，等着朝他走来的粉丝。

两人拥抱的瞬间，直播通道已经卡到瘫痪。

因为何子殊这次生日会就是为了回馈粉丝，除了场馆的选择外，直播平台也是一线视频网站。

而且没有会员制，无须直播券，关闭打赏通道，三管齐下，成为当晚网站首页滚动推送，流量极为可观。

原本陆瑾沉出现在粉丝席位上，就已经让直播间的人数飙增，除了粉丝，还有好些闲着无事，闻讯赶来凑热闹的。

于是在两人拥抱的几秒钟之后，直播卡顿、黑屏，最后显示"系统出现故障"几个字。

一众网友骂骂咧咧退出直播间，转战微博。

微博上雨后春笋似的，一口气冒出各种漫画，谢沐然打开刚刷了一下，手机就被纪梵没收了。

谢沐然看着空了的手："怎么了？"

刘夏恐吓道："要是镜头切过来，粉丝就会发现你在刷超话。"

连队友都在刷超话，粉丝还能不多想？

陆瑾沉从台上下来，已经被戳破身份，自然不能再回到 B201 的位置上去。

而刚刚跟陆瑾沉说上话的那个粉丝，到现在还没回过神来。

其他人尖叫，她也跟着尖叫，但尖叫得毫无灵魂，满脑子都是她跟陆队说话了，陆队替她捡灯牌了。

她还问了陆队是不是子殊的粉丝，陆队回答"是"。

B201 的位置上，已经有不少粉丝过来拍照，高杰他们怕影响秩序，派了一个看着就很高大的安保坐在那里，镇场子。

视觉冲击有些大，效果显著。

那边走向嘉宾席的陆瑾沉，刚走上两阶，就停下了步子。

坐在最外侧的是纪梵，看着突然停住的陆瑾沉，疑惑道："哥，怎么了？"

陆瑾沉往后看了一眼。

何子殊现在正在后台换衣服，为下个曲子做准备，因此舞台上除了道具组，没有其他人。

粉丝的注意力，自然就集中在了刚从舞台上下来没多久的陆瑾沉身上。

现在看到他突然往后看了一眼，立刻尖叫了起来。

谢沐然和刘夏也看向陆瑾沉："？"

陆瑾沉淡淡说了一声："东西落在那儿了。"

陆瑾沉说完就一转身。

纪梵也不敢起身，连忙开口喊住他："哥，落什么了？让小周去拿吧，我给他打电话。"

陆瑾沉径直下了阶梯："没事，很快。"

底下粉丝看着朝她们走过来的陆瑾沉，还有些不敢相信。

"陆队走过来了？！"

"真的走过来了！快录视频！"

陆瑾沉在 B201 位置前站定的时候，粉丝反倒安静了下来。

一是场馆光线暗，陆瑾沉神情很淡，也没什么表情，带了点压迫感，粉丝们下意识敛了很多。

二来，她们很想知道陆队怎么又突然下凡了。

那个安保脊背僵直。陆、陆队这是什么意思？

是不是觉得他占位置了？

安保越想越觉得如此，摸着扶手刚想起身，还不等自己开口，就听到陆瑾沉说了一句："不用。"

安保感受到粉丝的视线，在自己身上不断扫着，再加上面前站着的是陆瑾沉，浑身绷得像是一棵松，坐得笔直又端正。

安保抬头，咽了口口水，佯装镇定道："陆队，有事吗？"

陆瑾沉："东西落了。"

安保愣了片刻，他坐下之前还特意看了看，确认没什么才坐下。

是不是掉地上了？

安保连忙低下头去，不远处的粉丝闻言，也打开了手机的照明灯。

可陆瑾沉却淡声道："没掉地上，就在你手里。"

"啊？"安保直起腰板，往手里一看。

没其他东西，只有一个灯牌，前排粉丝人手一个的灯牌。

安保有些不可置信地晃了晃："陆队你说这个？"

陆瑾沉"嗯"了一声，接过，回道："谢谢。"

安保话都说不清楚："不……不客气。"

身旁围观全程的粉丝，拼命压着呼吸。

陆瑾沉拿着灯牌回到嘉宾席的时候，三人往他手里一看，连问都懒得问，就知道这落下的"东西"究竟是什么。

接下来直到生日会结束，导播都很少再把镜头切到嘉宾席。

最后的时候，何子殊深深鞠了一个躬。

他没有离开舞台，就站在侧边的一个位置上，看着粉丝离场。

台上很多工作人员来回，他没去打扰，他们也没来打扰他。

等到最后一排粉丝走出场馆，何子殊才慢慢走了出来。

场灯已经全部亮起，大半工作人员都在舞台上，场下几乎全空了，和不久前截然不同的景象。

何子殊刚转过身，却听到了谢沐然的喊声，隔了一点距离，但仍能盖过舞台上其他声音。

何子殊顿住脚步，视线往下一偏，就看到谢沐然高举着灯牌，站在那边。

身旁还有纪梵、刘夏和陆瑾沉。

"子殊！生日快乐！"谢沐然喊到脸都红了。

何子殊本来想跑下去，可台阶那头正在拆台贴，只好作罢，跑到舞台最前端。

"刚刚粉丝喊的时候，我们不能喊，现在粉丝喊完了，也走了，就到我们了！"谢沐然靠着围栏，半个身子倾出护栏外，"子殊！生日快乐！你听到了吗！"

何子殊忽然就笑了，没用话筒，学着谢沐然的样子，也大声喊："听到了！"

林佳安站在舞台侧边，看着这一幕，拿过场控的话筒："都给我下来，像什么话，还有子殊，唱了一晚上，嗓子也不嫌累。"

说着批评的话，却用着带笑的声音。

何子殊从台上下来，陆瑾沉他们也朝着他走来。

"还有两个小时就要过时间了，回去还赶得上吃蛋糕。"谢沐然开口道。

何子殊："可这边还没结束。"

林佳安笑了下："就一些收尾工作了，你们也帮不上什么忙，早点回去，吃完饭好好睡一觉。"

何子殊："不是还要聚餐吗？"

林佳安："你们聚你们的，他们聚他们的，不冲突。你们在，他们可能还吃得不自在。"

何子殊："姐，你和杰哥不跟我们一起吗？"

林佳安："不了，你们好好玩。"

何子殊最终点头："那账单算在我这边，今天都辛苦了。"

林佳安"嗯"了一声："最辛苦的是你，早点回去吧，车就停在二门那边。"

几人跟工作人员打了招呼，就从后门走了出去。

林佳安那边安排了一辆保姆车，加上刘夏，五个人刚刚好。

刚驶出一段路，几人正靠着休息，可保姆车却毫无防备突然来了一个急转弯，何子殊身子猛地往陆瑾沉那边一斜，安全带贴着脖颈狠狠一擦，留下一道明显的红印。

陆瑾沉扶住何子殊，视线触及那道红印的瞬间，脸色一沉。

可何子殊却没感受到脖颈上的伤，只看着副驾驶座上的刘夏，焦急道："阿夏，撞到哪里了没有？"

何子殊就坐在刘夏左后方的位置，急转弯的瞬间，很清楚地看到刘夏头磕在车窗上，力道还不轻。

刘夏揉着额角，龇了龇牙："眼晕。怎么回事啊？"

司机眉头紧锁："好像有人追车，刚刚差点擦到。"

纪梵掀起遮光帘一看，点头："嗯，有人。"

刘夏："狗仔还是……私生？"

纪梵："应该不是狗仔。"

刘夏懂了，咬牙，从后视镜往后一看："还在追！"

"怎么突然有私生追车了？"刘夏暗骂一声。

纪梵眉头紧紧拧着："一直有，可能这次就守在二门那边，把车认出来了。"

谢沐然补充道："所以出门的时候，哥喜欢开自己的车。"

刘夏愣了下，怪不得那个大粉群里经常说，乐青的保姆车是换得最勤的，原来就是在防私生。

刘夏："那怎么办？"

身后的车还紧追不舍，时不时贴着车尾擦过去。

司机跟着陆瑾沉他们也有小几年了，遇上了几次私生追车，也算有经验，刚刚临时变道，也是怕私生追得太紧。

因为那是主干道，来往车不少，要是出了点意外，上的就不是娱乐版块，而是社会版块了。

虽然错不在他们，但一旦被官媒点名，影响是势必的，所以必须把风险降到最小。

可司机这次也有些头疼，原以为刚刚掐着时间一偏道，可以把人甩了的，可谁知道，竟然还是被追上了。

而且看起来，还有些不要命的架势。

"前面左拐。"陆瑾沉的声音在这封闭空间里响起，冷沉沉的。何子殊一下子就听出来，陆瑾沉生气了。

司机对天市的各大线路都熟得不能再熟了，前面左拐，就是去乐青的方向。

司机应下，开口道："那我先联系公司。"说完，打开蓝牙拨了出去。

后座的陆瑾沉没再说话，伸手搭在侧边的开关上，轻轻一按，遮挡板前方的灯就亮了。

陆瑾沉解开安全带，朝着何子殊的位置一倾身，靠了过来。

何子殊看到垂在陆瑾沉身侧的安全带，急了："你好好坐着！"

后头车还在追，要是再一个急转弯，没安全带护着肯定要受伤。

陆瑾沉轻声道："让我看一下脖子上的伤。"

何子殊什么都顾不上，捂着脖子，坚决不让看，只道："你先坐在位置上。"

没得商量的语气，陆瑾沉叹了一口气，坐回位置上，开口："别用手碰，会发炎。"

车上几人听到"发炎""伤"几个字，才知道何子殊受伤了，也纷纷起身。

"哪里受伤了？"

"刚刚碰到了？"

何子殊皱着眉："我没事！都坐下。"

说着，他还单手捂着脖子，大有不坐下就不给看的架势，刘夏他们没辙，只好乖乖坐下。

何子殊这才放下手，打开顶头的遮光镜，看了一眼。

一道一指长的红痕，肿了，还破了一点皮，没流血，可看着有些瘆人。

几人的表情一下子难看起来。

"不疼。"何子殊轻声开口，怕他们不信，又道，"就被安全带擦了一下，明天就消下去了。"

"药箱里有药棉和碘伏，赶紧先擦一下。"谢沐然从后座翻出来一个药箱，递了过去。

陆瑾沉伸手要接，却被何子殊截了过去。

何子殊抱着药箱，认真道："你坐着不要动，我自己擦。"

"是不要命了吗？"前座的刘夏突然喊了一声。

纪梵和谢沐然连忙往后一看，就看到那辆白色面包车已经把车窗降了下来，长镜头从窗缝间伸出，像是一个又一个黑黢黢的枪口。

不仅如此，还明显提了速度，原本只是追在车尾，现在几乎要追上半个车身了。

何子殊看着那乍起又乍灭的闪光灯，心里总有种不安的感觉，手上的碘伏刚开了盖，又被拧了回去——还是等回去再说吧。

可就在这时，车身猛地往侧边一斜，车尾打滑，发出爆炸的声响。

车胎没吃住力，橡胶外层磨损到看不出原先的模样，露出内部的金属框条，狠狠擦过地面，划出一道尖厉的摩擦声。

车灯熄灭，黑暗中，何子殊的头狠狠撞在车窗上，手中的碘伏掉在地上，压开了盖子，洒了一地。

耳边漫过一层又一层尖叫声、粗重又压抑的呼吸声，何子殊意识迷糊的瞬间，感觉到自己被护在了怀里。

何子殊知道是陆瑾沉，他很想开口说一句"我没事"，可还没等他张开嘴，一股从骨子里渗出来的恶心感已经将他吞没。

第十章 梦醒

何子殊做了一个很长的梦。

梦里有很多人，刘夏、涂远、谢沐然、纪梵、林佳安……还有陆瑾沉。

一个接着一个，从"暮色"到"乐青"，从"Blood"到"APEX"。

他和陆瑾沉的第一次见面，就是在"暮色"。

那时候他其实也没有多喜欢唱歌，只是觉得他可以去做，仅此而已。

直到陆瑾沉出现，他才发觉，或许灯光照着的那个地方，比他想象中的更适合自己。

刚到乐青的时候，他年纪小，看得懂眼色，可圈子里一些弯弯绕绕的门道多，藏得又深，他不太愿意和别人打交道。

多说多错，索性不怎么说话。

是陆瑾沉把什么都替他做了。

公司给他立人设，陆瑾沉说不需要。

公司要他接一些纯娱乐性的应酬通告，陆瑾沉推了。

所有不好拒绝、不合时宜的事，甚至在何子殊都不知道的时候，陆瑾沉就替他挡好了。

陆瑾沉总说他学什么都快。

其实是根本没什么可以让他分心的，陆瑾沉都做好了。

他能做的，就是练歌、练舞。

他也没觉得有什么不好，直到那天在公司会议室门外，听到林佳安和陆瑾沉的对话。

"成立个人工作室的事，你考虑得怎么样？"

"还早。"是陆瑾沉的声音。

"去年我问你的时候，你的回答也是还早，是不是在你这里，无论什么时候，都是'还早'。"

何子殊就是在这时候，才知道成立个人工作室的事，甚至在去年就提起过，被陆瑾沉否了。

何子殊没说话，继续静静听着。

"为什么要成立个人工作室，这话我说得够多了，不想再多说什么，我只是想知道，你到底在顾虑什么，瑾沉？

"你也是，小梵也是。

"你也清楚，来乐青之前，小梵就有出国系统进修音乐的打算，也一直在准备，结果一拖再拖，之前为了队伍工作不方便，现在成立个人工作室，无论是时间还是业务都能协调得开，为什么一个两个都不同意？"

长久的沉默。

一片死寂中，何子殊重新听到了林佳安的声音。

"因为子殊，对不对。

"你们放心不下他。

"因为担心……"

……

何子殊不知道他是怎么走出公司的，甚至没留下来把话听完。

原来，因为他，公司成立个人工作室的计划一推再推。

因为他，陆瑾沉和安姐交涉了无数次。

因为他，纪梵现在还没完成他一直想做的事。

那一刻，何子殊才意识到，他太依赖陆瑾沉，太依赖 APEX 了。

他被陆瑾沉护得太周全，从出道到现在，一直躲在那人身后，都忘了总有一天，陆瑾沉也会走，队友会走，APEX 也会解散。

而他，是绑住他们，让他们寸步难行的最后一根线。

这种压力，开始压得他喘不过气来，见缝插针，密密麻麻，最后，他选择了逃避。

之后发生了什么，他其实也记不太清了。

只记得自己渐渐不怎么说话了，然后找到了安姐，把个人工作室的打算提前。

可提出要求的时候，却被陆瑾沉他们听了个正着。

再后来，就有了那次在暮色的争吵。

所有情绪失控、爆发，成立了各自的工作室，四个人一年到头都碰不着一次面，进入无休无止的工作，他从暮色一脚踩空……

别人都说，这三年，是何子殊成长期后，敛下锋芒，独自沉淀的三年。

只有何子殊自己知道，这三年，其实才是他真正成长的时候。

他学会了很多，但也最疲惫。

和那些一路摸爬滚打的新人比起来，何子殊没吃过苦，可累也是真的。

梦境的开始，是陆瑾沉和 APEX。

梦境的最后，还是陆瑾沉和 APEX。

现在，梦醒了。

何子殊有些费劲地睁开眼睛。

病房、点滴、昏黄的小暗灯，好像……一晃眼又过了七年。

"哪里疼？"陆瑾沉的声音嘶哑到像是被什么草梗划过。

"子殊！"

"醒了！"

"别围着，医生说可能会晕。"

"对对，叫医生！"

呼叫铃不断地响着，医生、护士进来，又离开，手上的点滴也已经换了一瓶新的。

整个过程，何子殊都很安静，安静到所有人开始心慌。

谢沐然他们站在床尾，不知怎的，竟有些不敢上前。

何子殊撑着床，坐了起来。

他轻轻一抬眸，碰了碰陆瑾沉的手心，淡声道："怎么这么凉？"

陆瑾沉怔了下。

刘夏总觉得有哪里奇怪，可又说不上来，直到何子殊开口说话。

这语气，这神情……

刘夏小心翼翼："子殊，你……是不是想起什么来了？"

何子殊轻轻点了点头。

所有人怔在原地。

陆瑾沉没什么表情："你们都先出去。"

谢沐然紧紧攥着拳头："哥……"

陆瑾沉："出去。"

房门轻轻关上，房间里只剩下何子殊和陆瑾沉。

何子殊没看到手机，也没在这房间里看到闹钟，道："几点了？"

陆瑾沉："生日过了。"

何子殊："嗯？"

陆瑾沉："两点多。"

两点多，生日是过了。

何子殊倒真忘了还有生日这回事，皱了皱眉，开口道："真的没有受伤吗？"

刚刚医生来检查的时候，跟他玩笑似的说了一句："别人都没受伤，就小吉祥物受了伤，也不知道是不是开大，自己掉血条了。"

陆瑾沉："嗯。"

何子殊放下心来，笑了下："怎么都不说话？"

陆瑾沉只静静看着他。

何子殊抿了抿嘴，伸手去掀被子，刚掀开一角，陆瑾沉就制住了他的动作，开了口："别动，头会晕。"

陆瑾沉的手心有点凉，何子殊轻轻喊了一句："陆瑾沉。"

陆瑾沉顿了顿："嗯。"

何子殊轻笑："哥。"

一如多年以前。

陆瑾沉一滞："嗯……"

"你是不是在害怕，"何子殊说得很慢，"怕我想起来？"

陆瑾沉哑着嗓子："不是。"

何子殊："嗯？"

陆瑾沉一字一字道："不是怕你想起来，是怕你想离开。"

何子殊闷声开口："不离开。

"因为我喜欢 APEX。

"喜欢你，喜欢然然，喜欢小梵。"

陆瑾沉紧绷的神经，就这么疯了似的塌下来，陷在何子殊这几句话中，忍不住问："那以前呢，为什么离开？"

何子殊轻笑："因为喜欢 APEX。"

也是因为喜欢 APEX。

因为喜欢，所以不想给他们添麻烦，只是那时候他不懂，用错了方式。

"让你生气了，对不起。"

陆瑾沉摇了摇头："没有。"

何子殊没信："那刚失忆那几天，你都不跟我说话。"

陆瑾沉叹了口气："因为你怕我。"

那种下意识的回避，让陆瑾沉觉得束手无策。

他不是对这人生气，是对自己生气。

原本以为，等到周年庆回归期的时候，总能把一些事情说开，可这一跤摔得太突然了，突然到他毫无准备。

那时候他只觉得，这人大抵是真的对他有抵触。

所以当林佳安把《榕树下》排给他的时候，他拒绝了，甚至已经做好让谢沐然或者纪梵顶上的准备。

可谁知道，在看到何子殊的瞬间，所有准备顷刻轰塌。

何子殊："那我在医院醒来的那天，你为什么这么迟才来？"

陆瑾沉："那天在国外，推了行程赶回来的。"

何子殊对这个回答还算满意："然然和小梵……也是吗？"

陆瑾沉笑了下："嗯，赶完行程就来了，在医院停车场坐了一个小时。"

何子殊："？"

陆瑾沉："不敢单独去找你。"

怕他醒来，不愿意见他们。

何子殊垂下眸子，语气有些低："是不是生气了？"

是该生气的。

陆瑾沉："没有，不会跟你生气。"

何子殊了解纪梵和谢沐然的性子，摇了摇头："生气了。"

"没有生气，那……那天我们只是有点急。"谢沐然突然打开门。

何子殊被吓了一跳，偏头一看，谢沐然眼眶通红。

他朝着何子殊走过来，坐在旁边，低着头，语气根本止不住哽咽："没有生气，从来没有，只是有点急，也有点怕。

"你在暮色摔了，我们以为和之前一样，是你不愿意回来，还有失忆、什么都不记得，只记得夏哥他们……"

谢沐然一个字一个字说，何子殊一个字一个字听。

这三年，说阴错阳差也好，说糊里糊涂也好。

如果他们不是艺人，不在娱乐圈，或许几次见面之后，误会就都没了。

可偏偏，他们在这个圈子里，很多事情拖着拖着，就完全失去了控制。

他不无辜，失去了很多，也学会了很多。

可幸好，虽然自己跑得慢，虽然隔了三年，还是朝着他们跑过去了。

"生日快乐。"陆瑾沉笑着说。

何子殊看过去，半晌，也笑了："嗯，生日快乐。"

零点过了，生日过了。

可这份迟了两个小时，也迟了好多年的生日礼物，够了。

何子殊额角被撞了一大片瘀青，整个人还有点昏沉沉的，可睡睡醒醒怎么也不安稳，最后索性起了。

何子殊总觉得自己睡了很久，可一看时间，才三点二十分。

连天都没亮。

刘夏和纪梵把附近搜了一圈，才找到了一家粥店，买了点清粥和小菜。

推门进来的瞬间，刘夏开口："医生说你一天都没吃什么，不垫点东西直接把药吃下去，胃会受不住。其他也不知道能吃什么，就买了点粥，还热着，你先吃两口。"

纪梵认真道："有什么想吃的吗？我去买。"

何子殊摇了摇头："没有，粥就好。"

其实他不太有食欲，也不知道是医院的味道，还是残存着之前的模糊记忆，直到现在，鼻尖还有股若有似无的碘伏气味。

可一想到这个时间点，这两人还在外头转了半个小时，也顾不上难受，坐在床上一口一口吃着粥。

小半碗下去之后，何子殊叹了口气，放下勺子。

抬眸的瞬间，身旁的几人都下意识地挺了挺脊背，直直看着他。

也不只是吃粥的这段时间，几乎自他醒来一整个晚上，都是这样。

刘夏是，谢沐然是，纪梵也是。

谢沐然有些紧张："哪里难受吗？要不要叫医生？"

何子殊无奈道："然然。"

谢沐然正襟危坐："在。"

何子殊哭笑不得："饿不饿？"

"啊？"谢沐然睁大眼睛，半晌才道，"不饿，我刚刚吃了东西。"

何子殊笑了下："是不是该休息了？"

"想睡了？那我去把帘子拉上。"谢沐然说着立刻起身，刚走出一步，就被何子殊拉住了，用的还是挂着点滴的那只手，谢沐然连动都不敢动。

何子殊淡声道："我说的是你。现在很晚了，累了一天，该睡了。"

谢沐然默了默："医生说不能离人。明天的行程推了，可以好好休息。"

言下之意就是现在不想休息。

何子殊怔了怔。

谢沐然没看他，可何子殊依旧能感觉到，这人在紧张。

他也知道为什么。

就像医生说不清他为什么失去记忆，也说不清他为什么又恢复了记忆，谢沐然他们在怕，怕他一觉醒来，又不记得他们了。

现在哪怕让他们回去，也安不下心来。

何子殊笑了下："那明天好好休息，哪儿也别去。"

谢沐然反应过来，立刻点头："好。"

其他人也都松了一口气。

何子殊重新拿起勺子，刚舀起一口，就从喉咙深处涌上一股恶心感，动作一顿，还没来得及开口，陆瑾沉就把粥收了。

"可以了。"陆瑾沉淡声道，"先吃药。"

如果不是空腹吃药伤胃，陆瑾沉其实不想勉强何子殊吃东西。

已经吃了小半碗，也差不多了。

刘夏他们见何子殊吃了药，起身把帘子拉上，又留了一盏小灯，出了病房。

几人没有交流，可动作却出奇的一致，何子殊看着陆瑾沉："怎么了？"

陆瑾沉把床高度降下来："药有助眠成分，吃完最好睡一下，能缓解恶心和眩晕。"

这段时间时装周、彩排、生日会，体力本就有些透支，这次又伤着头，医生也不能给出确切的答复，也不知道会不会有什么后遗症，只说这几天小心一些。

何子殊住的这个医院是半疗养院性质，病房的温度、光线都很合适，只过了一会儿，何子殊的意识开始有些模糊。

打着点滴的那只手已经冰凉，陆瑾沉小心地帮何子殊按摩着指节，等到指尖回温，才用被子虚虚盖着。

在什么都没想起来的时候，何子殊总觉得他还是暮色的那个小驻唱。只是一个不小心，一脚摔出了七年的窟窿，莫名巧妙的，从暮色小驻唱变成了 APEX 的主唱。

可现在想想，那窟窿从来都不是窟窿。

哪怕什么都不记得，很多潜意识里的东西，都是藏不住的。

在他以为自己只有小驻唱记忆的时候，身上已经满是 APEX 主唱的影子了。

其实都是他，没有差别。

何子殊声音低了几分："困了。"

陆瑾沉："睡吧，我在这里。"

等到何子殊呼吸彻底平稳，陆瑾沉看着他额角的瘀青和脖颈间的擦伤，眸色沉了沉。

在去医院的路上，他已经换了身衣服。

原先那件卫衣现在就躺在垃圾桶里。

车子爆了胎，只差一点就要翻车，车灯熄灭的瞬间，格挡板、遮光帘，整个保姆车后座一片黑暗，陆瑾沉听到一声闷重的撞击声，伸手去够何子殊，他很安静，什么都没说。

陆瑾沉从来没有这么慌过。

手上一片湿润，从掌心贴着手腕流下，沾湿衣袖，陆瑾沉费了很大气力才分辨出来，那是碘伏，不是血。

直到高杰他们赶来医院，陆瑾沉才知道衣服湿了大半，怕刺激到何子殊，最后换了身衣服，才进了病房。

陆瑾沉起身走了出去。

刘夏他们就坐在病房外的长椅上，看见陆瑾沉出来，立刻问道："睡了？"

陆瑾沉点头。

纪梵把手机递过去："网上私生追车的消息已经传开了，还有子殊上救护车的照片。"

刚刚何子殊问起的时候，他们都瞒了过去，说因为开的是小道，没有其他人发现，让何子殊不要担心，追车的事情林佳安他们会解决，受伤的事情也不会让粉丝知道。

可在何子殊昏昏沉沉的这半天里，网上早就沸扬一片。

纪梵又道："可能瞒不住。"

谢沐然看了眼时间："哥，快五点了。"

仔细算起来，七个小时。

那群人待在警局一个晚上了。

谢沐然低头发信息："我问问安姐什么情况。"

刘夏怎么都不会忘记，当陆瑾沉说出报警两个字的时候，那黄牛震惊的神情和不远处私生越来越大的哭声。

陆瑾沉只说了这一句话，就关上了窗户。

天市是追星的大市，从机场、酒店到各大娱乐公司门口，除了娱记外，还蹲守着很多私生，甚至变成了一条完整的产业链。

只要给够钱，就有专门的黄牛司机带着私生追车。

之所以这么有恃无恐，就是因为艺人不像常人，有各种顾忌，黄牛把车上的"粉丝"当成雇主，也当成保命符，只要不出大问题，赔个笑脸，把车上的"粉丝"推出去，最多被骂上几句，可动真格的却少之又少。

对他们来说，这次就是"没出大问题"的情况。

保姆车只爆了胎，没翻车，也看不出有什么大碍，可车上的人却报了警。

最让人绝望的是，他们全程只透过车窗看到了一眼，只听到了一句"报警"，其他什么都没有。

黄牛这才彻底慌了。他做这一行很多年了，追过各种艺人的车，也带过各种私生，甚至包括不少 APEX 的私生。

很多极端一点的，甚至会希望他们出点小摩擦，因为这样，很大概率上可以逼停艺人的车，也就意味着，载着的私生是可以见到本尊的。

对于她们来说，追车的过程并不重要，结果才是。

陆瑾沉清楚这一点，所以什么表情都没有，什么话都没说，什么机会都没给，唯一给他们的，只有一句"报警"。

就连那群人被带上警车的时候，都是林佳安和司机留在那边。

沈誉人脉广，亲自走了一趟，给陆瑾沉打了个电话。

黄牛是个"惯犯"，证据一齐，可以起诉，可车上的私生跟他没有直接关系，不会有多大影响，问陆瑾沉有什么打算。

陆瑾沉语气很冷，只回了一句："晾着。"

沈誉懂了。

这些私生不摔个跟头，不出点血，就永远不会意识到自己在做什么。

她们其实心里也很清楚，这样做是错的。

可"侥幸"这个词，对她们来说，诱惑力太大，大到她们彻底忽略很可能造成的事故。

这一晾，就在警局晾了七个小时。

网上众说纷纭，消息最开始传出来的时候，粉丝还以为是营销号趁着生日会来凑热度，可后来救护车的照片、保姆车的照片传得到处都是，粉丝立刻慌了。

可谁都没有表态，工作室没有，乐青官博没有，何子殊本人没有，陆瑾沉、纪梵、谢沐然他们也没有。

没有承认，可也没有辟谣，没有报平安。

最让粉丝不安的，是何子殊今晚没有发生日会的微博，原本工作室都已经做了预告。

以何子殊的性子，以及乐青对这场生日会的重视程度，不可能出现这样的纰漏，所以那些"追车、爆胎、事故、受伤"的传言，很可能都是真的。

最后一锤定音的，是刘夏的一条微博，用的还是平日不怎么动、但影响力可观的 Blood 官博号。

Blood V：【麻烦做个人。】

五个字，一路碾压冲上热搜。

比热搜更早一步冲上来的，是生日会广场的一个帖子。

紫薯味的棉花糖：【我就住在天一体育馆附近，从早上开始，就看到一辆车一直停在门口那巷子里，期间有一个女生下来，手上还拿着一个相机。我也不知道是不是我多心了，只是这车的车牌好像有点眼熟，很像一个月前在乐青那边追车被拦下的那辆，不过也可能是娱记吧，希望是我多心了！啊啊啊啊，一想到晚上可以见到小玫瑰我就好开心啊！可哥生日快乐！】

原先没有多少粉丝留意，可当第一家媒体曝出事故现场照片的时候，"追车"这词一出，很多粉丝心里便咯噔一声。

生日会超话帖子太多，很多消息都只能打眼一过，这条微博也是，看到的人寥寥无几。

随着讨论的人数越来越多，这消息被翻了上来，底下不少粉丝把事故现场的照片搬了过来，问发微博的粉丝，早上看到的是不是这辆。

发微博的粉丝比谁都更关注这件事，几乎是瞬间就认出来了。

车型、颜色、车牌，一模一样。

最后刘夏的微博一出，整件事都有了结论。

私生追车是真的。

何子殊受伤也是真的。

刘夏去了何子殊生日会的消息，所有粉丝都知道。

工作室那边最新一条微博，还是生日会结束的后台照，刘夏、纪梵、谢沐然和陆瑾沉都在，小编还翻了一个粉丝的牌子，说还剩最后两个小时，要赶回去一起过生日，这个"一起"的人里，肯定包括刘夏。

刘夏脾气好，平日很少用到 Blood 的官博，哪怕是自己的个人微博，也大多只分享一些日常琐事。

在这种时候，以这样的口吻发了这样的消息，指向性足够明确。

把整件事情推向高潮的，是第二天一早最早发出"追车"报道的一家工作室，他们放出了林佳安和沈誉进出警局的照片。

消息一出，除了 APEX 粉丝外，还引起了很多家粉丝的关注。

私生的问题不是一家、两家的问题，早就成了一个现象级。

各家都有，各家都在骂，可却屡禁不止。

尤其是一些通过选秀出道的新人，经纪公司管不过来，自己又很难平衡，不堪其扰发个微博隐晦提醒，一个不小心还要被骂卖惨炒作。

而且最难的是，几乎没有一个正规有效的解决途径，哪怕正面遇上了，最多也就口头训斥，动真格走法律途径的屈指可数。

没过多久，乐青正式给出回应。

用的还不是何子殊工作室的号，是乐青官博。

和那些从头规整到尾的律师函比起来，简直就是一目了然。

因为没打一句官腔，只有三个字：会追责。

陆瑾沉、谢沐然、纪梵同时转发。

【什么都不说，乐青牛，APEX 牛。】

【"不私了，追责"，陆瑾沉的原话，言尽于此，我匿了。】

私生的事在网上闹了三天，火才消了下去，而何子殊也在医院躺了三天。

第二天醒来的时候，何子殊才知道追车的事闹得厉害，粉丝也担心了一晚上，忙让工作室把生日会文案放了出来。

九宫格照片，舞台、工作人员、粉丝、嘉宾，几乎全在里面了，文案添了一句报平安的话，可粉丝却更心疼了。

何子殊正打算和林佳安商量一下，要不跟上次一样，直播让粉丝定一下心，可刚提出，还没传到林佳安那边，就被陆瑾沉他们否了。

不仅否了，甚至没收了手机。

何子殊没辙，安安分分躺了三天。

也不知道是不是前段时间太累了，这一撞，除了把忘了的记忆撞出来，还撞出了很多小毛病，比如过敏。

何子殊自己也不知道怎么回事，那天只上楼晒了晒太阳，脖颈那边便起了一大片红疹。

被安全带擦伤的红痕还没消，又多了一大片红，最关键的是，查也查不出什么，最后只能算作一般的风疹。

"你是没看见李医生的表情，"刘夏一边给何子殊擦药，一边开口道，"你就是他职业道路上的滑铁卢，问为什么会失忆，医生不说话，问怎么突然就恢复记忆了，医生不说话，问会不会在失忆的边缘反复横跳，医生不说话。

"现在问为什么会过敏，竟然也查不出什么，你这是什么体质？"

何子殊抿着嘴。

刘夏拿着棉签，在他脖子上碰了碰："别学李医生，说话。"

何子殊还是没说话，只皱了皱眉。

刘夏手上动作一轻："疼？"

何子殊摇了摇头："不疼，有点痒。"

刘夏拿过小扇子，扇了好几下，直到刚上的药粉凝固成粉白的一团，才开口道："别抓，抓破了留了疤就不好了。"

何子殊："留个疤应该也没事。"

刘夏放下扇子："留个疤没什么，可也要看位置，留在脖子这种位置，一抓一碰又红起来，营销号一年的热度就指着你这脖子了。"

等上完药，何子殊才开口："陆队呢？"

刘夏："不知道啊，让我先给你擦药，说去车上拿点东西。"

何子殊皱了皱眉。

不是要出院了吗？还要拿什么东西？

两人说话间，陆瑾沉推门走了进来，臂弯间还挂着一件黑色风衣。

陆瑾沉走到何子殊面前，把衣服披在何子殊身上，笑了下："手。"

何子殊闻言乖乖抬手，穿衣服的间隙还仔细看了一眼："你的？"

陆瑾沉："嗯。"

何子殊乖乖套上。

陆瑾沉把拉链拉到底，刚刚好抵在何子殊的下巴那里，把脖子遮了个全。

陆瑾沉："医生说脖子上的疹子可能是风疹，最好先不要见风。"

本来陆瑾沉想用围巾裹一下，再把人带出去，可这两天温度高，何子殊伤口还有点发炎的迹象，闷着也不好，就用风衣挡一下。

陆瑾沉看着何子殊额角那一大块青紫，神色淡了点。

这么久还不见消，颜色还更深了些。

何子殊顺着陆瑾沉的视线，抬手碰了碰，开口："只是看着疼，出门的时候用帽子遮一遮就好。"

说着，何子殊转身从柜子上拿过一个鸭舌帽，刚想戴上，就被陆瑾沉拿走了。

陆瑾沉随手放在一旁，把风衣自带的帽子给何子殊戴上："那个帽檐太硬，会压到伤口，这个也可以遮。"

陆瑾沉的衣服比何子殊大了一号，再加上是风衣这种宽松型的外套，于是何子殊被包了个全，只露出一双黑闪闪的眼睛。

刘夏闲着无聊，坐在一旁的沙发上玩手机，抬眸看了一眼："小心点，不要被狗仔蹲到。"

因为生日会还有一些后续东西要何子殊处理，所以陆瑾沉带着人先回了一趟乐青。

原本刘夏那句"不要被狗仔蹲到"，也只是随口一说，谁知道竟然真能碰见狗仔，而且还不少。

何子殊受伤住院的消息早就传开，当时救护车的照片也被一家工作室狙到，但因着医院的私密程度，一般人根本进不去，所以只好蹲在乐青这边。

住院这波料已经失了先机，那出院总得蹲好了。

狗仔蹲的是出院的消息，可粉丝蹲的却是照片。

狗仔们原先以为这两人会避着镜头，毕竟何子殊住院这几天，其他成员是肉眼可见的脸色差、心情差，陆瑾沉尤甚。

能推的行程推了个全，不能推的，也很少说话。

陆瑾沉和纪梵本就不是规矩性子，十个问题答一个是常态，这么多年下来，娱记对这两人的脾性吃得够透，又是在这种时候，也不上赶着找尴尬。

可私生追车、何子殊受伤这事就是 KPI，因此镜头、话筒一转，挑上了谢沐然。

谁知道一向好脾气的谢沐然，也难得冷脸。

因为乐青虽然表了态，说要追责，可事实究竟怎样、怎样追责、进度如何都是谜。

除了一句"会追责"以外，既没看见什么红头文件，也没看见什么律师函。

粉丝、网友倒是闲不住，站乐青的人居多，毕竟各种内部爆料、出入警局的照片传了一堆。

可还有不少人认为只是虚晃一招，就为了警告一下粉丝。

所以当娱记问出那句——"乐青就这件事的态度，不私了，并表示会追责，请问是真的吗？"

话音一落，满场哗然。

他们来采访之前，都是被反复提醒过的，切记谨慎小心，打官腔都好过乱说话，都通气到这种程度了，竟然还有"身先士卒"的。

可前人既然栽了树，他们作为后人，自然就乐呵呵躺平乘个凉，一个个仰着脖子，把录音笔捏得死紧。

然后，所有人就看见谢沐然看了那个娱记一眼，直到把那人盯得如芒在背，才笑了下。

半晌，他开口道："为什么要私了？"

谢沐然语气很冷，底下人听得一激灵。

要不是知道采访对象是谢沐然，他们还以为是陆瑾沉站在上面。

这哪是问的"为什么"，明明就是在说"凭什么"。

最后还是主办方的负责人上台，打了个圆场，若非如此，他们甚至都觉得谢沐然会当场走人。

娱记虽然被堵了回去，但心里都有了底。

各家工作室当场就发了稿子，甚至连基本的润色都没上。

陆瑾沉那句"不私了，追责"，谢沐然这句"为什么要私了"，是个人都能看出火药味。

前两天蹲谢沐然都能蹲出这话，眼下来蹲不近人情陆瑾沉，又是在乐青这样的大本营，饶是经验丰富、一身是胆的资深狗仔，都不太敢近身。

可"富贵险中求"，总不能看着对家赚红利赚个盆满钵满，因此何子殊出院消息一出，大家扛着长枪短炮就来了。

躲车上的躲车上，躲树后的躲树后，乐青门口凡是能做遮蔽物的，几乎都有不少人蹲着。

彼此都知道对方的存在，可陆瑾沉和何子殊没遮掩、没避嫌，是狗仔们都没料到的。

直到两人进了乐青，他们还有种不真实的感觉。

这就……拍到了？

就这么简单？！

说好的乐青密不透风的安保措施呢？说好的铜墙铁壁呢？

这哪是偷拍，分明就是任他们东西南北拍。

看着底下越来越诡异的评论画风，所有人陷入沉思。

"这是我见过有史以来，最多机位的大型社会主义兄弟情拍摄现场，八个机位算什么，十八个机位才是真牛。"

沦为拍摄工具的各家娱记：感觉受到了冒犯。

"哥！我听……听说车库那边有狗仔？"何子殊电梯刚到，小周就急匆匆跑了过来。

因为跑得急，说话还带着大喘气。

何子殊笑了下。不仅有，还不少。

电梯门"叮"地合上，小周踮着脚，往里头看了好半天。

何子殊轻声道："别看了，没在。"

小周挠了挠下巴："那陆队呢？"

何子殊："沈总找他。"

小周点了点头。

这是小周这几天来，第一次看到何子殊。

因为追车这事太突然，推行程、换行程、联系各大主办方，工作室根本忙不过来，他这几天也脚不沾地，好几次想去医院看看，可转眼又被别的事缠上了。

小周总觉得何子殊哪里变了，可非要说什么，又说不上来。

"哥，你没事吧？"小周看着何子殊，也不知道是哪里出了纰漏，开口道，"可能是忘了提前通知保卫科了。"

何子殊摇了摇头："没事，保卫科通知过了。"

小周皱了皱眉："啊？通知过了？"

通知过了怎么还把狗仔都放进来了？

何子殊解释道："拍不到照片，他们不会回去的。"

这些娱记攒了几天的新闻，要是没有一点交差的东西，怕是要追到家里去。

小周恍然大悟："所以是特意来的公司吗？"

也是，散些火力，在公司被蹲到，就好比上班时间被蹲到，总比被追到家里要顺心得多。

"嗯。"何子殊应了，随后又笑了笑，"总归也要来。"

毕竟事情也攒了不少。

"这几天是不是很累。"何子殊有些抱歉，其他先不说，单就行程的调整，就不是什么简单的事。推一个，就得改一堆。

小周连连摇头："不累！"

他们再累，也只是少睡一点觉罢了，而少睡的觉最后还用钞票补上了。

各种辛苦费、加班费，粗粗估算一下，都能抵得上一个月的工资了。

虽然是林佳安发的红包，可大家心里都清楚，安姐都分身乏术了，哪怕"论功行赏"，也得是在事情解决后。

在这种时候，还能分出心思想到他们的，只有在医院躺着的何子殊了。

何子殊进了会议室就摘了帽子，小周只一抬头，就看见何子殊额角的伤。

这么多天了，都不见消。

小周用尽毕生功力，在心里口吐芬芳，把追车的黄牛颠来倒去骂了三遍。

他简直不敢想，这要不是磕着，而是被什么东西划了道长口子，那该有多可怕。

小周深吸一口气，开口：“哥，你想吃什么零嘴吗？梅干、山楂之类的。”

何子殊开口：“怎么了？”

小周：“他们说你前几天都吃不下东西。

“闻着油腥味就想吐。

“晨吐更厉害。

“也只有在吃些酸梅干之后，才能喝点粥。”

说的都是事实，可何子殊越听越奇怪。

想吐，是因为有些轻微的脑震荡。吃酸的，是因为药压得舌根苦。

两者并没有什么直接联系。

小周丝毫没注意到自己话里话外的歧义，开口道：“我妈妈是医生，我把你的症状跟我妈说了下，不过你可以放心，我没说是你，就说是我一个朋友，我妈就说一定要注意点。

“不要强迫自己，有让你觉得不舒服或者恶心的食物和气味，避开就好，有的人反应是会大些，看个人体质，会慢慢好转的，不用焦虑，要保持一个愉快的心情。

“但不吃肯定不行，多少也要吃一点进去，床头啊、衣服兜里最好放一些喜欢的小零嘴，少食多餐，别让胃一直处于空着的状态。”

小周还欲开口，就被何子殊制住了。

“小周。”何子殊放下笔，轻轻喊了一声他的名字。

小周抬头：“啊？”还没念完呢。手机上的备忘录，只念了一半，还剩下一大半。

重点都还没念到，比如吃什么比较补。

小周："哥，怎么了？"

何子殊顿了下："你跟你妈妈……怎么说的，有说我是撞到头了吗？"

小周还以为何子殊是担心他妈妈知道"这个朋友"就是何子殊，连忙否认："不会，哥你放心，我没说你撞到头了！"

进入公司第一天，安姐就跟他们说过，工作是工作，生活是生活，他们也算是半只脚踏进了这个圈子，有些话就算对着家里人，也不可以多说。

小周义正词严："这个分寸我还是有的，哥你受伤的事，新闻都放了，我要说是撞到头了，那我妈肯定一下子就猜出来了，所以我什么都没说，就把你的症状跟妈妈描述了一下。"

何子殊抿了抿嘴。

小周拍着胸脯："哥我保证，我妈肯定不知道。"

何子殊心情复杂。他也敢保证，小周妈妈是真不知道。

何子殊垂下眸子："辛苦阿姨了。"

"不辛苦，"小周听见何子殊喊他妈"阿姨"，更高兴了，"哥，那我继续给你念！"

何子殊深吸了一口气。算了。

也是因为担心他，听听也无妨，开心就好。

等小周念到"奶白豆腐鲫鱼汤"的时候，何子殊再度放下笔，忍不住了。

这食谱，已经从孕初期，念到快临盆了。

何子殊深吸一口气，刚想委婉开口，就看到陆瑾沉推门走了进来。

"什么鲫鱼汤？"陆瑾沉开口道。

"陆队！"小周从位置上站起来，"没什么，前两天哥不是吃不下饭嘛，我妈妈刚好是医生，就问了下，她给了我一些注意事项和食谱。"

"食谱？"陆瑾沉开口道。

小周："对，还挺长的，陆队你要看看吗？"

何子殊根本来不及阻止，小周已经把手机递了过去。

何子殊："……"

看着看着，陆瑾沉轻笑了下，这笑声轻飘着，落到何子殊耳朵里。

陆瑾沉笑了下："念到哪里了？"

小周在手机上一指："鲫鱼汤这里，我做了标记。"

陆瑾沉："发一份给我。"

何子殊抬头看着陆瑾沉——要这个干什么！

小周想都不想："好！"

等把所有事情处理完，已经过去了一个多小时。

两人从会议室直接下到车库。

何子殊系好安全带："这车……是沈总的？"

陆瑾沉淡声道："嗯。新车，娱记认不出来。"

何子殊没继续往下问这车怎么来的。

很大可能就是开了个会，然后顺了个车钥匙。

沈誉这人，没什么特别的偏好，换车却换得勤。

也不知道是真喜欢，还是为了防狗仔。

但狗仔认不认得出来是一码事，敢不敢跟又是另外一码事。

沈誉在乐青这么多年，一条绯闻都没出过，飘忽不定的代步工具贡献值不低。

何子殊正和谢沐然聊天，问有没有什么东西要买的，正聊着，小周的消息突然弹了出来。

何子殊手指一顿。他都快忘了那个备忘录，结果看到小周的名字，脑子里闪过各种营养汤。

小周发了条语音过来，何子殊悄悄看了陆瑾沉一眼，按着消息框想转文字，结果一不小心松了手，文字没转成，直接点了开来。

小周的声音响起。

"哥，我妈妈给了我一个香囊，里面是晒干的果皮，混着一点花茶，凝神养气用的，还能止吐，我都忘了给你了！"

底下还有两条新的语音，何子殊已经不想听了。

他垂着眸，耳尖带了点红，尽可能装作自然的样子："小周没说清，阿姨可能误会了。"

陆瑾沉笑了下："我知道。"

何子殊偏头看他——知道你还把食谱要过来了？

陆瑾沉："食谱还可以，比昨天那份好。"

昨天那份？还有一份？

陆瑾沉把手机递给何子殊。

何子殊："？"

陆瑾沉："看你宋老师发了什么。"

何子殊一头雾水，顺着陆瑾沉话里的意思点开一看。

时间是昨天晚上，宋希清给陆瑾沉发了一份食谱。

宋老师："照着这个给子殊补一下。"

陆瑾沉："哪儿来的？"

宋老师："阿英侄女家的月嫂。"

陆瑾沉："……"

宋老师："不是抱孩子的那种月嫂，本职是营养师，别人请都请不来。"

宋老师："我把子殊的情况跟她说了，食谱也改过了，营养均衡。"

宋老师："对了，小心点，别给然然看见，也别让他跟着一起吃，营养过了点，上镜麻烦。"

陆瑾沉："营养过了点，宋老师也知道。"

宋老师："那是然然，你看子殊这段时间瘦了多少。"

宋老师："别人掉了十斤肉都能补上去，照着慢慢往上补就好。"

何子殊："……"

何子殊低头一比较。

可能小周妈妈的食谱，是要好很多，起码不会补上十斤。

第十一章

邀请

JINZHI
DANFEI 2

车快开到别墅门口的时候，何子殊隐约看见纪梵撑着伞，站在门口。

雨刚下不久，雨势不大，但绵密，看上去雾蒙蒙的一片。

"好像是小梵。"何子殊开口道。

陆瑾沉方向一转，等到了门前，降下车窗。

细洑洑的雨丝顺着缝隙飘了进来，还带着点冷。

刚只远远看了一眼，看不大清，等见了人，何子殊这才看清纪梵怀里还抱着阿柴。

因为要打伞，所以只能单手锢着，这姿势大抵舒服不到哪里去，所以阿柴扭得不太安分。

见到何子殊，阿柴吐着舌头直想越过车窗，往他怀里扑。

何子殊怕纪梵抱不住，下了车接过阿柴，看着纪梵开口道："下雨了，怎么站在门口？"

也不知道是不是他的错觉，总觉得纪梵的表情看起来有点不对劲。

纪梵往前走了一步，用伞把何子殊遮了个全，没说话。

何子殊没听见回答："嗯？"

纪梵看了车上的陆瑾沉一眼，何子殊疑惑更甚，反倒笑了下："看他干吗？"

纪梵轻咳一声："阿柴跑出来了，来找它。"

何子殊低头看了一眼，阿柴脚上的确扑腾上了一点泥，看起来像是一路踩着泥水花出来的。

何子殊一边用纸巾替阿柴擦泥水，一边轻声道："下次雨天不能跑到院子里，淋了雨要感冒，知道了吗？"

阿柴抻了抻滚筒似的身子，呜呜叫了一阵。

"我先把阿柴……"何子殊抬眸的瞬间，又看到纪梵和陆瑾沉对视了一眼。

明显就是有什么事。

何子殊："？"

陆瑾沉下了车，绕过半个车身走了过来："就停这儿，进去吧。"

三个人只有一把伞，还要穿过一整个庭院，距离说远不远，但说近也不近。

"你身体还没好全，不能淋雨。"纪梵还不等何子殊和陆瑾沉开口，一把将雨伞塞了过去，"哥，你们慢慢走。"

"把帽子戴好！"何子殊在身后喊了一声，纪梵随意一摆手，拉着卫衣的兜帽一翻，很快消失在视野里。

"总觉得小梵有点奇怪。"何子殊轻轻一偏头，看着陆瑾沉。

陆瑾沉莞尔："嗯，奇怪。"

何子殊："你也奇怪。"

陆瑾沉："嗯，奇怪。"

何子殊："……"

两人刚走出一段路，就听见不远处传来各种说话的声音。

何子殊脚步一停，好像是露天阳台那边传来的。

何子殊："来客人了？"

这附近独门独户，别家的声音还不至于传这么远。

陆瑾沉只说："先进屋换身衣服。"

何子殊眼睛微微一眯。没接话，没否认，那就是真来人了。

看这人的神情，显然很清楚，纪梵也很清楚，所以刚刚才心不在焉。

何子殊径直朝着声音的来源走去，越走近，声音越清晰。

"这烟花质量这么好？"

"小夏，你这烟花从哪里买的？都被淋成这样了，怎么还能放得出来？！"

"我就说要放烟花的话，就去野河那边放！你看看，这东一炮西一弹的！"

"涂哥！你别过去，要是再炸了怎么办！"

"我数过了，就六十炮，打完了，剩下没打完的都是哑炮。"

"快快快，别说了，小梵说子殊回来了，快收拾。"

何子殊光听声音，都知道说话的人是谁了。

何子殊惊讶道："涂哥他们怎么来了？"

陆瑾沉伸手拂去何子殊肩头飘着的雨沫，轻声道："给你补个生日。"

何子殊受伤消息出来的时候，涂远他们就急得不行，要不是刘夏说没什么大碍，早就跑到医院去了。

后来又知道何子殊恢复了记忆，他们彻底坐不住了，几人一商量，总得补个生日，于是就凑到了别墅。

何子殊怔了怔，随即笑了下："那在院子里做什么，什么烟花？"

陆瑾沉："去看看？"

何子殊多少猜到了点，本来也不想破坏他们给的惊喜，可刚听了小半路话，不是快收拾就是各种炸了，看起来是出状况了。

等两人穿过小径，走到庭院的时候，看着那一地狼藉，总算知道了纪梵刚刚神情为什么会不对。

阿柴朝着那边叫了好几声，众人抬起头来。

何子殊也顾不上，把所有人往屋里赶："下了雨也不知道打伞，快进屋里去。"

"等等，院子还乱着。"涂远抬手抹了一把脸。

何子殊："乱着就乱着，进屋去。"

何子殊发了话，纪梵第一个往屋里走。其他人见状，也一溜烟往里头跑。

进了屋，一群人围着沙发站了一圈，身上还湿着，不敢往沙发上坐，也不敢踩在软垫上，看起来等着挨骂似的，可怜兮兮的。

何子殊忍笑："上楼换衣服。"

这次众人学乖了，也不等人带头，从两面楼梯跑了上去。

也不知道是故意约好的，还是凑巧，一群人一齐上了楼，又一齐下了楼，愣是没一个落单的。

何子殊指着窗外："外面怎么了？"

刘夏他们破罐子破摔，往沙发上一瘫："想给你摆个长命百岁烟花阵来着，结果突然下了雨。"

谢沐然立刻接道："夏哥说他买的这烟花质量好，这雨又不大，只要能点着火，就能放，我们就想点个试试，结果还真点着了，只是涂哥去点的时候，不小心弄翻了，就没往天上打。"

何子殊哭笑不得。所以庭院里跟炸了锅似的。

刘夏带来的烟花，何子殊还是没有看到。

因为雨下了整整一天，夜深也不见停。

何子殊第二天醒来的时候，房间还暗着，只有帘隙间透出一点薄光。

他拿过手机，看了眼时间，这下彻底清醒。

10:29，都这个时间点了。

楼下，谢沐然和纪梵、刘夏、涂远他们都在。

何子殊也顾不得身上难不难受了，刚掀开被子，就听见门锁转动的声音。

他循声望去，是陆瑾沉。

何子殊走到窗边，只开了一小条缝，冷风和暖气一撞，整块窗户都水腾腾的。

温度凉了点，身体也凉了点，何子殊撑着窗台借力，刚往左边侧了一步，就看见大门口外侧的推门是开着的。何子殊眨了眨眼睛，回过头，看着陆瑾沉问："谁早上出去了？"

陆瑾沉："没有。"

"那怎么推门是开着的？"只有在有车进出的时候，推门才会打开，何子殊想了下，"有人来了？"

陆瑾沉："刚走。"

何子殊："是安姐和杰哥吗？"

陆瑾沉没说话。

不知为何，这沉默让何子殊心里咯噔一下，有种不好的预感。

他朝着陆瑾沉走近了一步："谁来了？"

陆瑾沉怕吓着他，淡淡说了一句："没谁。"

何子殊抿着嘴，挤出几个字来："是不是……宋老师？"

陆瑾沉见他知道了，这才笑了下："已经走了。"

何子殊彻底僵住，半晌，身体比思绪动得更快，朝着门口就跑去。

"只待了几分钟，就过来送个东西，别紧张。"

何子殊很难不紧张。

上次从剧组回来的时候好像也是这样，匆匆送了个东西过来，面也没见着。

让长辈跑这么多趟，话都没说上，实在太没有礼貌了！

何子殊抬眸："你应该叫我的。"

"你宋老师不让。叫我们别吵你，让你多睡会儿。"

见何子殊还皱着眉，陆瑾沉继续道："宋老师原话，没骗你。"

何子殊进浴室匆匆洗漱了一下，就跑下了楼，迎面撞上了正往上跑的谢沐然。

"醒了？"谢沐然刹住步子，"我刚想上楼看看呢，都十一点多了，怕你饿。"

"不要跑，小心点！"何子殊连走几步扶了一把谢沐然，等人站定，开口道，"宋老师刚刚是不是来了？"

谢沐然点了点头："来了又走了。"

何子殊偏过头，看着陆瑾沉："我是不是该给宋老师打个电话？"

也不知道现在她方不方便。

"只是顺道来的，下午她那边还有个聚会，把你叫醒也只能待一小片刻，所以才不叫你。"陆瑾沉笑了下，怕何子殊还纠结这件事，又道，"想打的话，等晚上打一个。"

何子殊也没其他更好的办法，只好点头。

等这事了了，何子殊才注意到，除了谢沐然，所有人都围在沙发那边，抬头看着他。

包括两小只。

何子殊站在台阶上，其他人坐在底下。

"涂哥！涂哥！阿柴脸都要被你搓扁了！"谢沐然一边说一边跑下楼。

"子殊你快过来，"谢沐然又开口道，"看看宋老师给你的生日礼物！"

"两个都是？"何子殊走过去，看着眼前的东西，迟疑了一下，看着陆瑾沉。

一大一小，都用朱红色的盒子包着，除了大小外，没什么别的区别。

陆瑾沉轻笑："没我的份。"

其他人连连摇头。陆队都没有的份，他们就更没有了。

刘夏开口道："我们也没敢动，掂了下，还挺沉。"

何子殊按着环钩形的开关，一旋转，盖子打开，身旁立刻传出倒吸凉气的声音。

何子殊也怔了怔。

所有人都知道那是什么，并不罕见，一个长命锁。

可这个长命锁却有两个巴掌那么大。外围一圈烧蓝，花纹很有章法，最中间一个朱色环形圆印，底下还有九条铃铛挂坠。和市面上的比起来，看着要复杂很多。

刘夏："这也……太大了。"

涂远神色复杂，有点对不起儿子。

儿子周岁的时候，他自认为送的长命锁还挺有面，可现在看来，还没人家宋老师底下一个铃铛大。

涂远愣愣道："宋天后希望你百岁平安的心，我感受到了。"

真情实感地，感受到了。

"中间是你的名字。"陆瑾沉指着那个朱色环形圆印说，"生日礼物，也是那个平安符的回礼。"

陆瑾沉笑了下："从你把平安符送给她的时候，就开始做了，前两天刚做完。"

何子殊鼻子突然就酸了。

不是因为这金锁的分量，而是因为那句"百岁平安"，因为把他放在心上，一直放在心上。

何子殊把小盒子打开，一样的样式，一样刻着他的名字，只是小巧了很多。

锁上还绑着一条编织好的红绳。

"这个应该是可以戴的，"刘夏轻声道，"宋老师也太……有心了。"

何子殊垂着眸，笑了下："嗯。"

几个小时后，粉丝们还在刷昨天何子殊的出院照片，突然就收到了何子殊上线的消息。

紧接着，何子殊更新了个人微博。没有配字，只有一张照片。

照片中 APEX 成员和 Blood 成员都在，还有阿柴和盐盐。

何子殊站在最中间，脖子上还挂了一条粉丝从未见过的项链。

所有人都在嗷嗷叫，研究爱豆同款的时候，却发现宋希清点赞了这条微博，还在底下评论里留了一颗爱心。

所有人：发生了什么？！

宋希清这开天辟地式的微博互动，让何子殊这条个人微博瞬间出圈。

几个月前，宋希清突然关注了何子殊的事，就引起了不小的动静。

哪怕是现在，宋天后的关注列表里还没有"新人"加入，何子殊仍旧是第一个，也是唯一一个小辈。

仍旧置顶，一枝独秀，底下压着各路天王、影后。

当初有不少人分析得头头是道，最后得出一个看起来好笑，可最能唬人的定论——手滑。

后来好似也验证了这一点，因为宋希清除了关注外，几乎没有跟何子殊有过什么互动，直到《天尽头》开拍，所有人才慢慢回过神来。

宋希清很喜欢何子殊，是真的喜欢，不是故意制造话题那种。

王野说话、行事向来大胆，在《天尽头》开拍前就当着娱记的面说过，主题曲的最佳人选是宋希清，也向宋希清发了邀帖。

王野只说到这里，没说宋希清那边有没有回音。

网友原本都觉得可能性不大，宋希清虽然没有宣布封麦，可早就处于半退圈状态，这两年来，除了王野外，还有不少大导邀她参与主题曲的录制，其中也不乏好些好友主演或主导的电影。

宋希清水端得很平，一概推了，就连白英都玩笑着说过"请不动"。

所有人都默认宋希清已经封麦，所以当她出席《天尽头》试镜场的消息传出来的时候，一众网友都吃了一惊。

再加上后来现场照片传出，各家媒体也知道该怎么抓眼球，曝光出来的照片，无一例外都是她和何子殊的照片，照片上两人神情都很放松也很亲密。

接下来就是主题曲官宣、何子殊杀青、音棚版首映，宋希清从没在镜头前谈起过何子殊，可做的每件事，都很直白地告诉所有人，她很喜欢何子殊。

甚至粉丝都一度怀疑，究竟陆瑾沉是宋希清的亲儿子，还是何子殊是宋希清的亲儿子。

就像这次，宋希清的点赞和那一颗心，评论底下被顶上去的，是何子殊的回复。

没说别的，只回了一个红着脸抱抱的表情。

【总感觉这两个表情不简单！就好像有什么事是我们不知道的！悄悄说秘密那种！】

【我也这么觉得！！！如果宋天后只是点赞我也不觉得有什么，可她评论了一颗爱心啊！！！这张照片上一定有什么不能说的秘密！会不会照片就是宋老师拍的？！】

【你们看盐盐，脑袋上戴着一个生日小皇冠，还有涂哥他们后面，落地窗那边散了一地的气球，一看就是补了一个生日趴给我们小玫瑰啊！！！】

【我可太开心了！子殊生日那天没吃上一口蛋糕，我一直耿耿于怀！现在看他笑得这么开心，我圆满了！！！】

【我大 A 团！我小 B 团！啊啊啊啊啊，每次看到他们同框都有种永远是少年的感觉！真的是每次！发自内心的笑啊！】

【子殊脖子上那条项链太好看了！是哪家的！品牌方快出来认领啊，现在不涨一波销量，更待何时！！！】

【同款，同求！】

【有大神把它同比放大了，是一个长命锁！超精致！我把照片发出来你们自己看！】

【这花纹太细节了吧，如果我没看错的话，中间那个是子殊的名字？！】

【三分钟，我要这个长命锁的全部资料！】

【跪了，我家以前做过金饰，刚给我爸看了一眼，说一定是专门找人打的，花纹太精细了，只有经验老到的师傅能做。从设计到制作，费时保守估计要三个月，这种金饰真的越小越难造，而且长命锁用料要挑，尤其像子殊这种专门造的，中间是名字，周边的纹路看着没什么特殊的，其实都有讲究的，不是随便画几笔上去，真的是很用心的东西。】

【我把楼上姐妹的话总结一下：别想了，买不起，有钱也买不起。】

【我有一个大胆的猜测，这长命锁，是宋天后送的。第一，子殊以前都没戴过，这条微博是个人微博，大家都穿得很闲适，没化妆、没造型，一看就知道是在家里聚会，什么东西都没有，独独戴了这个，不可能是品牌宣传，很像是礼物；第二，宋天后突然点了赞，发了评论；第三，长命锁这种东西！除了长辈，还有谁会送吗？还有谁适合送吗？还有谁有这个心吗？！】

【不管怎样，还是想感慨一句，我们子殊真的是团宠啊，这么甜的小棉花糖，谁能不喜欢，嘤嘤嘤！】

刘夏看着评论，又看看何子殊颈上那个，又看看盒子里另外一个脸大的，伸手摸了一把，又摸了一把。

真好，凉飕飕，金灿灿，摸一把总感觉就能长命百岁了。

"幸好粉丝看见的是那个小的，不是盒子里这个，"刘夏开口道，"否则一定会被营销号拉住使劲黑，还要背上炫富的嫌疑，看起来就不那么社会主义了。"

何子殊笑了下。

涂远接口道："其实那个家里做过金饰的粉丝说得没错，这个小的其实比大的更复杂。

"我给小宝打长命锁的时候也问过，有的人特意想要小一点，可以一直戴的那种，现在穿金戴银跟以前不一样，大多都是为了一个寓意，傍身久了人气也足。"

"还有这种讲究？"刘夏有点蒙，"我小侄子就周岁的时候戴了戴。"

"对，市面上有的大多都是这种，"涂远喝了一口茶，"就跟这个大的一样，放着做纪念用的，但要是一直自己戴，就有另外一套讲究了，花纹、用料都要选，还要找人设计，麻烦得很。"

"子殊脖子上那个就小拇指盖那么大，粉丝也是同比放大才看出来是个长命锁，平日戴着根本没什么影响。"

"这倒是，我刚看了下，顶上是活扣，把红绳换成别的什么都挺合适。"谢沐然继续道，"我还是第一次知道这种东西，还能这么好看。"

"比起小的，我更喜欢大的。"杨浩靠在沙发上，义正词严，"小的做工太复杂了。"

刘夏仰头："对，钱不钱的无所谓，主要是喜欢简单的。"

众人："……"

等一行人吃完饭，天已经放晴小半会儿了。

阿柴被雨关了一天，直想往外跑，纪梵索性开了露天阳台的门。

阿柴独自跑了一圈，进屋咬着何子殊的裤脚，把人往外拉。

"想出去玩？"何子殊蹲下身子来，笑着摸了摸它的脑袋，阿柴吐着舌头，从沙发又跑到落地窗那边。

"出去透透气也好。"纪梵起身，在藤椅上铺了毯子，还煮了茶，朝着里屋喊，"好了。"

"要是昨天也是这天气，那烟花就可以放了。"刘夏伸了个懒腰。

"别提烟花了，差点没把涂哥炸瞎。"谢沐然靠在围栏上。

何子殊昨天没细问，听谢沐然这么一说，还被吓了一下："哪里受伤了？"

"躲开了躲开了，没事。"涂远摆了摆手，一回身，陆瑾沉刚好推了一杯茶过来。

涂远虽然比陆瑾沉年长了好几岁，可看着陆瑾沉，总觉得有点怵，而且是没来由地怵。

尤其是陆瑾沉喊他"涂队"的时候。

"哥？"何子殊看着出神的涂远，"怎么了？"

"没什么没什么，喝茶！"涂远尝了尝，刚入口有些苦，可口感很柔，回甘，还有些花果的香气。

"南安那边新摘的春茶，喜欢的话可以带一些回去。"陆瑾沉淡淡道。

"茶柜里还有很多，哥，你喜欢的话拿一点回去，除了白茶还有些别的，我们也不怎么喝，放那里也是浪费。"谢沐然把焙炉盖子轻轻一掀，茶香散了一院子。

涂远道："那不用，喝几杯就好。"

"新茶过了时节就没味了，要抓紧时间喝。"谢沐然拿着小木扇，对着小焙炉扇了两下。

"也别多喝，"涂远开口，"子殊就不行，喝茶越喝越清醒。"

纪梵开口："这茶就是希清老师送的。"

涂远："？"

何子殊解释道："前段时间生日会太忙了，要熬夜就喝了几次咖啡，后来胃有点难受，就喝茶了。"

"那就更不能要了。"涂远摆了摆手。

"涂队，你们下个月3号有空吗？"陆瑾沉提过小焙炉，给涂远空了的茶杯添上。

何子殊停下动作，看着陆瑾沉。

下个月3号，APEX回归巡演第一场。

这人现在问这个，应该是有其他意思。

涂远也顾不上喝茶了，笑道："有有有！你放心，第一场演唱会我们肯定会去的！"

杨浩开口："早把时间空出来了，机票都买好了。"

涂远感叹道："上次还和浩子他们一起抢门票来着。"

"你们哪里要门票啊。"谢沐然开口道，"不用门票，跟生日会一样，直接从后台员工通道进就好。"

"我知道，"涂远笑了下，"主要是也没抢过，就试着抢抢，碰碰运气。"

刘夏好奇："抢到了？"

涂远没说话，可神情看起来就像是见了鬼。

杨浩神情严肃："你们下次有空的时候，最好自己去试试。"

他都怀疑到底有没有把票放出来，否则怎么一点进去就没了。

涂远在抢之前还觉得自己是玩游戏的一把好手，年轻时候好歹也是各种器乐玩过来的，手速绝对不算低。可现实教他做人。

幸好他能拿个内部票，还是 VIP 那种。

涂远一想到自己可以坐在 VIP 区域的位置，还有些不好意思。

生日会直播他们都看了，镜头扫到嘉宾席的时候，弹幕就跟炸了似的，还有铺天盖地的尖叫声。

虽说早就过了那个年纪，可毕竟也年轻过，那条野河旁，来来往往这么多乐团，谁都想过以后有一天，他们会站在舞台上，有灯光，有掌声，有很多人为他们欢呼。

Blood 没实现，可 Blood 中有人实现了。

涂远看了何子殊一眼。

真好。

他们与有荣焉。

涂远想到这里，玩笑道："去演唱会的时候，还得买身行头，再理个发，万一镜头扫到我们，还得看得过眼是吧，总不能给 Blood 丢脸。"

陆瑾沉轻笑："入镜也没关系，是吗？"

何子殊闻言，嘴角忽地扬了扬。他就知道。

涂远还挺乐："只要粉丝不嫌弃就好，哈哈哈，入了镜，回去还能放给儿子看。"

纪梵和谢沐然渐渐摸了点东西出来，视线在陆瑾沉和涂远身上转了一下，突然就懂了。

是入镜不假，不过哥口中的入镜，可能跟涂哥口中的入镜，不是一个概念。

果然，下一秒，陆瑾沉就再度轻飘飘开口，慢声道："那上台呢？"

涂远差点儿把口中的茶喷出去。

一口茶搅着凉风，涂远呛得差点儿厥过去，连呼吸都稳不住，手上的茶盏也跟着一松。

杯盏碰在杯托上，发出一声脆响，溅起的茶水把领口打得湿漉漉一片。

何子殊靠得最近，忙递了几张纸巾过去，一边替涂远拍背顺气，一边开口："怎么喝个茶都能呛成这样？"

涂远草草擦了几下，憋到满脸通红，才勉强止住了咳。

何子殊递过的纸巾被茶水沾湿，在颈间贴了一圈，看上去跟围了条哈达一样，只有边边角角没碰到水的地方还算干燥，被风吹得轻晃晃。

底下两小只眼睛睁得圆滚滚，直直盯着涂远颈间的"哈达"。

涂远狠狠掐了自己一把。

醒醒，快醒醒。

他刚刚听到了什么？

入镜也没关系，是吗？那上台呢？

这两句话在涂远脑海里翻过来，倒过去，搅和成一团。

涂远僵硬着开口："陆队，你开玩笑的吗？"

"没，"陆瑾沉笑了下，"我在邀请涂队。"

涂远咽了口口水："同……同台？"

陆瑾沉点头。

涂远猛地起身，藤椅被他动作带着，往后移了一大段距离，所有人都被他这突然的动作吓了一跳。

最受其害的就是在茶几案底下懒洋洋躺着的阿柴，瞬间吓清醒了，连连叫了好几声，一头钻到何子殊椅子下。

紧接着，涂远就在所有人的注视下，在庭院疯狂竞走。

原本杨浩他们的惊吓程度也不比涂远小，可不知为何，看着非常没有出息的队长，和他一比，竟生出一种我自不动如山的魄力感。

那句话怎么说的来着，全靠同行衬托得好。

涂远径自走了好几圈，才重新回到位置上，可一看到陆瑾沉和何子殊的脸，刚做好的心理建设又"轰隆"一声全塌了。

APEX首场巡回演唱会，七万张票，这是什么概念？

他在暮色唱了这么多年，大大小小百来场，全部人数加起来都没超过七万，还不算重复的。

七万，他在台上往下看一眼都得腿软。

可问他想不想，他只有一个回答，想。

做梦都想，也只有做梦的时候敢想。

别说是七万，就是七千、七百，底下能有人在听，对于他们来说，都足够荣幸了。

涂远觉得自己这辈子都不会忘记，上次和 APEX 这几个人同台时候的情景。

穿着同样的、被称为"队服"的衣服，站在同一个舞台上，唱着同样的歌。

哪怕那次的暮色，底下只有零散几个人，哪怕唱歌的时候，没有人认出他们，也没有人喊他们的名字。

"上次同台我都觉得跟做梦一样。"涂远愣愣道，"在热搜上挂了一天。"

谢沐然他们上热搜就跟家常便饭似的，早就忘了最开始出道的时候，在热搜上挂一天是什么感觉，听涂远这么说，止不住还有些好奇："涂哥，在热搜上挂一天，感觉怎么样？"

涂远："感觉我好红。"

那是涂远第一次真情实感体会到，原来自己还有做网红的潜质。

夜深人静的时候，闲着无事就去微博逛逛，也不做别的，主要就是看看自己第一条评论底下，那一溜的涂哥好帅。

让他觉得自己可能不是涂哥，是发哥。

何子殊被涂远逗笑："其实还可以更红一点。"

涂远知道何子殊什么意思，想了想，还是开口道："底下七万多粉丝看着呢，别给我们搞砸了。"

"又不是没唱过，搞不砸！"谢沐然拍了拍涂远的肩膀。

涂远："上次才多少人，我们几个也好长时间没上过台，好久没练了，一下子也不知道能唱成什么样。"

APEX 首场巡演，这么多双眼睛盯着，就等着他们出岔子，涂远实在是怕给何子殊他们添乱，他打不了这个包票。

何子殊只看着他："哥，你想去吗？"

"其他都不重要，多长时间没上台，多久没练，能唱成什么样，都不重要。"何子殊眼尾轻轻一弯，"最重要的只有一个，你想不想去。"

涂远咬着后槽牙，没说话。

何子殊又道："上次在暮色，唱得开心吗？"

涂远和杨浩他们对视一眼，最终点头。

能记一辈子的事，能不开心吗。

"可那次，我们其实不是唱给粉丝听的。"何子殊把涂远面前那倾着的茶盏放好，重新沏了一杯，在一片清雾中，何子殊开口，"是唱给自己听的。

"这次要不要试一下，唱给他们听？"

涂远久久不能说话。

他突然就想起何子殊最开始来到"暮色"的时候，似乎就是这样。

明明年纪最小，看着应该是别人来哄的模样，可其实最会哄人的就是他。

现在也是这样，这么多年过去了，一点都没变。

仍旧温温声声说着话，可偏偏每个字都能把心窝戳透。

那次是唱给自己听的，这次要不要试一下，唱给别人听……

"哥，你这副老泪纵横的表情要给谁看？！"刘夏用手肘撞了撞涂远。

涂远："……"

涂远所有感伤就被刘夏这句"老泪纵横"带走。

他差点忘了，没变的哪里只是子殊，还有这小霸王。

刘夏："我就问你，突然红起来，爽不爽！"

半晌，涂远憋出一个看起来不那么爽的："爽。"

刘夏："那想不想更爽！"

涂远咬牙："想。"

刘夏双手一拍："那不就结了。"

涂远深吸一口气，看着身边的杨浩他们，问道："怎么说？"

"我也想有人喊我浩哥。"

"那能给我搞个子殊那样的造型吗？"

"到3号为止我一直吃西兰花的话，你们说能掉几斤肉？"

何子殊抿了一口茶，笑着扯了扯陆瑾沉的袖子："要不要跟安姐说。"

"说过了。"陆瑾沉回道。

说过了？明明一直在他身边坐着，也没打电话，什么时候说的？

何子殊有些诧异，眨了眨眼睛："什么时候？"

陆瑾沉轻笑："生日会的时候。"

何子殊："这么早？"

他还以为是见到涂哥他们才决定的。

何子殊："没想过要是他们不愿的话，怎么跟安姐说吗？"

嘉宾这种事，毕竟不是小事。

陆瑾沉："不会。"

见陆瑾沉答得这么快，何子殊笑了下："你什么时候这么了解涂哥他们了？"

陆瑾沉没接话，只说："你了解。"

何子殊一时还有些恍神："了解什么？"

陆瑾沉莞尔："知道他们肯定愿意。"

何子殊不可置否。

就像在陆瑾沉说出那句"入镜也没关系"的时候，他就知道这人真正想问的是什么一样，他也知道，涂哥他们一定愿意。

第十二章

「APEX」&「Blood」

APEX首场巡回演唱会是乐青周年庆的重头戏，同时也是粉丝的盛事，从场地选择到布置，无一不透着一个"壕"字。

自抢票开始，各路营销号就联动下场，谁都不想错过这个坐收红利和广告费的大消息，几乎都是实时播报进程。

其中讨论度最高的，当属现场嘉宾。

如果说别的什么演唱会曲目、服装、造型，路人还接不上话题，那盲猜现场嘉宾这种带着玩票性质的事，就是全民娱乐了。

APEX什么咖位，大家都有数，再加上这次巡演的两个大前提，乐青周年庆、首场，头版头条简直就是板上钉钉的事。

可就算所有人都知道"嘉宾阵容绝对豪华"这个事实，但在APEX官博和乐青官博官宣的时候，所有人还是被吓了一跳。

【我疯了我疯了！！！是宋天后！！！陆队被喊了这么多年"唱你妈的歌"，现在终于要和他妈同台了吗？！】

【陆队和宋天后同台！热搜预定！】

【我以为这辈子都不会看见宋老师再登台唱歌了，我爸我妈这样从来不看娱乐圈新闻的人，都给我转了这个消息，问我是不是真的！】

【都让开，我妈要唱歌了！】

【楼上的姐妹，什么你妈？不要乱说话，明明是我妈！】

【你们别这样，不要抢妈！要抢抢小玫瑰啊！小玫瑰是宋天后亲生的！】

【官宣第二波！有我 blood！啊啊啊啊啊啊啊啊我大 A 团小 B 团合体！这是真合体啊！】

【带我小 B 团玩！这波售后给满分！不行，我要出去尖叫一下！】

【大 A 小 B，我锁了！！！】

【大 A 小 B，唯一的主唱何子殊！我真的太爱这群人了！】

……

将近半个月的时间，除了早就定好的必要行程外，何子殊他们几乎都在练舞室。

没有相关热搜、也没再传出演唱会的其他消息，常年住在热搜上的 APEX 一下子没了热搜，还让人有些不适应。

别说蹲点蹲到乏味的娱记，就是高杰，现在每天的日常就是算着时间送水、送饭，看着他们吃完，说一句"注意休息，别练狠了"，然后转身把垃圾带走，出门。

高杰入行这么多年，最想过的，就是这么规矩的日子。

不用和热搜、娱记斗争，可自打接手陆瑾沉之后，这些"规矩"就成了奢望。

现在梦想一下子照进现实，还照得他有些发晕。

高杰又一次从练舞室出来，迎面撞上了抱着一个纸箱的小周。

"哥，你这什么表情？"小周皱了皱眉。

高杰不明所以："我什么表情？"

小周伸手，在旁侧的玻璃隔音门上敲了下："形容不出来，你最好自己看看。"

高杰转过脸一看，拧巴得不行。

一想到刚刚顶着这样的脸，还在练舞室待了十几分钟，高杰就尴尬得想在空中打一套军体拳。

怪不得临出门的时候，陆瑾沉还让他好好休息。

高杰从小周抱着的纸箱里随手拿了一瓶水，小周忙喊道："杰哥，杰哥，这个是给哥他们送过去的，你别给我喝完了。"

高杰表情有些裂："刚已经找人搬了一箱过去，喝不完，有得是。"

现在什么世道，艺人难管就算了，下属更难管，连喝瓶水都不让。

高杰恨恨拧开盖子，大灌了一口，半晌，总算叹了一口气："这几天闲不闲？"

他可太闲了，闲得他都有点毛骨悚然。

小周实话实说："闲。"

高杰开口："像不像手下艺人过气了？"

这下表情拧巴的人换成了小周，因为高杰手下艺人只有 APEX。

要不是说 APEX 过气的是自家人，小周非把这箱子砸他头上。

才不会过气，我大 A 团正当红且实红！

高杰笑了下："你这表情不像过气了，像断气了。"

高杰话音刚落，和小周对视一眼，便齐齐转头，连"呸"了三下。

恰好此时音乐部的一个部长带着几个下属路过，看见两人这举动，还"哟"了一声，笑道："高经纪，练 Rap 呢？"

高杰："……"

小周："……"

"杰哥，不作数了，你放心！"小周抱着箱子，握不了拳，就用力地眨了下眼睛。

高杰咳嗽了一声："我走的时候已经开始排练了，水也有了，就放这儿吧。"

小周摇了摇头："底下还有几瓶活血散瘀的喷雾剂，我得送过去。"

高杰皱着眉："前两天不是刚送过两瓶吗？"

"嗯，用完了。"小周抿着嘴，"膝盖上、腰上练得都是淤痕。"

高杰："少喷点，总归是药，多了不好，等下进去的时候跟瑾沉说一下，晚上让他们自己按摩一下，揉开了再睡。"

小周点头应下。

小半个月没上热搜的 APEX，在首场巡演彩排开始的当天，也成功"回归"热搜。

起因是守在体育馆门外的各家娱记发来了第一手路透资料。

虽说 APEX 一早就把嘉宾公布，可放在海报上，那就是一个名字，总不可能有真人那么有吸引力，尤其是守到宋希清这种一年到头都见不到几次，拍到就是赚到的天后级人物。

原本粉丝还在担心演唱会现场照会被传出去，毕竟一场演唱会，除了演唱外，舞台、位席、布景都倾注了心血。

可一连几天，见狗仔拍到的都只是场外的一些路透图，粉丝也就放下心来。

很多没抢到票的粉丝都在等，开启刷屏式热搜的第一条热搜会是什么，谁都没想到，在演唱会当天，率先打响这一枪的，竟然会是粉丝自己。

因为是首场，而且还在天市，乐青大本营，因此哪怕是七万张门票，也在不到一秒就售罄。

演唱会前一天以及当天，天市各大交通枢纽主要转站点、机场、火车站、汽运站，一眼望去，全是手拿着应援灯牌的女孩子，三三两两一聚、再一会合，恰逢这两天还有不少航拍爱好人员在广场附近拍摄，粉丝就这样被录了进去。

有大胆的站姐联系了其中几位，因为需要后期制作，因此直接按照市场价买了下来，剪辑制作之后，放上了话题广场。

#APEX 粉丝# 的话题，就这样率先冲上热搜。

粉丝们看到那剪辑的时候，想到有这么多人和自己一样，也许也是坐了一天一夜的火车，也许也是攒了好久的钱，跨过千山万水，就为了来见见自己爱的人，眼眶都有点红。

可当粉丝入场之后，看着各自座位上放置的东西，所有人就跟被按了暂停键似的，一句话都说不出来。

几秒后，场馆各个角落都传来尖叫声。

#APEX 粉丝# 的热搜还是那个热搜，可一点进去，置顶的几条已经从"粉丝航拍"变成"APEX 七万亲签"。

【谁能知道演唱会还没开始，我就已经喊到嗓子有点哑了！我真的粉了一个什么神仙团！刚开始我都没注意，每个人的位置上都有一个手幅，还以为是本身就有的，结果我仔细一看，上面有子殊的签名！我跟身旁的姐妹一说，她一看，有然然的签名，都是亲签，不是复印的那种！！！】

【场馆已经彻底疯了，我感觉耳朵都要炸了，每进来一个小姐妹，都要喊一下，哈哈哈——】

【七万粉丝！每个人位置上都有！我想都不敢想他们写了多久！还要练舞、练歌、排练！】

【梵哥或成最大赢家，名字就只有两个字，哈哈哈！】

粉丝的尖叫声一路传到后台，高杰特意把门打开，让何子殊他们听了下："都很高兴，也不枉费你们写了小半个月。"

涂远闻言，还有些惊讶："写了半个月？"

何子殊解释道："每天也就回去的时候写一会儿。"

涂远有点心疼："那也够累了。"

涂远他们从确定上台到现在，一直在分头排练，只有两天时间是和何子殊他们一起的。

可哪怕只有两天，也知道他们的训练强度有多大。

常常因为一个动作不连贯、不到位，就反复抠，身上青一块紫一块，他光看着都觉得疼。

涂远还记得那天吃饭的时候，看到谢沐然因为怕上镜胖，只草草扒了几口沙拉，就继续下一个动作，他长叹了一口气。

这一声叹息恰好就被身旁的高杰听到。

高杰说 APEX 这四个人，看起来什么都有，什么都不缺，好像做什么都毫不费劲，其实哪有什么不费劲。

涂远也是第一次这么直观地了解到，看起来那么得天独厚、在镜头前得体到毫无纰漏的几个人，也有撑着膝盖擦汗、疼得直喘粗气的时候。

所以说这圈子能出头的这么少，缺的其实远不止几张脸。

离开场只有半个小时了，后台进入最后的确认环节，所有工作人员都恨不得跑起来。

此时，狭长的通道里突然传来一阵整齐又有序的尖叫，引得所有人都停了下来。

"怎么了？"

"粉丝是拿了话筒吗？怎么这么响？"

"是舞台那边的声音？"

"快去看看，离开场就半个小时了！"

"没事，确认了，镜头切到嘉宾席了。"

停滞了一瞬的后台重新动起来，可观众席却再也安静不下来了。

因为当导播镜头切到嘉宾席的时候，不似以往一下就过，而是一一扫了过去。

而扫到的每一个人，都会朝着镜头笑着打招呼，粉丝的尖叫声几乎没有断过，兴奋到满脸通红。

沈誉、白英、王野、余铭、刘夏、《偶像请就位》出道的几个男团成员，还有乐青一众前来为"第一摇钱树"助阵的艺人们，简直就是一个小型的红毯典礼阵容。

粉丝们大多把注意力放在与APEX同台的宋希清、Blood身上，噱头太盛，一时压过了底下还有嘉宾席这另一重磅。

直到进了场，看到前面那特意空出来的"绝对领域"，这才一下子爆发出来。

【啊啊啊啊啊啊啊这排面，这阵容，我简直无法呼吸！】

【这哪是什么演唱会！这就是颁奖典礼现场！】

【我恨啊，我当时手速要是再快一点，也不至于在这里一筐一筐吃柠檬！】

【小玫瑰前、后东家首度同框！】

【哈哈哈，沈总有种：这就是朕打下的江山的睥睨感！】

【还有谁！还有谁！对我总攻团来说，真的是一个能打的都没有！】

刘夏原本以为，经过上次何子殊生日会的冲击之后，他应该可以做到心如止水了。

可谁知道，今天的场面会这么令人窒息。

他左边坐着沈誉，右边坐着白英，再往后数，一个两个都是活在镜头屏幕里的人。

再看看网上粉丝们都说了什么。

【小夏总这位置绝了，我要是坐在这里，我一定当场去世，他还能这么淡定玩手机，一看就见过大世面！】

【小夏总和沈总都聊什么？会不会是什么收购计划？】

【相信我，小夏总的暮色只是他游戏人间的一个窝，这种慧眼如炬的商业巨子，背后一定有强大的商业帝国！】

游戏人间！商业巨子！商业帝国！这还有人管吗？？？

刘夏正和粉丝"搏斗"，突然就听到耳边传来一声："是小夏吗？"

刘夏一抬头，正是右手边的白英。

刘夏立刻正襟危坐，这可是三金影后！！！

刘夏点头："是的，白老师好！"

"不用喊老师，跟着子殊一起喊姐就好，"白英摆了摆手，随意道，"下次可以一起来我家吃饭。"

刘夏晕乎乎地点头。

三金影后，让他喊她姐，还邀请他去家里吃饭。

这还有天理吗？！

刘夏颤着手，在朋友圈发了一张假笑表情包。

配字"I'm fine（我很好）"。

底下的评论以秒为单位，发了一串整整齐齐的"滚"。

场灯熄灭的时候，应援灯全部亮起。

七万多同样颜色的灯光，把场馆装点成另一种模样，就连见惯了大场面的白英他们都忍不住回头去看。

白英笑了下："都不知道多少年没来过这种现场了，原来这么好看。"

刘夏忍不住接道："白老师是因为宋老师才来的吗？"

白英手虚虚搭着椅背："因为子殊他们。"

说着，白英看着刘夏："希清也是为了子殊他们来的。"

刘夏怔了一下，笑了："嗯。"

也是，这里的每一个人，其实都是为了他们来的。

四周渐渐安静下来，当四面的 LED 屏开始倒数的时候，粉丝们惊喜地发现，每闪过一个数字，屏幕上闪过的，除了数字，顶上还有相应的曲目。

看着那一个个熟悉到不能再熟悉的歌曲，所有人的热情顷刻被点燃。

"三，二，一——"

最后一个数字落下，《红与黑》几个大字伴随着绕场一周的枪响音效不断放大，在最后音乐声响起的瞬间，以一种极快的速度冲出投屏。

舞台正中央的高空中，突然就悬空出现两个红框。

一左一右，写着"APEX"和"红与黑"，紧接着响起的，就是何子殊的声音。

底下粉丝尖叫声如海啸般传来。

【这是不是连呼吸都在踩点，绝了！】

【这世上能压现在的 APEX 一头的，就只有明天的 APEX 了！】

再一次副歌重复完，音乐声戛然而止。

四人对视一眼，在渐起的灯光中，一起往前走，明明步子很轻，可因着四人的同频同调，硬是有一种踩着一地枪响走出来的气场。

四人拿起话筒，粉丝的声音却比他们更快，全场响起"APEX"喊叫声，直到何子殊笑着调了调耳麦，声音才消了下去。

陆瑾沉慢声开口打招呼。底下好不容易消下去的声音再度响起。

嘉宾席上的几人耳朵都有些受不住，余铭、乐青其他艺人这样的舞台常客还好，多少还习惯点，但像王野、白英这样常年埋头拍戏，除了颁奖典礼、宣传期外，很少出席其他活动现场的人来说，这声音就有些过于激烈了。

"这是每人都分了个喇叭吗？"王野端着形象，不好揉耳朵，可憋了半天，还是忍不住开了口。

余铭道："那我们离得还算远，你坐到粉丝那边去，出门得耳鸣。"

三首曲目过后，当舞台两边的小圆台上出现两架钢琴的时候，粉丝都知道接下来是谁了。

宋希清和 APEX 首度合作舞台。

与 APEX 演唱曲目不同，嘉宾合作舞台具体曲目并没有公布，所以粉丝都在猜。

可就在这时，嘉宾席上却突然出现一个身影。

因为台下光线不算亮，所以前排的粉丝还有些不敢置信。

她们好像看到了……陆队？

陆大队长不在舞台待着，怎么会跑到嘉宾席上去？

可这衣服、这身高、这身形，不正是从舞台上刚下来的陆瑾沉吗？

粉丝正疑惑间，宋希清一段没有伴奏的清唱声在四周荡开。

紧接着钢琴声响起，左侧半圆台的月牙色灯圈打下。

何子殊穿着一身银白西装，坐在琴椅上。

两人对视一眼，宋希清按下第一个琴键。

和前几首喊到力竭的尖叫不同，这次所有粉丝都在屏息，可手上却已经疯狂敲字。

【一时之间，我都不知道谁是谁的辅助。】

【我想到会唱《天尽头》的！！！可是我没有想到宋老师会独宠子殊一个！！！宋老师真的是太喜欢子殊了吧，刚刚那个对视我心都要化了！】

【我的天，海妖和少年！】

【这两人的声音真的太适合《天尽头》了，仙子下凡唱歌辛苦了！！！】

【给宋麻麻跪下！和音杀我！】

【年度神级现场盘点镇场神作，今日出炉！】

【怪不得陆队要特意从舞台后台跑到嘉宾席来！】

直到最后一个音符落下，两人都已经从琴凳上起身，走向舞台中央，粉丝才像醒过神来似的，铺天盖地的尖叫声传来。

宋希清微微张开手臂，何子殊笑了下，抱了上去。

等到镜头拉近，给到两人细节，而粉丝又在何子殊颈间看到那个引起很多"同款警告"的小平安锁的时候，所有猜测一下子有了验证。

何子殊今晚第一次戴上这条项链，就是在和宋希清合唱的时候，这绝对不是什么"凑巧"。

因为还有很多更适合小平安锁的造型，可何子殊都没有，独独在和宋希清合唱的时候戴上了小平安锁。

当宋希清拿着话筒，说出那句"子殊和我很合拍，各种意义上的合拍，就像我另一个儿子一样"，导播突然给嘉宾席切了一个精准镜头。

镜头里没有别人，只有一个陆瑾沉。

全场沸腾。

【我圆满了！】

【陆队一个人跑到嘉宾席去看台上母子同台！】

【哈哈哈哈哈哈哈，母子同台！】

【陆队笑了！镜头扫到他的时候竟然在笑！！！】

一首曲子一首曲子过，演唱会临近尾声。

前排嘉宾已经明显感受到粉丝声音喊劈掉了，可当悬于空中的条框不断旋转、变化，最终变成"APEX"和"blood"的时候，那种呼啸而来的尖叫将所有人彻底吞没。

真正的撕心裂肺。

真正的声嘶力竭。

灯光乍亮，台中央只有一个立着的话筒。

所有人都知道那是属于"APEX"和"blood"唯一的、共同的、永远的主唱——何子殊。

台上的八个人，没有别的烦琐造型，只有极简的黑色卫衣，最简单的发型。

镜头拉近，在每个人的乐器上一一扫过，待粉丝看清后，"APEX"和"blood"的喊声已经把舞台上的几个人重重裹住。

那是在"暮色"墙壁上挂了很多个月、以后还会挂很多很多年的乐器，签了每个人名字的、代表"APEX"和"Blood"的乐器。

不那么昂贵、不那么高级，就像今晚最后的舞台，甚至有些不合规矩、不合咖位，可是他们还是把这大轴的合作舞台压在 blood 身上。

而底下的粉丝，给他们的，就是全部的尖叫。

这份浪漫和青春，是独属于 APEX 和 blood 的，独属于他们这些粉丝的。

何子殊回头，和所有人一一对视。

轻笑，颔首，陆瑾沉鼓棒落下，全场音乐起。

那种举手投足间无须言明的默契，就好像多年以前是这样，多年以后还是。

【我以为四个人就足够王炸了，结果，真正的王炸在这里！！我真的太太太爱这群人了！我真的好想哭！】

【我鸡皮疙瘩出了一身！】

【唯一的主唱这点，真的每次都很戳我，所有人都配合着子殊的节奏，可仔细看去，每个人又都在享受音乐，能遇到这么一群人，该多幸运啊！】

音乐渐歇，可粉丝尖叫不止。

恍惚间，灯海和"暮色"那堪堪容下几人的台子，突然就重叠了起来，而何子殊就静静站在重叠地带的一个角落，看着18岁的自己，也看着26岁的自己。

那时候，刘夏朝他伸出手，后来，陆瑾沉朝他伸出手。

八年，好像仍旧什么都没变，他们也都还在。

等到一切结束，已是凌晨四点。

何子殊和刘夏他们走上体育馆的楼顶，在还没来得及撤掉的横幅上，横七竖八躺着。

夜风凉，可所有人都还穿着原来的卫衣。

"你们不知道，在底下看你们唱歌的时候，我有多高兴，多想喊。"刘夏轻轻开口。

涂远："那你喊了吗？"

刘夏："我身边是白影后和沈总。"

完全不敢出声。

杨浩："其实我也很想喊。"

"其实我也很想喊。"谢沐然翻过身来，"现在能喊吗？"

"不行，楼下好多人在休息。"何子殊笑着开口，"但我们可以找个可以喊的地方。"

所有人坐起身来。

"野河？！"

"我怎么没想到！"

"走走走，陆队邀请我们唱歌，我们请你们吃夜宵！"

"带上我的贝斯，听哥再给你们唱几首。"

"哥，我唱不动了。"

"年轻人这样不行啊，得唱劈叉了才算行。"

"哈哈哈哈哈哈哈……"

野河还是老样子，可灯却添了新的。

对岸的 LED 屏被粉丝包下，配合着演唱会，亮了一天。

他们在河的这边看着，这个时间点，却难得地热闹。

刘夏踩着长阶噔噔跑上来，手里还拿着一盒看不清形状的东西："那天生日会的烟火没放起来，今天就放给你们看！"

"夏哥，你这烟火缩水得有点厉害啊。"

"有烟花棒就不错了，花了心思找来的，下次再补个大的。"

"烟花棒挺好，放烟花等会儿被带走，还得找人来赎。"

"能不能想点好！"

几人一边笑，一边极其幼稚地把烟花棒点了。

火星刺啦而出，把每个人的眉眼都染亮了几分。

一排人靠在围栏上，手上的烟花棒有一下没一下敲着，在空中没什么轮廓地画着。

何子殊看着他们，很轻很慢地笑开来。

小时候写作文，总躲不过一个命题，长大后、梦想、愿望。

在别人都立意深远的时候，独独他，落笔的瞬间，脑海里想的就只有一个字：家。

可能这对别人来说，是生来就有的，谈不上长大，更谈不上什么梦想。

但他没有。

到底，最后还是什么都没写出来。

不为别的，因为太抽象了，他发觉自己竟有点想象不出来。

以至于他对那句"幸福的家庭都是相似的，不幸的家庭各有各的不幸"的话，一直抱着怀疑。

相似，是什么个相似法。

恰时，电视里正放着一个老牌的歌唱节目，他照着那模样，随手写了个梦想：唱歌。

谁知道，随手写的，成了真的，心里真正想的，也成了真的。

他们相逢于暮色那条狭长的小巷，然后一起走过了八年，近三千个日夜。

天将曙未曙，耳边都是好友嬉闹的声音。

何子殊仰着头，看着那天色，又看看他们。

真好。

座无虚席的场馆，是他们。

四下再无旁人的野河，是他们。

失意是他们，天意是他们。

一直在，从不曾离开。

- 正文完 -

番外一

『APEX』还能 A 多久?

首场、第二场、第三场……每场巡演结束后，粉丝口中都重复着一句话：这场绝了。

原以为首场就已经是难以再现的巅峰，无论是舞台、布景、互动、同台嘉宾，还是底下堪比颁奖典礼的 VIP 席位，随便搬一个出来，都是高光时刻。

可谁知，接下来的每一场，都将粉丝的期待值拔高到另一个高度。

随着"绝了"的名场面越来越多，粉丝狂欢了小半年，应援方式层出不穷，也越来越"壕"气。

可与豪气手笔不同的是，粉丝却格外"佛系"。

佛系到就连别家粉丝也会忍不住问一句为什么。

明明各家粉丝基数都很庞大，可好像从没什么时候听过 APEX 家互撕的。

哪怕是把时间再往前推上几年。

于是，在最后一场巡演结束的时候，论坛上突然就出现了一个名为《"APEX"还能 A 多久?》的帖子。

在 APEX 回归期即将结束的这个节点上，顿时吸引了大票注意力。

【楼主：李涛（理性讨论），我先表明，不是 APEX 的粉，今天开

这个帖，就是单纯地想小伙伴们能够答个疑，解个惑。】

【2L：这个问题我也想问很久了，这么多年过去，选秀就跟雨后竹笋似的冒，怎么愣是没一个能赶得上APEX？】

【3L：+1，而且我看乐青似乎也没有培养新男团代替APEX的意思，明明各自都已经成立个人工作室，也都开始转型了，照理说，应该带新人了。】

【15L：呃……忍不住了，我本职工作也算半个娱乐圈，所以这题我来抛砖引玉。

【首先，大家一定！一定！一定！要知道一个概念，APEX这个团，仅此一家，各种意义上的仅此一家，绝对、绝对、绝对，不要把他们和别家混为一谈。

【因为APEX没、有、对、家，且不可复制。

【这不是夸大其词，是业内公认，如果接触过这方面工作的小伙伴，应该就懂了，所以一般的东西对他们来说，并不适用。

【有了这个大前提，我们再来看，APEX粉丝不撕这事。

【其实真的不奇怪，因为APEX本身就是一个"资本团"，这个"资本团"不是指他们背靠乐青这样的大树，而是A团本身就是自带资本。

【通俗点，就陆瑾沉那身家，是真不好好唱歌就要回去继承百亿家产。

【那就有人说了，别的艺人也不乏家世优越的，怎么就独独陆瑾沉他们是特例！同志们！我们掰扯掰扯，有很重要的一点，这些进娱乐圈的小太子、小千金，家中基本还有别人的！什么意思？就是不是唯一继承人！唯一继承人一般都被拉回去做老板了，怎么可能给放到娱乐圈中去？

【但陆瑾沉不是啊！他是板上钉钉的接班人！因为陆家就一根独苗！就是我们迟早得改口，看着他从陆队变成陆总，从常年霸占娱乐版块到登顶商务头条。

【品出味了吗？

【APEX成为顶流，靠的不是营销，是压倒性的资本以及实力。

【别家都是花钱买热搜，他们家花钱撤热搜，所以APEX很有底气！

【不用看别人脸色，行事大胆，说话大胆，在镜头前不用遮掩，背景强大，资金雄厚，我可以很中肯地说一句，除了他们自己，只要不沾什么违法乱纪的事，没人搞得死 APEX。

【粉丝追星，追的是什么？其他都是虚的，最开始入坑就是嗑颜、看实力，能让自己觉得开心。同志们，哪家爱豆有 APEX 这么省心吗？？？

【真当别人不想把 APEX 搞下马吗？想啊，可是也只能想想。

【陆瑾沉他们先天条件得天独厚，各种辅助加成，资本坐靠，哪怕其他家背靠大树，也好乘凉，可乘凉的不可能只有你一个啊，娱乐公司也要赚钱，肯定是广撒网，再捞几条好好养。

【可 APEX 呢，自己就是大树，你们再品，基本就是进坑、售后一条龙，告别黑红糟心困扰。

【乐青最聪明的一点，就是选了何子殊这样一个除了家世方面薄弱，其余条件都不差陆瑾沉他们一截的主唱。

【而且明显可以看出何子殊是主心骨之一，用粉丝的话说，就是"团宠"，哪怕是脾气有些冲的纪梵，对何子殊的信任程度也很高，更别说谢沐然了。

【何子殊的加入，让这个团达到了一个微妙的平衡点，不至于锋芒过头，也透露了一个信息，这些太子爷不是图个新鲜，玩玩就走，粉丝可以放心入坑。

【在 APEX 刚出道的时候，整个圈子的流量还没这么大，陆瑾沉他们随性惯了，粉丝也都真情实感追星，在她们入坑前，其实就知道 APEX 不像一般偶像一样依赖粉丝，可能更多的心理，不是出于"占有"，而是"欣赏"。

【这种心理是关键所在，所以粉丝知道他们不喜欢那些破坏性言论，粉丝都不会说，慢慢地，粉丝就变得很"佛"了，但这个"佛"是对 APEX 粉丝内部来说，就像 4L 说的，有时候一致对外，那是因为对外她们是"斗战胜佛"。

【而后来新入坑的粉丝，也会被不断告知，久而久之，哪怕是成立各家工作室，大粉还是联动的。

【举个再浅显的例子，如果把 APEX 比作一个望族，那他们绝对不是被迫分家，只是孩子长大了，长到一定年龄，屋子住不下了，必须得分家了，但几位少爷都是同一个院子长大的，根连着，关系好着，从始至终都是自家人，懂？

【说来说去，最后还是一句话，APEX 定位和一般流量不同，所以不需要把 APEX 当成参照物，因为没必要。

【OVER，OVER！】

【16L：绝了，这帖子绝了，我是来看热闹的，怎么突然被科普了？】

【17L：最绝的是，科普完了，我好像被安利了。】

【18L：最最绝的是，这波安利，我吃得心服口服。】

【19L：压、倒、性的资本和实力，能搞死 APEX 的，只有 APEX自己……我可太喜欢这种牛轰轰的感觉了！！！】

【20L：这是什么"我以为你们是在升级打怪，谁知道出场就已经满级"的中二剧情，可是这剧情，却该死的甜美。】

【21L：15 楼大佬说"抛砖引玉"？？？请问您对抛砖引玉这词有什么误解吗？这让我这种只会喊 666 的文盲怎么接？！这道题太难了，我不会做！】

【22L：问：在圈子里没有对家是什么流氓体验？】

【23L：陆瑾沉：谢邀。】

【24L：哈哈哈哈哈哈，楼上要笑死我吗！！！】

……

所有人都没料到，这个随手开的帖，会越建越高，最后，飘上首页。

番外二　不可以吗？

帖子在论坛首页飘到第二天的时候，里头跟帖的绝大多数都是粉丝，或是平日对 APEX 观感就不错的路人粉。

大家纯粹取乐，也没太在意其中的逻辑，尤其是粉丝，甚至都没往后援群里搬，披个小号乐一乐就过去了，以为几天就能下去。

谁知，一个星期过去了，半个月过去，一个月过去了……

帖子不仅扒在首页没下来，走向还越来越离奇，从一个随手一开的娱乐帖，变成了一个科普贴，还是一个纵横各大领域，包括娱乐、金融、文化、咨询等等的科普帖。

尤其是一些要数据有数据，要报告有报告的"业内人士"下场之后。

起因就在那句"迟早得改口，喊陆瑾沉一声陆总"。

所有人都知道这话不假，可陆瑾沉在娱乐圈八年之久，久到他们对他的身家、身价有了绝对的认识，可却忘了，"太子"最后都是要坐高位的。

所以有人一下子把话挑明的时候，哪怕道理再浅显易懂、无须辩驳，仍旧有很多人被慑了一下。

也是这时候，很多人才发觉，在何子殊、谢沐然、纪梵他们接触新工作的同时，陆瑾沉似乎、好像、真的一点动静也没有。

或者是有动静，他们不知道。

于是，"迟早得改口"的"迟早"，究竟是什么时候，瞬间成了讨论热门。

直到"陆瑾沉、沈誉出席乐青会议"的消息传出。

以陆瑾沉和沈誉的关系，出席个乐青会议本不算什么新鲜事，可偏偏，这消息不仅屠了娱乐版块，还屠了商务版块。

因为到会的除了陆瑾沉外，全都是乐青最高层。

这下，即便是什么金融知识都不懂的外行人，都知道乐青接下来会有大动作。

一时之间，这个讨论了足足小半年，有了非常强大的理论支持的帖子，风头无二。

可随着声音越来越多，问号也越来越多。

为什么会是乐青？

陆瑾沉第一步选择的，为什么会是和陆家产业没多大关联的乐青？

网上众说纷纭，可无论是陆瑾沉还是乐青方面，对他出席最高层会议这事，都没给出任何解释。

不仅如此，甚至在接下来很长一段时间里，除了陆瑾沉和沈誉越发频繁的同框外，也没有什么明确的动作。

可渐渐地，在陆瑾沉个人微博下，已经有不少人半开玩笑地喊陆队为陆总。

同时沦陷的，还有高杰的微博。

只要是网上冲浪的选手，哪怕不是陆瑾沉和APEX的粉丝，都知道只要陆瑾沉上了热搜，底下前排评论一定有一席之地是留给高杰的。

尤其是粉丝，秉持着一个原则，只要陆瑾沉这三个字出现在热搜上，只要看见客户端是陆瑾沉个人的，不管内容好坏、不管时间早晚、不管是文字还是图片，只要随手@高杰，看见就@，拼命@，就完事了。

虽然杰哥糟心到时不时就要吸一下氧，吸到表情包都顺利出圈的地步。

但起码，还担着一个经纪人的身份。

起码，就名义上来说，还是属于管理阶层。

可现在呢？

我手下"不听话、靠不住"的艺人，最后变成我顶头老大，以前打不得骂不得，以后还要靠他发工资。

世上怎么还会有"你喊我爸，我喊你哥，以后我们各论各的"这种惨事？？？

乐青公司内部论坛，靠着这句"你喊我爸，我喊你哥，各论各的"，笑了足足大半年。

于是，高杰在年末述职报告中，表现出了非常强烈的个人情绪。

回顾过去的时候，是对陆瑾沉罪行的批判。

展望未来的时候，是对陆瑾沉罪行的贷款批判。

这份述职报告经过林佳安，经过沈誉，最后传到了何子殊手上。

用沈誉的原话来说，就是"新年了，拿去乐一乐"。

字还是那些字，罪行还是那些罪行，可角度一换，就有些……不对劲了。

虽然高杰通篇很少提到何子殊，可陆瑾沉这些"罪行"，全犯在他身上了。

什么棉花糖、凡尔赛宫的玫瑰，话都是陆瑾沉说的，但对象都是他。

沈誉也是知道这一点，所以才发给了他，说"拿去乐一乐"。

何子殊拿到这报告的时候，将将上车没多久。

《天尽头》因着电影基调，没赶春节档，又要为九月的电影节做准备，就把影片放在了市场相对比较平稳的四月，因此这两个月也是集中宣传期。

这一站刚好在天市，要去的点也不算远，陆瑾沉打了个招呼，飞机一落地，就把何子殊接回了别墅。

"然然说你这几天都没怎么睡好。"上手一家公司不是简单的事，更何况还是乐青这样业内龙头之一。

何子殊停下系安全带的手，开口道："其实坐剧组的车也一样，这场结束后，有一星期的假期。"

何子殊顿了下："最多也就半天，就回来了。"

陆瑾沉手搭在方向盘上，启动的瞬间，漫不经心地开口："前几天是没睡好，昨晚睡好了。"

见何子殊还有些内疚的样子，陆瑾沉又开口解释道："剧组和公司的车，狗仔都认识，昨天剧组到天市的事，媒体已经收到消息了，路上应该有人守。"

要是今天来接人的是剧组或公司的车，开出来的瞬间，后面就得跟一串。

何子殊一下子想到前两个月的新闻："梵梵和然然？"

陆瑾沉点了点头。

回归期结束后，狗仔就蹲到了谢沐然和纪梵同进同出的照片，当时话题热度还不低。

APEX 四人住在一起不算什么新闻，最开始出道的几年间就一直住在一起，再加上是回归期，省事省时也合情合理。

可回归结束后，还住在一起，先不说其他的，光"方便"这个理由，就站不住脚。

谁都知道，APEX 这几人不愁没地方住，在成立个人工作室的三年间，早就被扒了个遍。

尤其是陆瑾沉，在哪儿都有窝，实在不用特意跑这么老远回别墅去。

同理，谢沐然是，纪梵也是。

娱记拍了一次，就有第二次、第三次，次数多了，终于有人忍不住了，在纪梵出席一次活动的时候，壮着胆子开了口。

"前段时间有人拍到了你和谢沐然同进同出的照片，在这里我想请问一下纪梵，我们也都知道，现在'APEX'回归期已经结束，那成员是还住在一起吗？"

原本有些闹腾的地方一下子安静了下来，然后在各种长枪短炮下，所有人就看见纪梵把刚刚喝了一口的水拧上盖子，慢声说了一句："不可以吗？"

所有人："……"

纪梵"师承陆瑾沉"，回答问题向来很敢，娱记也都很清楚，所以一开始，他们也是抱着瞎问的态度开口的。

谁知道纪梵还真就答了。

而且这句"不可以吗"很平静，要是换作是陆瑾沉，他们肯定就有数了，知道这是陆氏太子爷的警告。

可偏偏回答问题的是纪梵，一脸漠然的，纪梵。

这要他们怎么继续往下问？

娱记咬牙，又补了一句："所以，四个人都住在一起吗？"

纪梵又一脸漠然："不可以吗？"

这段采访很快传了出去，明明是只要添油加醋就能大赚一票热度的话题，底下跟的，却都是纪梵那张"你在说什么，我不想装模作样再听了"的漠然脸，还有齐刷刷的评论：

【对啊，不可以吗？】

【我 APEX 团魂永在，不可以吗？】

【我 APEX 想住哪儿住哪儿，不可以吗？】

【我 APEX 四位 boss 要一起给家里两小只赚奶粉钱，不可以吗？】

【别整天都想搞些七七八八的！】

番外三　拜年

JINZHI DANFEI 2

去年春节的时候，《天尽头》剧组刚开机没多久，今年春节又恰好撞上宣传期。

何子殊倒还好，还过了个年，从去年上半年开始就泡在剧组的制作团队就有些一言难尽了。

尤其是去年春节，别地儿万家灯火，林口这边冷不说，还萧条，连年夜饭都是随便扒拉两口。

虽说电影本身就是吃苦的行当，但连轴转成这样的，也不多见。

最后还是王野大手一挥，给所有人放了个假。

其实照他最开始的计划，《天尽头》主攻的方向就是大奖，而不在票房。

票房这东西重要不假，但因着电影本身的基调和定位，它的"对家"就不是一般的商业电影，否则也不至于错开春节档。

何子殊和宋希清的加入，是王野没算到的。

所以这满当的宣传期，说白了就是因为这些热度和话题度，可能也有搏一把票房的可能性。

锦上既然可以再添花，那何乐不为？

但度的把握，王野心中有衡量的标准，要是为了宣传闹得剧组叫苦不迭，在圈子里可能还要落个吃相难看的名头，对谁都不好，于是何子殊就突然多了个春节假期。

谢沐然和纪梵想着回归期结束之后，难得有空当时间撞上了，怎么样都得好好玩一下。

于是，四个人决定一起留下过春节。

这也就直接导致了 APEX 多了一个热搜春节档。

大年三十的时候，几人窝在别墅里吃年夜饭。

前一天晚上还说着要吃些硬菜，结果临了还是选了火锅。

一来方便；二来热闹，水一开，蒸汽一飘，烟雾腾腾的；三来他们这堆人里，除了何子殊，做饭的手艺基本为零，要真做一桌子菜，他们也只能打打下手。

但火锅就不一样了，食材什么都现成，根本没有技术含量。

等到几人停下筷子，走到露天阳台的时候，客厅的电视还放着春晚，正好是个歌舞节目，红艳艳的一片，喜庆得不得了。

纪梵怕何子殊冷，特意把年前买的烘灯拿了出来，跟《天尽头》剧组的烘灯是同款，几个往那儿一摆，亮堂得眼睛都睁不开。

盐盐和阿柴觉着新奇，一直围着转，何子殊隔一会儿就要低头看一眼，生怕靠太近了再把毛燎了。

刘夏欠了将近一年的烟花总算兑现了，赶着零点的时候点了，还专门开了个视频，放给不在场的涂远他们看。

屏幕那头有点吵，各种声音交杂着。

涂远的小儿子刚学会讲话，被涂远用糖哄着，一连喊了好几声叔叔，乖得何子殊他们每人发了个大红包。

涂远靠着儿子发了笔财，赚了个盆满钵满，一边乐呵呵地拆红包，一边还不忘打趣刘夏他们要赶紧跟上步伐，好让这红包有进有出。

刘夏没想到，他都躲到这别墅来了，竟然还有催婚的，一下子又想起年纪小的时候，在学校里惹了事，让涂远装他长辈时候的情景。

这么多年过去了，虽然见面还是插科打诨喊一声哥，可又真差了一辈似的。

涂远喝了一点酒，难得人这么齐，絮絮叨叨地说着家常，除了刘夏，现场凡是未婚的，都被科普了一下"婚姻绝对不是爱情的坟墓"这种概念，就连纪梵和谢沐然也不例外。

唯一幸免的，只有何子殊。

不仅幸免，何子殊还收到了涂远的红包。

刘夏眼睛都眯了起来，独独给了子殊就算了，还给得这么光明正大，生怕他们看不见似的。

刚想开口，结果就听到涂远一本正经说了一句："是给孩子的红包。"

刘夏 & 纪梵 & 谢沐然："……"

何子殊是有个小女儿——盐盐，严格来说，这话还真挑不出什么毛病。

何子殊也笑，抱起盐盐，握着女儿的小梅花垫，点开了红包。

盐盐被拆红包的钱币音效吸引住，挥着爪子一直在屏幕上左戳右碰。

盐盐被这几人养得好，长了不少肉，抱着有点分量。

何子殊一手拿着手机，一手抱着并不安分的小女儿，眼见着就要抱不住了。陆瑾沉接过，把盐盐抱在怀中。

何子殊抬眸，笑着看了一眼。

还记得刚捡到盐盐的时候，节目组正为难他们，"克扣"经费，然后刚开口喵喵叫的小奶猫替他们挣了第一桶金。

自那次后，粉丝给它的外号就离不开"钱"了。

什么小富婆、小千金，变着花样来，以至于后来很多亲近的工作人员还会隔三岔五给盐盐送些小玩具。

何子殊现在想起来，那时候也好像是他第一次好好跟陆瑾沉说话。

在《榕树下》录制后几期的时候，在回去的路上，小周无意间说了一句话，说得亏有盐盐，否则两人还不知道什么时候才会好好说话。

烟花燃尽，刘夏把喝空了的啤酒罐子扔进了垃圾桶。

纪梵顺手又给刘夏递了一罐。

刘夏动作一顿。他也是现在才意识到，不知道什么时候起，他对这地方已经熟悉到不能再熟悉了。

手上有别墅钥匙、二楼有他的房间、门卫远远看见他的车都会放行，过年这个时候除了暮色和家，还有了别的地方可以去。

临睡前，刘夏扒着门，一边打哈欠一边问何子殊："明天要不要去我家吃饭，我妈念叨好几天了，去年就没吃上年夜饭，怕你一个人在外头工作又应付几口。

"这两天不走亲戚，家里没别人。"

何子殊笑着应了。

刘夏回到房间给她妈发了条信息，那头回得很快，一口气发了好几条。

妈："你在小殊那边吧？今晚住在那里了？"

刘夏："嗯。"

妈："其他几位呢？在工作？还是也在家？这个点是不是睡了？你别给他们添麻烦哦，工作一年才休息那么两天，别吵着他们。"

刘夏："知道了，知道了，什么其他几位？妈你说陆队长他们？"

妈："对，对，就小殊的队友。"

刘夏："工作结束了，都在家，一起吃的火锅。"

妈："那敢情好啊，我明天多买点菜，你一起给带回来，哪能吃些火锅就作数，我早点起来，做点新鲜的。"

刘夏："妈，你要我把他们四个都带回家？"

妈："啊，怎么了？"

接下来，刘夏花了足足半个小时时间，才让他妈认识到，这四个人不是工作一年、临近年关还吃不上一口热饭、爹不疼娘不爱、说带回家就带回家的留守儿童，而是去个机场都能引起交通瘫痪的乐青第一摇钱树。

结果第二天，刘夏脸就被扇肿了。

因为昨天信誓旦旦带不回家的三个人，穿得很低调，坐在沙发上，沙发旁还放了一堆礼盒，一看就是要送人的。

刘夏随口问了一句："这是要去哪儿啊？"

谢沐然极其自然地接了一嘴："去你家啊。"

刘夏身上还黏糊着的最后一丁点儿睡意，顿时散了个干净："谁……谁家？"

何子殊从厨房走出来，递了一个三明治过去："怎么了？"

"去我家？"刘夏指着那一地的礼品，视线在谢沐然他们身上转了一圈，"都去？"

何子殊点头："阿姨给我打了个电话，说做了一桌子菜，问然然他们方不方便。"

刘夏："然后……呢？"

谢沐然："然后我们很方便！"

刘夏："……"

直到刘夏做贼似的把四人带回家，围着桌子坐了一圈的时候，还有种现实魔幻主义的感觉。

可看着逗得他妈直笑的谢沐然，以及和他爸碰杯的陆瑾沉，再看看坐在身边的何子殊，又觉得好像也没什么大不了的。

饶是几人行事再小心，何子殊他们的照片还是被狗仔拍到了。

自回归期结束后，APEX 四人共同行程寥寥无几，这几乎是第一个同框的私人行程，虽然媒体用了各种类似于"疑似"这样的中性词，可粉丝还是百分之百确认。

当晚，谢沐然在微博翻牌了粉丝，留了一句：去给长辈拜年啦。

前去拜年的小辈谢沐然说的这句"给长辈拜年"，让被拜年的长辈，也就是小夏总的爸妈，在他们的中年朋友圈里，狠狠长了一把脸。

娱记"开门红"，接下来一连好几天，靠着 APEX 猛拉了一把业绩，甚至还有拍到白英和宋希清的。

几天后，何子殊回到《天尽头》剧组，投入宣传。

同年四月，《天尽头》正式上映。

番外四　最佳新人

《天尽头》公映日刚好定在四月一日，愚人节。

一个说用心很用心，说随意又很随意，连仪式感都显得有点滑稽的节日。

《天尽头》预售票房虽比不上春节档的一些商业电影，可与一般现实向电影相比，非常可观。

粉丝票房是大头不假，但预售票房超预期还有一个重要原因——口碑。

一星期前，《天尽头》首映仪式落幕。

当天出席首映礼的除了主创团队和观礼嘉宾外，还有一众知名影评人。

其中居高不下的话题之一，也是媒体口中出现频率最高的，便是新生演员何子殊。

自《天尽头》后，何子殊方面除了传出与王野会有二次合作这样真假难辨的风声外，并没有太多其他影视方面的消息，不只是各种剧方、片方、制作团队，甚至是粉丝自己，也不敢把话说太死，路人更是抱着观望的状态。

虽然前有王野斩钉截铁的一句"我负责"，后有剧组各路人马的保驾护航，但何子殊究竟有多少真材实料，在没有看到电影之前，都是"一面之词"。

但对于很多人来说，当时那句让人成功闭嘴的"我负责"，结果如何，马上就要见真章了。

其中最热闹的，是一个名叫"天苍野茫"的用户，在首映礼前，他发了这样一条微博。

天苍野茫 V：【王导既然自己选了何子殊，那最后必然是他负责，这本来就没什么好争议的，这话是转了当时的风向，可也不是什么军令状，就是哪怕所有人把何子殊黑上天了，哪怕所有人都觉得"林秋"不是这样的，可王导就闭眼吹，就是觉得何子殊就是他心中的"林秋"，也没什么意思，不用吹。

【等四月一号电影一出，基本也就明了了。

【粉丝也别拿首映礼之后的影评来私信我，能被请到现场去的，写出来的东西，就往手里攥一攥，都能挤出半桶水来。

【但在这里我给句实话，我买票了，第一场。

【这几天不会上微博，也不会看关于《天尽头》的什么影评，就等公映那天，就坐在那里看看，王野你究竟是不是走眼了。】

这条微博之所以这么热闹，一是因为这人原先是王野的粉丝，真粉丝，微博第一个关注的人就是王野，之后很多条微博也是跟王野电影相关的，和无脑黑比起来，这种粉转黑显然更具说服力。

旁人对粉转黑的戏码，百看不厌，因此这条微博很快就吸引了不少人。

为这事再添一把火的，是底下的评论。

这条微博下置顶的，也是唯一被翻牌的评论，是一句：【要是没走眼呢？】

他回复：【那更好，删微博，开抽奖帖，五百张电影票，请你们看。】

无论什么事，嘴炮开得再厉害，都不如一些实际东西来得干脆，而且一下子就是五百张电影票，金额不算小，于是各路吃瓜群众纷纷提着板凳，在底下蹲了个位置。

天苍野茫这赌约式点评一出，抽奖帖就跟雨后春笋似的冒了出来。

别家都是粉丝开抽奖帖，请别人看电影，在《天尽头》这里，愣是变成了"今天我就把话放在这儿了，何子殊不行，要是行的话，你们的电影票，我请"。

随着开抽奖帖的人越来越多，渐渐地，几个大粉都开始套用这种自黑模式发帖，《天尽头》就这样莫名其妙地成了全民娱乐的抽奖竞技。

翌日，《天尽头》首映礼。

哪怕众星云集，可观礼嘉宾中话题度最高的，还数 APEX，因为这是除了几个月前，娱记私下拍到的同框画面外，APEX 第一个真正意义上的同台活动。

首映仪式后，最先报道的媒体对《天尽头》予以极高的评价，称其为王野执导生涯的里程碑式力作。

四月一日，《天尽头》在全国院线正式公映。

第一场次结束后的半个小时内，#天尽头 ## 王野 ## 白英 杨美珠 ## 何子殊 林秋 # 迅速登上实时搜索榜。

紧接着，# 何子殊 林秋 # 一路压过王野、白英，位列榜首。

一个人说好，那人是粉丝。

两个人说好，是不够客观。

可要是底下评论跟水军下场似的统一，就很微妙了。

所有在天苍野茫微博下占了位置的，还没来得及占位置的、没占位置但闻讯赶来的一线吃瓜群众，带着微妙感，全都涌了过来。

然后所有人就看见，天苍野茫删微博了。

天苍野茫开抽奖帖了。

天苍野茫转《天尽头》官博的宣传海报了。

天苍野茫关注何子殊了。

这一系列操作又快又骚，点赞数、转发数瞬间飙了，飙到有人开始怀疑"天苍野茫"是不是营销老手，或是何子殊那边派来发电影票的。

天苍野茫一开头，那些纯粹跟着乐一乐、只抽一两张电影票的路人也都接连删微博，开了抽奖帖。

可其余躲在天苍野茫身后，打算借着这阵风，割何子殊两刀的黑粉就有苦难言了。

掏腰包吧，不愿意，不掏吧，又显得挺没面，于是只好硬着头皮说何子殊演得不行。

但这睁眼瞎显然没什么说服力，因为《天尽头》新鲜出炉的评分，不仅碾压了同期，甚至领先了春节档的各大电影，还隐隐有继续攀升的迹象，对何子殊饰演的"林秋"，也从一开始的"不期待"，变成了"演活了林秋"。

【王导拍戏真的太细腻了，那些一镜到底的画面简直就是艺术品，影片中这条巷子据说就建了很长一段时间，选角也都很合适，白影后不用说，饰演阳阳的小演员还有林秋，都太有质感了！】

【真的演活了，尤其是第一个镜头，从巷尾一路扫过来，就连群演都表情鲜活到位的那种！】

【别小看里面的群演！大多都是有过电影经验的，比随手找的群演贵多了！！！】

【我第一眼都没有认出来那是何子殊，我原先一直觉得何子殊和王导的电影有些格格不入，因为外形真的太出挑了，就那张放到哪里都扎眼的脸，在电影里会很不协调，可林秋一出场，感觉真的完全不一样，明明也没有刻意扮丑，只能说整个人敛得太好了！】

【最后那个眼神我真的鸡皮疙瘩都起来了！子殊是什么宝藏！我第一次知道舞台上神爱世人的怜悯目光，镜头一转就可以变成被怜悯的悲苦世人，可这都是同一个人啊！！！！】

【子殊的眼神戏真的太杀我了，林秋从和杨美珠、林阳阳初遇，到中间那场火，再到最后离开天尽头，每个阶段情绪都太到位了！】

【我跪了！！！原谅我的无知！！！因为王导的电影从来不用配音，都是原声，我刚开始竟然还庆幸子殊演的是小哑巴，没有什么台词压力！！！可全程看下来，小哑巴也太辛苦了！尤其是火场那场戏！真的绝了！！！】

【剧组刚发了一段视频，子殊进组的时候就住在林秋那间屋子，住了整整半个月，那时候不是还有很多人说，王导是专门给子殊开小灶，揠苗助个长吗？还真不是，只是需要那样一个环境让人沉淀下来，毕竟"林秋"这个角色和子殊太不一样了。

【王导要求剧组的人都喊他林秋，不喊子殊，也要求子殊把自己当成小哑巴林秋，不让他说话，后来子殊渐渐找到感觉了，最后几个晚上就很难睡着了，那个站在巷口回望的长镜头就是那时候拍的。】

【群演之一，前来凑个热闹！子殊真的很能吃苦了，你们可能不知道，剧里林秋的那间房间窗户漏风，也没空调，全都是靠烘灯取暖，林口妖风大是出了名的，取景地离居民区又有距离，真的就是那种入了夜之后，伸手不见五指的黑。

【我们进组的时候，子殊后半段戏份已经拍完了，我们也是后来才知道子殊在剧组住了半个月，也挺好奇，王导就让我们几个好奇心重的人去体验一下，真的，不是人住的，又黑又冷，而且想想子殊那时候没人陪，还不让说话，出来我们就说王导太狠了！！！】

【所以很多人只看到子殊身边好像"贵人"很多，好像谁都愿意拉他一把，其实也是我们小玫瑰自己的本事啊，越努力越幸运！】

【不多说，抽奖，电影票我请了，都给我去看小玫瑰！！！】

【三刷，刷到别人以为我是《天尽头》制作方。】

紧接着，包括乐青、APEX在内的各大官博纷纷晒出电影票。

一个月后，《天尽头》以12亿的票房拿下同期票房冠军，虽然抵不上春节档一些大IP，却成为开年来第一部真正意义上叫好又叫座的现象级影片。

至此，何子殊正式进入主流电影圈的视线。

九月，何子殊凭借"林秋"一角，入围青光奖，角逐最佳新人。

番外五　兼职总裁

何子殊拿下青光奖最佳新人的时候，无论是颁奖典礼现场，还是粉丝群，全都沸腾了。

尤其是《天尽头》剧组，在公布奖项的瞬间，包括王野在内，所有人都起身看向何子殊，微笑、鼓掌、拥抱，看着他一步一步走向领奖台。

那是一种发自内心的欣慰和自豪感，几乎没有一点遮掩。

白英和王野对视一眼，互相说了一句："恭喜。"

为台上那颗开始发光的新星，为《天尽头》，也为他们自己。

白英是引路人，王野是伯乐，他们热爱自己的职业，所以比任何人都知道新鲜血液的重要性。

当晚，何子殊斩获最佳新人奖，陪他走红毯的是宋希清和白英，给他颁奖的是梁也，里头涵盖的信息量之大，哪怕是再不懂人情世故的人，都看了一点东西出来。

尤其是这次的颁奖嘉宾，梁也。

这么多年下来，梁老几乎已经成了教科书上才出现的人物。

前一次颁奖的时候，是白英拿下三大奖满贯的那天。

而这次出现在青光奖颁奖的现场，颁的却是一个新人奖。

他没有多说什么，甚至还跟以前出镜的时候一样，一副公事公办的样子，只有在把奖杯递给何子殊的瞬间笑了下。

可所有人都知道，他用这种方式，坐实了何子殊小徒弟的身份。

无论是微博、论坛还是热搜，何子殊的排面一时无人能及。

何子殊拿下新人奖一个月后，陆瑾沉正式接任乐青总裁一职。

同年，谢沐然个人专辑发行，纪梵出国学习。

四人的名字仍旧像以前一样，出现在公众视野，但各家报道中，却用词越发严谨，很少出现 APEX 了。

可偏偏，APEX 却没有解散，甚至连微博个人认证都没改过。

粉丝们不知道是他们懒得改，还是觉得没必要改，可无论是前者还是后者，都让她们有种头上悬着一柄达摩克利斯之剑，不知哪天就会落下的危机感，直到谢沐然的一次直播。

当弹幕齐刷刷问出那句，"APEX 会解散吗？"的时候，谢沐然一个字一个字跟着念。

每念一个字，粉丝的心就跳一下，直播间观看人数也越来越多。

然后所有人就听见谢沐然的回答："没有啊，你们哪儿来的消息，我都不知道。"

弹幕顿时越刷越烈。

"陆总？啊，队长啊，不会，为什么要退团，我们都在，他为什么要退团？"

"哦，总裁啊，"谢沐然一副"就这就这就这"的表情，"当然是兼职。"

"兼职"这样的猖狂言论一出，把 APEX 久违地送上了热搜。

吃了定心丸之后，粉丝欢天喜地刷了一天 #APEX 永不散 # 的话题。

青光奖之后，何子殊几乎都泡在剧组里。

王野的第二部作品《生人》，这次何子殊是男一号，演的是一名缉毒警。

在这之前，王野也问过何子殊，要不要去试试电视剧。

可在这句话问出来之后，王野又补了一句："但我觉得电影更适合你。"

倒不是说电视剧不好，但电影可以一个镜头磨一天，电视剧却不行。

要在短短两个小时，呈现一个故事的全部价值，必须做到没有一个镜头是多余的。

王野想来想去，还是觉得何子殊更适合那种一点一点、浸入着吃透东西的状态，这也是他和白英他们探讨后的结果。

所幸何子殊也抱着相同的想法，两边就这样敲定了。

何子殊这次的角色有不少动作戏，王野刚开始还怕他啃不下来，可武术指导在看完何子殊几场舞台之后，信心挺足，试探性教了一天后，立刻没了顾虑，因为何子殊的动作一个赛一个的漂亮。

可底子有，外伤还是难免，再加上何子殊天生的疤痕体质，身上经常青一块紫一块。

这天拍的是场爆破戏，等结束后，何子殊耳朵都有些耳鸣。

"去车上休息一下。"高杰给何子殊披了件外套。

何子殊点头，朝着保姆车走去。

刚一打开车门，就看到陆瑾沉坐在最后一排。

何子殊走上车，反手关上车门，动作一气呵成。

陆瑾沉看见何子殊颈间的伤，眼神有点暗，拿过药棉，一点一点替他擦伤口。

车座被下调了高度，何子殊半躺在上面："小周刚说车被移了个位置，还怀疑是不是遭贼了。"

陆瑾沉笑了下。

何子殊："下午刚好没戏，要是昨天来，可能就碰不上了。"

陆瑾沉看着心情挺好，"嗯"了一声，继续手上的动作。

何子殊微微一抿嘴："你是不是知道下午没戏？"

王野拍戏向来只给个范围，比如这一周拍哪几场，叫他们都准备着，具体哪天拍什么却没个固定，所以不到最后，有时候还真不知道什么时候能结束。而这人偏偏赶了巧。

所以……很可能不是今天下午没戏，而是因为这人来了，所以下午没戏。

这次乐青是最大投资方之一，调个戏份也不是什么难事。

何子殊："是不是给王导打电话了？"

"打了，"陆瑾沉轻笑，顺着何子殊最开始的话头往下说，"贼不走空。"

何子殊忍着笑："说什么了？"

陆瑾沉："来见一见我们的摇钱树，看看叶子有没有被打掉。"

何子殊眉眼一弯："那掉了吗？"

陆瑾沉把药棉盖好，语气慢了下来："你说呢？"

六个月后，《生人》杀青。

当何子殊再次走上红毯的时候，是以男主角的身份。

场外所有媒体、记者、粉丝都不约而同地想起，何子殊第一次参加电影节时候的场景。

宋希清、白英、梁也，很多人连想都不敢想的事，在何子殊这边看起来，似乎每次都很轻松。

所以当《生人》剧组的车缓缓驶近的瞬间，所有镜头立刻扫了过去。

尖叫声已经铺天盖地，可在车门打开的一瞬，全场却跟被按了暂停键似的，倏地没了声音。

粉丝甚至有些不敢相信地揉了揉眼睛，这这这……怎么是陆队？

在她们还来不及思考的时候，陆瑾沉微一侧身，何子殊穿着一身暗红色西装，走了下来。

投资方和主演一起走红毯的事并不少见，可那只是投资方和主演，不是陆瑾沉和何子殊。

所以，这两人要一起走红毯的信号只一出，刚刚被压抑了一瞬的尖叫，以一种近乎狂热的姿态，席卷了整个外场。

甚至很多原本已经走上台阶的艺人，也都跟着停下脚步，回过了头。

陆瑾沉和何子殊走上红毯。

两人慢慢靠近彼此，并肩而站。

对视一眼后，一下子都笑了。

那是一种无须言明的默契和亲近。

镜头快门声乍起，尖叫连天。

喊得最厉害的，莫过于粉丝。

她们看着他们，这么多年岁，这么多风雨，心里再清楚不过。

那不是炒作，不是作秀，不是为了所谓的话题、热度。

因为太习惯彼此的存在了，所以所有的动作都足够默契。

因为那种亲近已经刻进了骨子里。

落落大方，也心照不宣。

独家番外一

拍戏二三事

JINZHI DANFEI 2

新人奖之后，何子殊邀约就没有断过，除了电视剧、电影，综艺、广告、杂志也层出不穷，但大多都被林佳安推了，哪怕对方报了个天价。

对外的统一说辞，基本都是已有其他合作、档期排不开，实则是没挑到什么合适的。

有一次工作室开会的时候，正开到一半，林佳安就收到一封某个节目组的邮件，会议室底下坐着的人，除了生活助理小周外，都是跟了她好多年的老人，林佳安也没避讳，直接点开，只扫了一眼，就回了几句挑不出刺、又得体的拒词，规规矩矩的，跟自动回复似的。

小周看着那些离谱的报价，随口问了身旁的高杰一句，这是要做固定嘉宾的意思吗？

高杰摇了摇头，说："不是，就一期。"

小周一下子没了话。

所有人都知道乐青对何子殊的邀约把关很严，陆瑾沉没接管乐青前就是这样，更别说陆瑾沉上位后。

但这个综艺也不是什么小综艺，是某省台的当家综艺之一，受众甚至比《榕树下》还要多。

这个价格做一期嘉宾，就当是去玩，也是躺着把钱赚了。

　　林佳安和高杰很少提及他们推掉了什么邀约，只说不合适，小周一直以为推掉的是那些粗制滥造的影视片约，这也是他头一次这么直观地看到那所谓的"不合适"之一，这可能还只是冰山一角。

　　接下来林佳安说了什么，小周都有些恍惚。

　　他跟了高杰那么久，现在工作室的人又都是乐青精挑细选的，绝对算是一线工作室了，耳濡目染的，也差不多摸清了娱乐圈里头的门道。

　　可他仍然想不到，在别家艺人那边举足轻重的报价，在安姐他们这边，可能连评判标准都不是。

　　娱乐圈消息传得快，慢慢地，很多品牌方也都知道了工作室的意思，不是拿乔，是目前真没打算。

　　乐青的人情场在圈内名声都很盛，所以各大节目组虽然都被拒了，可知道乐青一碗水端平，倒也没觉得被驳了面子，只觉得可惜。

　　在乐青这边拿不到好处，转而直接接触何子殊的也不少。

　　何子殊也公事公办，说联系工作室，口风紧到不行，直到某天，王野来了，也就是被粉丝笑称为"何子殊的伯乐'王'子"的王野，带着他的新剧本来了。

　　何子殊亲自去了趟乐青，开了个会，接了。

　　和王野的三度合作，就这么定了。

　　紧接着，何子殊就埋进了剧本，一回到别墅，就窝在书房里，一待就是好半天，经常是天黑透了才出来，扒拉两口饭，又径直折了回去。

　　谢沐然刚开始还没注意，只当是工作忙，后来次数多了，渐渐觉出不对劲了。

　　话少了不说，连盐盐都很少抱了，这一顿喵喵喵的，竟然都不能把它爸喵心软，这其中的喵腻就大了。

　　这天吃完饭，何子殊又依着惯例进了书房，谢沐然放下饭碗就跟了上去，等门一落锁，从墙角摸摸索索地走出来，趴在门上，屏着呼吸，偷听。

　　"干吗呢？"纪梵喂完阿柴，坐在楼下的沙发上，朝着楼上喊了一声。

　　谢沐然立刻跑出来，半个身子倾出围栏，压着声音挥着手："别喊这么大声！"

纪梵叹了一口气。

谢沐然在门上扒了一会儿，三步一回头下了楼。

纪梵百无聊赖，承担起养育小辈的职责，拿着遥控器给茶几下的两小只放动画片看。

谢沐然："怎么一回来就待在书房里？这样子都好几天了。"

电视上放着动画片，纪梵随手选的，颜色花花绿绿，他跟着看了一会儿，道："看剧本。"

"剧本？什么剧本？"说到一半，谢沐然突然顿了下，"王野导演那个？"

纪梵点点头："嗯。"

谢沐然："可这电影拍了有一段时间了，是临时加了人，还是换了人？"

投屏突然被按了暂停，客厅一下子安静下来，纪梵拿着遥控器，抬头看着谢沐然："拍了有一段时间了？"

谢沐然一看纪梵的神情，就知道这人还不清楚这事，回道："嗯，你在国外那段时间就已经开拍了，媒体那边消息倒是不多，但余洛有参演一个小角色，子殊也知道，试镜的时候余洛还找子殊取了取经。"

"你确定是看剧本吗？"谢沐然说着，靠近纪梵，有点不放心地往楼上瞟了一眼，压着声音道，"昨天隔着门，我闻到书房里好大一股烟味，每次他也都是洗完澡才下来抱抱盐盐。"

"烟味？"纪梵顿了一下，半晌，把两小只抱到小摇篮里，按下播放键，朝着谢沐然开口，"上楼看看。"

何子殊看剧本的时候，他们向来很少打扰，怕影响到他，哪怕是陆瑾沉，也会格外小心一点。谢沐然最开始也以为只是工作，所以隔了好几天，越想越不对劲了，才开了这个口。

两人上楼，在门口站了好一会儿，没听见里头什么动静，刚想敲门，门忽然就开了一条缝。

何子殊穿着睡衣站在门口，手里还端着一杯水。还不等彼此开口，谢沐然和纪梵先闻到了一股烟味，就从书房里晃悠悠飘出来。

纪梵皱了皱眉，往后侧了一步，看着书房最里侧，窗户大开，正吹着风。

即便这样，都没把烟气散干净，绝对不是抽一两根烟的事。

纪梵和谢沐然心都沉了下。

可何子殊什么都不知道，看着突然出现在门口，又什么都不说的两人，眨了眨眼睛："怎么了？"

纪梵最终没忍住："抽烟了？"

何子殊微微抬手，闻了闻袖口："味道很重吗？那我先去洗个澡。"

谢沐然三两步进了屋子，径直朝着书桌走去："一，二，三，四……你这是抽了多少？"

一个小时后，何子殊洗完澡，顺带着把盐盐也洗了下，拿着小吹风机把女儿吹得蓬蓬松。

"所以王导让你去客串最后几个镜头，演黑老大的儿子？"谢沐然把剧本来来回回翻了三四遍，"不给钱就算了，竟然还教唆你抽烟！"

何子殊笑了下："没有教唆，角色需要。"

何子殊这几天躲在书房里，的确是看剧本了，顺带着练了一下角色技能——抽烟。

和王野导演三度合作不假，但这次，他演的不是什么男主角，甚至连男几号都排不上，最多算是客串，还只有几个镜头。

可这几个镜头，对于何子殊来说，挑战性不小，因为他演的是个反派的儿子，在这部悬疑向电影里，属于"半留白"人物，在电影前四分之三的篇幅里，都属于活在台词里的人物，最后反派就擒，在所有人以为事情了结的时候，这个"儿子"才出现，出现在影片最后。

没有台词，只有眼神戏，"少年"抽了两口烟，慢慢地从椅子上站了起来。

就这么简单的一个客串戏份，可最重要的道具，烟，何子殊却不会，更别提王野说这烟要抽得老练、有质感，要抽出范儿。

何子殊在接戏之前，王野就提过抽烟这个事，他给的建议就是一个字：学。

不是让何子殊学会抽烟，而是学着用烟，因为"烟"这个东西在电影里，是常用道具，得学，得练，于是何子殊接了。

可他身边，抽烟抽得老练的，还真没有几个。

谢沐然不会，纪梵偶尔抽一根，小夏老板现在也算是半个公众人物，偶像包袱重得很，也给戒了，陆瑾沉倒是勉强算一个，但何子殊一点都不想让他把这东西捡起来。

想来想去，他决定一直对着电影自己琢磨。

然而效果不明显，书房烟灰缸里的烟头，绝大多数都是被他当作烟花棒给点了。

纪梵、谢沐然听完始末，长松了一口气，但说什么都不让何子殊自己琢磨了，别烟没练起来，嗓子先给熏坏了。

当天晚上，谢沐然给刘夏打了个电话，刘夏又给涂远他们打了个电话。

几天后，沉寂已久的 Blood 官博突然更新了一条消息，底下是一张图片，图片上涂远、谢沐然他们围坐在何子殊身边，何子殊背对着镜头，看着有些蔫哒哒的，涂远笑得整个人伏在地上，文案配字道：你们肯定想不到，涂老师课堂今天开课的主题是什么。

这个谜题一直到王导最新电影上映那天才正式揭晓。

涂老师的关门弟子何子殊，在最后一个镜头，用光影晦朔的那口烟、烟气缭绕中的那个抬眸，以一己之力，扛下电影近一个星期的话题度，演活了"阿洛"。

独家番外二

初遇

JINZHI
DANFEI 2

陆瑾沉第一次遇见何子殊，是在暮色。

听见他的声音，比见到这个人，早了五分钟。

也就是这阴错阳差的五分钟，抵了乐青整整半年的工夫，替乐青、也替他们 APEX 捡了一个小主唱。

直到现在，陆瑾沉都还很清晰地记得那时候暮色是个什么样子。

艳红色的招牌，在夜色中闪着刺眼的光，周围一圈的小酒吧，以那时的审美来看，其实也不见得有多吸引人，可即便如此，和暮色比起来，也足够后现代了。

在这酒吧一条街上，与暮色画风最和谐的，反而是它正对门的、闪着同样颜色的、写着"超低价钟点房"的小旅馆。

何子殊干净到了极致的声音，就从这个与之风格完全不符的小破落酒吧里，轻轻晃晃飘了出来。

陆瑾沉在暮色门口站了足足两分钟，把门口手写立牌从头看到尾，最后才推门走了进去。

立牌上面只有一句话——

"今晚主场，Blood！"

"Blood"这几个字用白笔加粗描浓，后头还跟了一连串的感叹号，最底下就是各种荧光涂鸦，大抵是整个暮色除了 Blood 这个乐团名外，唯一看起来"野"一点的、像酒吧一点的地方。

就在那昏暗的灯光下，他见到了声音的主人。

声音干净到了极致，人也干净到了极致，和他想象中该有的模样甚至惊人的一致。

这是陆瑾沉第一次看见何子殊，却不是何子殊第一次看见陆瑾沉。

何子殊第一次见到陆瑾沉，已经是在那一星期之后了。

陆瑾沉挑着 Blood 登台的时候，在暮色等了一个多星期，从别人口中知道了这小主唱年纪小，除了周末外，几乎不会登台，附带的，还知道了这酒吧的小东家和 Blood 其他成员把人护得很好。

可惜，除此之外，这人的名字、长相、年纪，一概不知。

不是没问，而是没地问，哪怕是在这暮色常常走动的老客，也只知道 Blood 是暮色的招牌，小主唱是 Blood 的招牌。

陆瑾沉想知道的，这些老客其实也已经心痒很久了，可那边显然藏得更好，再没心眼的人都能看出来，暮色这边是有意为之。

陆瑾沉就在这种什么都不知道，甚至没和乐青打招呼的情况下，在暮色门口，等到了何子殊。

在这小主唱摘下口罩的瞬间，陆瑾沉就知道他找到了。

然后，一切故事步入正轨。

陆瑾沉把人护得很好，所有人情场上的东西，都没让何子殊去碰，一是觉得小孩儿的确年纪小，二来，他在暮色那一个星期，听了无数句"小东家把人护得可紧了"。

小东家，自然就是刘夏。

陆瑾沉没想和"暮色"那边比个什么，在所有人都觉得是何子殊捡了个大便宜，从一个要什么没什么的小酒吧一下子跳到乐青的时候，陆瑾沉却觉得是他白捡了个要什么有什么的小主唱。

他不是什么伯乐，这点陆瑾沉很清楚，从他第一眼见到何子殊的时候，他就知道。

哪怕没有他，会发光的还会发光。哪怕这人没出现在暮色，没在这里唱歌，没有舞台、镜头。

可惜的人永远不会是这个人，而是他们，是 APEX 和乐青。

陆瑾沉很少为自己要做的事紧张过，这是第一次，这紧张有一部分来自他自己，有一部分来自何子殊，也有一部分来自暮色。

在刘夏眼皮子底下把人带走，这事真不算厚道，哪怕刘夏也觉得这是好事，可陆瑾沉知道刘夏在顾虑什么，所以他不可以让何子殊出岔子，一点也不行，这是给刘夏的保证，也是给何子殊的保证。

起先，陆瑾沉是这么想的。

可谁知道，护着护着，陆瑾沉才发觉，他找到的小主唱……未免太乖了些，乖得让他都有点不知道怎么相处，以至于后来纪梵进队的时候，林佳安还找陆瑾沉谈过话。

纪梵什么脾气，林佳安很清楚，虽说不会做什么无理取闹的事，但架不住那时年纪小，性子急，整个一横冲直撞又带火星子的小炮仗，林佳安生怕这好不容易找到的小主唱给小炮仗炸出血来，别团队还没凑齐全，先弄出个队内不和来，为此，她甚至想过先把纪梵"下放"到别的地去磨一磨。

纪梵到现在还不知道，他曾经被业内首屈一指的林大经纪，当成过"重点照顾对象"。

最后还是陆瑾沉说了一句"他不会的"，让林佳安安了心。

林佳安以为陆瑾沉口中的这个"他"，指的是纪梵，后来才知道，这个"他"指的其实是何子殊。

林佳安更没想到，纪梵和何子殊不仅能相处，而且还相处得很好。

在纪梵归队之前，林佳安特意跟何子殊交了个底，字里行间都透露出一股"即将来的小队友是个跟陆瑾沉完全不一样的小炮仗，要是起了冲突，也不要忍着，要和她说，或者和陆瑾沉说，要打报告，他们一定会马上处理，不会偏颇"这样的信息，何子殊一一应下。

可后来何子殊回去一想，不知怎的，忽然就觉得林佳安口中的小霸王，像极了那时候的刘夏——最初的刘夏，酒吧一条街小霸王，刘小东家。

何子殊隐隐觉得，这题他做过，他会解。

事实证明，历史是会重演的，纪梵的确像极了那时候的刘夏。

看起来"生人勿近"，其实就是个孩子心性。

何子殊只是安安静静跟他一起练舞、吃饭、等他一起回别墅，别的什么也没做，小炮仗就不再龇火苗了。

刚开始纪梵还觉得烦，经常皱着眉看着何子殊，语气不善："安姐让你看着我？还是队长让你看着我？"

何子殊只是轻轻笑一下，温声道，"没有。"

纪梵："那你别跟着我。"

何子殊："走吧。"

纪梵："什么？"

何子殊："我不跟着你，你可以跟着我。"

纪梵："……我也不想跟着你。"

何子殊："可今天要练舞。"

纪梵扭头就走："我不练了。"

何子殊也不恼："那你打算做什么？"

"什么也不做，就在家待着。"纪梵一副"你能奈我何"的模样。

何子殊笑着点头："好，那你在家好好待着，中午想吃什么我给你带。"

纪梵皱着眉："不用你带。"

何子殊一边往外走一边开口："饭都不吃了？"

纪梵："……"

不用你带，不是不吃饭。

就这么来来回回几次，纪梵就没了脾气，而且对着何子殊那双眼睛，纪梵发觉自己根本不能冷下脸来。

纪梵大部分时间都待在国外，回国这段时间，时差、吃食、环境都变化不小，还要压上不小的训练强度，何子殊怕他吃不消，所以在他房里放了一些没什么味道的安神香薰以及常备药物，难得有空的时候，也会下个厨，怕纪梵吃得不自在，也没让他知道，写个条子贴在他房门口，说东西温在厨房，记得吃。

这种保持距离又细水长流的"关照"，对纪梵这种小炮仗来说，冲击力几乎是致命的。野惯了的"纪哥"，对着只比他大了一点、看起来甚至还要小一点的小主唱，慢慢低下了头。

不可一世的纪哥，示好的方式也独树一帜。

示好的方式不外乎那么几种，给他想要的，以及嘘寒问暖，总归都是要做点什么，可纪哥不，纪哥不是帮他做什么，而是告诉他"我要做什么"。

那时候何子殊一天要收到纪梵十几条消息，对于没事不轻易和人联系、不太开口的纪哥来说，这一字一字敲下的十几条信息，绝对不是简单的沟通信息。

【我去一趟二号录音棚。】

【队长找我。】

【安姐找我。】

【明天要下雨。】

【明天降温。】

……

消息往往不超过两句话，就好像不太熟练地硬挤出来的。

何子殊常常被纪梵弄得哭笑不得。

大概是从陆瑾沉那边知道他有点畏寒，又或许难得从他身上看到需要被"关照"的地方，纪梵对这事格外上心。

明明是想告诉他明天要下雨、要降温，记得带把伞、加件衣服，可话又只说一半，听着不像是提醒，反倒更像是什么警告一样。

但何子殊知道这是纪梵示好的方式，所以纪梵发一条，他就回一条，很及时，回得很快，哪怕只有一个好。

渐渐地，乐青所有人都察觉了一些事，那就是以"脾气不好"闻名"海内外"的纪哥，在排练结束的时候，经常还要拐个弯，上个楼，走到何子殊的录音棚外，口中说着"顺便、队长让我来的"，实则还专门买了点吃的，等他们小主唱下班。

纪梵是这样，更别说最后入队的谢沐然。

在纪梵和谢沐然没出现之前，除了舞台，何子殊几乎没什么可以操心的东西，因为陆瑾沉都替他做了。

在他们两人出现之后，何子殊要操心的东西，多了两个队友，除此之外，也没别的可操心的东西。

再后来，陆瑾沉处理完所有事宜，回过头来再想磨磨纪梵和谢沐然性子的时候，才发觉，已经用不到他了。

林佳安欣慰得很，时不时就要拍几张照给陆瑾沉，说三人怎么怎么好，让陆瑾沉放心。

可那头的陆瑾沉，心放着放着，就有点沉。

怎么好像……没人想起他来？

于是，"疲于奔波"的陆大队长不奔波了。

毕竟，回家要紧。